24: ROGUE

反恐24小时:海盗

[美]戴维·麦克 著
杨冰 译

重庆出版集团 重庆出版社

版贸核渝字（2015）第332号
24：ROGUE

图书在版编目（CIP）数据

24小时：海盗 / (美) 戴维·麦克著；杨冰译.
—重庆：重庆出版社，2017.3
书名原文：24：ROGUE
ISBN 978-7-229-11276-9

Ⅰ.①反… Ⅱ.①戴… ②杨… Ⅲ.①长篇小说—美国—现代Ⅳ.①I712.45

中国版本图书馆CIP数据核字(2016)第128914号

反恐 24 小时：海盗
FANKONG 24 XIAOSHI：HAIDAO
[美] 戴维·麦克 著 杨冰 译

责任编辑：郭莹莹
责任校对：郑小石
封面设计：艾瑞斯数字工作室 clark1943@qq.com
版式设计：言音文化传播有限责任公司

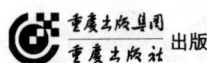

重庆出版集团
重庆出版社 出版

重庆市南岸区南滨路 162 号 1 幢 邮政编码：400061 http：//www.cqph.com
重庆市国丰印务有限责任公司印刷
重庆出版集团图书发行有限公司发行
E-MAIL：fxchu@cqph.com 邮购电话：023-61520646

重庆出版社天猫旗舰店
cqcbs.tmall.com

全国新华书店经销

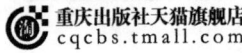

开本：880 mm × 1 230 mm 1/32 印张：9.5 字数：265 千
2017 年 3 月第 1 版 2017 年 3 月第 1 版第 1 次印刷
ISBN 978-7-229-11276-9
定价：35.00 元

如有印装质量问题，请向本集团图书发行有限公司调换：023-61520678

目　录

序幕

杰克往枪膛里装入一枚催泪弹。

他面朝船尾，左手端着武器，对准船的右舷，然后右手举起手雷，用牙扯掉保险栓。

他用力将手雷抛过堆叠起来的货舱舱盖。手雷在起重机敦实的基座上反弹起来，随之爆炸。杰克移向左侧，朝船尾右舷发射催泪弹。弹体正中一名海盗腹部，撞得他仰面倒下。紧接着，催泪瓦斯喷发出来，将那名海盗和同伙吞没在一片毒烟中。

杰克深知自己不能在目前的藏身之地坚持多久，于是忍住疼痛，顺着梯子爬上顶层甲板，背靠舷墙，摆好战斗姿势。

右舷主甲板上的海盗们拼命朝前逃散，以躲避浓烟；左舷那一侧的两个海盗看上去步履蹒跚，但并未受伤。

杰克卸下背上的冲锋枪，装上最后一个填满的弹夹，将武器调整到单发模式。然后，他从舷墙上方瞄准，将第一发子弹射向起重机作业灯。灯泡应声爆炸，碎玻璃如雨点般落下，激起的火花在海盗们头顶渐渐熄灭。荧光散尽，甲板也同时消失，仿佛隐入彻底的黑暗中。

杰克确信这是谈判的绝佳时机："嘿！甲板上的人！能听到我说话吗？"

稍过了一会儿，一个警惕的声音回答："我们能听见。"

“放下你们的武器，乘坐一艘救生艇离开船，那样我就饶你们一命。”

他的最后通牒换来的是一阵嘲笑。舷墙另一边枪声大作。接着，另一个更显傲慢的声音喊道：“这艘船是我们的了！扔掉你的武器，没准我们会饶你一命！”

杰克感到血从伤口里不住地往外渗。他可没时间再僵持下去。

我给过他们机会了。他替 SIG 手枪更换好弹夹。不留情，杀无赦。

献给赐予我机会的马尔科（Marco）

祸莫大于不知足，咎莫大于欲得。

——老子，《道德经》

时间注释

以下事件发生于杰克·鲍尔被迫流亡，离开美国（《反恐24小时》简体版第一册）后一年七个月二十三天。所有时间均指东非时间。

【第一章】

8：00 p.m. — 9：00 p.m.

亚丁湾——北纬 11°01'23.8"，东经 44°57'04.4"

位于索马里柏培拉以北约四十英里

小艇劈波斩浪。狭窄的艇身猛冲入波峰间的凹谷，在水中激起阵阵寒冷的泡沫，带着咸味的水滴越过船舷上缘，溅落到奥斯曼·萨桑·穆罕默德的脸上。在他后方，还有另外两艘坐满全副武装亡命之徒的小艇。再往后，天空中矮矮地挂着半轮略显黯然的上弦月，正朝西岸落下。遥远的前方，闪电却在海面和一片乌云间疯狂起舞。

他回头望向正在驾船的副手萨迪克·哈里发·法拉赫："再快一点！我们要追不上他们了！"

"已经是最快啦。"萨迪克一只手紧握艇舵，另一只手拿着一个数字罗盘。他提高嗓门，压过发动机激起的噼啪声，扭头喊道，"我们应该离得很近了！"

就在奥斯曼眯眼朝看不到地平线的黑暗中张望的同时，一种错过最后期限的恐惧感在他心中翻腾："我没有看到他们。他们一定没入黑暗了。"又一朵水花泼溅到他脸上，迫使他吐了口苦涩的海水，"要是我们错过了约会——"

"我们不会的。"

奥斯曼很好奇，要是让货船溜走，而萨迪克又是必须为此负责的那个人，他还会不会如此镇定。他握紧手中的 AK-47，紧张地注视着飞驰的快艇前方那越来越浓重的夜色。

除了纵横翻滚的暗影，别无他物。

奥斯曼已经拥有了他期望拥有的一切，全都指望着这次的任务。袭击货船是个千载难逢的机会。他和手下已经得到许诺，只要他们交出船上最有价值的货物，不仅能得到巨额赎金，每个人还可能通过把其他货物卖到黑市而大赚一笔——更何况如果遇上合适的买家，货船本身也是笔巨款。完成这个买卖能让奥斯曼摆脱海盗生活，为他逃离索马里解决经济上的问题——要知道，这可是他一辈子梦寐以求的旅程。

不幸的是，萨迪克似乎对此毫不在意。他是个虐待狂，好像天生就是海盗。他跟奥斯曼以及所有别的族人一样，对金钱如饥似渴，但这并非他的动力之源。从萨迪克充满掠夺性的目光中，奥斯曼可以看出，他乐于成为海盗，成为歹徒，成为杀手。

等到明天，一切就都结束了，奥斯曼默默对自己说。从此往后，我再也不必见到他。他走他的阳关道，我过我的独木桥——远远离开这里。

船头激起一阵水雾，他用手擦了擦眯缝着的双眼，试图从前方的黑暗中看出点别的什么。这时，他找到自己搜寻的目标了—— 一个淡红色的光点。它断断续续忽明忽灭，正是他们的内线在货船上用莫尔斯码发出的事先约定的信号。

“我看到他们了！改变航向，朝东北偏北前进。”

萨迪克对准发出信号的光点迅速调整航向，快艇随之剧烈起伏，令人眩晕。奥斯曼强忍恶心——他向来厌恶水上旅行——紧盯着闪烁的红色光点，直至确信看到了它传递出的完整信息。

“他们的航向稳定。时速十海里。我们从船尾靠近会很安全。”

“明白。”萨迪克对准目标，驾驶快艇划过又一个泡沫翻滚的波峰。奥斯曼用自己的红色信号灯将信息传递给其他快艇。接着，他将微型信号灯塞到工装裤腿部一个很深的口袋里，扭头朝向他和萨迪克这艘快艇上的其他人：“我们一登上主甲板，你们就都知道该怎么做了吧？”

“我带人在船舱里搜索。”阿希尔说道。

奥斯曼指了指另一个人：“杜巴？你去哪里？”

“我的人和我帮你控制驾驶舱和无线电室。”

“很好。”奥斯曼将敏锐的目光投向这群人中那个鲁莽家伙菲赛尔，“你呢？”

年轻人一脸愠色，压抑着火气，嘟囔道：“我看管前甲板的俘虏。”

“是俘虏，菲赛尔。不是尸体。你要记住这一点。”他望向最后一名手下尤素福：“你要以最快的速度控制轮机舱。”

尤素福退下手中 AK-47 的弹夹，对着沾在上面的细沙吹了口气，然后把它重新装回枪上：“我知道该做什么。”

“大家都要牢记计划。天一亮，我们就都是富翁了。”这可不是什么空头支票。奥斯曼百分之百相信，无论对手下的人，还是对他自己和萨迪克，这次的任务都是非常合算的。这也正是促使他下定决心，接受对抗如此恶名昭彰的对手的关键因素。他要赎回自由，掌控自己的人生。

目标又发来一系列红色闪光。准备已就绪，通道已清空。尽管夜幕笼罩，可奥斯曼已开始分辨出货船的轮廓。它就在他和手下前方的海湾里穿行。他掩饰住心里的恐惧，强装出一副勇敢的笑容，回头看了看萨迪克：“是时候了。送我们过去，别惊扰到他们。”

* * *

杰克·鲍尔赤手空拳，背靠“巴拉塔利亚”号船头的舷墙，抑制着经年累月练就的格斗反射动作，任由卡勒姆·特伦特抓住自己的衬衫领口。其实他心底里只想宰了这家伙，将他瘫软的尸体扔到船外。

“我真搞不懂你，康威。”军火贩子说。特伦特只知道杰克的化名，汤姆·康威，这是杰克从过去执行的任务简报中找到的名字，现在拿来给自己用。

杰克凭着伪装受骗的丰富经验，表现出一种无辜而紧张的状态，但要假装出贝尔法斯特口音，则需要他更加集中精力："这话是什么意思，特伦特先生？"

"意思是，我搞不懂你在这里做些什么。你为爱尔兰共和军充当毒贩子，这是份好差事。可你跑到这条破船上来做什么，从一个港口到另一个港口？"

杰克对真正的康威遇到的麻烦了如指掌、熟记于心，俨然感同身受："时代变了。管事的人也变了。当我的朋友们纷纷退出时，我明白，是时候离开了。"

"这我听说过，麦克弗森没给你留下太多选择。"

"正如我所说——是时候离开了。"

特伦特的疑虑似乎渐渐趋缓。他松开杰克的衬衫，摸了摸浓密的胡须。接着，他摇摇头："令我困扰的是这点，康威。多年以来，你是个贝尔法斯特的妖怪。没人清楚你长什么样。没有你的照片，没有被逮捕记录，没有指纹。你就像个幽灵。可如今，你却在替卡尔·拉斯克擦拭甲板。你为什么要从黑暗中现身，干这种粗活？"

"你真希望我说出来吗？巴黎的事情变得一团糟时，我失去了一切。"

特伦特点了点头："是呀，谢莫斯的死一定是个巨大的打击。"

"你根本无法想象。"杰克决定冒险一搏，赌定全世界仅有少数几个人知道实情。在某位卧底探员除掉一个名叫谢莫斯·欧洛克的冷酷恐怖分子，同时也是爱尔兰共和军一名高层领导后，真正的汤姆·康威就遭遇了暗杀。两起刺杀都是杰克在数月前悄悄发起的一项秘密行动的组成部分。目前他能确信的是，还没有人意识到，他才是导致欧洛克和康威殒命的情报来源。不过幸运的是，杰克发现康威的故事和他自己的经历有足够多的相似之处，移花接木并不太难。

"我不能回家。无论如何都不行。眼下，我需要结交新朋友。"

"你想结交朋友，那你可来错了地方。"

杰克察觉出特伦特是不会对任何实力不足的人给予丁点儿尊重的。于是，他改变了交谈的策略，好让这家伙动摇：“你说得对。我对朋友们来说，一直都没什么用处。我需要的是新的生意渠道。新的关系。”

“一个没有渠道的毒贩子对谁都没多大用。”

“谢莫斯并不是我唯一的伙伴。我现在只是保持低调——但我并没有被彻底打败。”

“什么意思？你认为你拥有我想要的东西？”

“你想要的？那倒不一定。但如果是你的老板？没错。或许我有他想要的。”

特伦特眯起眼睛：“我很怀疑你能有什么会是拉斯克先生需要的。”

“或许那该由他决定。”

特伦特的脸上露出嘲讽自得的笑容：“要是我不点头，你就没法跟拉斯克说上话。如果你认为你有他想要的东西，就必须得先说服我。”

机会来了——杰克就是为了这个机会，才想方设法登上这艘装载着武器弹药的巨大货船。这是个能将堪称世界上最难以琢磨、最臭名昭著的武器走私者和经销商之一的卡尔·拉斯克核心集团拉到自己攻击范围内的机会。那个家伙仿佛能替任何地方的任何人弄到任何东西。从轻型武器到野战火炮，从战斗机到集束炸弹，他几乎染指一切。

“要是我告诉你，我能弄到没有记录的分导式多弹头导弹呢？”

“拉斯克已经拥有好几个这玩意，正等着寻找买家呢。”

杰克挤出一丝笑容，掩饰住心里的懊恼：“或者新的军情六处密码？”

“我们从我们自己在沃克斯豪尔大厦的情报源得到的情报每周都会更新。”

这简直就像在关公面前耍大刀：“那六瓶俄罗斯天花病毒呢？已经武器化，正等待调配。”

这让特伦特扬起了眉毛：“有意思。在哪里？什么时候可以拿到？多少钱？”

“敖德萨，距现在还有四周。两千万，美元。”

“很诱人。再跟我说说看——我们为什么需要你？”

“介绍人、向导——敖德萨是个大城市。”

特伦特似乎就要认同这个想法了。可这时，他的目光却变得冷酷起来：“我猜，真正令我感到困扰的是，我听过不止一个人告诉我说，康威已经死了。”他厉色瞪着杰克，“死在马德里一架电梯那儿。”

杰克轻声一笑，好像听了个老套的笑话：“很好。这说明我用在散播那条传言上的钱没有白花。”他故作谦逊地耸了耸肩，“俗话说得好，‘魔鬼耍过的最伟大的骗术，就是让这个世界相信他并不存在。’”

“你总有办法回答，对吧？”

“不。只是你总在问些我可以据实相告的问题。”

特伦特放松了警惕——尽管不彻底，但已足以让杰克感到他对自己的盘问已经结束，或者至少告一段落。货船正稳定地朝着下一个位于印度孟买的停靠港驶去，面前这个三十岁左右的清瘦军火走私犯望向舷墙那边的黑暗：“我并不愿让你觉得自己的经验和关系无关紧要，康威。但我们必须得小心。”

“我理解。可恶的是，谢莫斯就是这一点没做好，才导致了他的灭亡。他让自己过于接近外界，结果为他的脑门换来一颗子弹。”

“非常正确。”特伦特饱经风霜的面容舒展开来，浮现出狡黠的神色，“你觉得你能跟你在敖德萨的联络人把天花病毒的价格压到一千五百万吗？”

“也许吧。但我到那里时，得让他们知道我手头有这笔现金。”

“这事可以安排，但我必须跟你一起去和他们见面。”

“当然。”

特伦特从裤子口袋里掏出一包高卢香烟，轻轻晃了晃，将一根叼在嘴上，拿他的芝宝不锈钢打火机点燃。他长长地吸了一口，闪耀的烟头呈现出桃红色。接着，他把那包烟递向杰克，却被杰克随意地摆摆手拒绝了。特伦特耸了耸肩，将装着呛人法国烟的蓝色烟盒塞回口袋里："我还以为高卢香烟是你的最爱。"

"我的生活转入秘密状态后，我就戒了。改变习惯，躲开监控。"

"真聪明。"特伦特收起打火机——掏出来的却是一把上了膛的贝瑞塔手枪，枪口正对杰克的脸，"康威从不抽烟。他天生患有哮喘。"他朝后退了几步，以确保枪不会被杰克抢到，"现在，你该双手抱头，跪在甲板上，告诉我你究竟是谁了吧。"

谎言已被戳穿。杰克将两手交叠在头上，缓缓跪了下来："说来话长。"

特伦特斜靠着前甲板的舷墙，稳稳瞄准目标："没关系。我们有的是时间来把详情弄清楚。那就从你的名字开始吧。"

事到如今，还有什么可保留的呢？他不再伪装口音："我叫杰克·鲍尔。"

* * *

满嘴刺激的化学制剂味道令船上的三副西蒙·戴德里克知道，嘴里的香烟已经燃到过滤嘴了。他朝船尾舷墙那边掸掉最后一点烟灰，然后将仍在闷烧的烟嘴弹入夜空，让其湮没在海洋中。

船尾传来两下极快的红闪。海盗已经靠近，准备登船。

他放下"巴拉塔利亚"号船尾右舷的舷梯。梯子下落时发出生锈金属刺耳的啸叫，大得足以惊醒死人。戴德里克心里暗骂一声，尽量使梯子平缓地落向拍打着货船吃水线的泡沫。

悄悄溜出驾驶舱并下到这里，是件很不容易的事情。为了给快艇上的海盗发信号，他冒着万一甲板有人，自己会被发现的风险。他仍然看不到他们，不过已经隐约瞥见他们的莫尔斯码回应，不管他有没有准备好，现在都是时候去做那些该做的事了。

下方又一次传来红色闪光。海盗们已经靠上舷梯。

戴德里克从腰带上解下对讲机，按下对讲按钮：“驾驶舱，我是戴德里克！左舷有人落水！关闭引擎！全都停下！”

二副约翰·斯库普立刻回应道：“全都停下！”

警报声响彻货船主甲板和迷宫般的下层隔舱。引擎的轰鸣渐渐平息，归于安静。

对讲机内传来另一阵高呼的指令：“给我光，派一支营救小组去左舷。”

船员们从船舱内爬出来，朝前方跑去：“巴拉塔利亚”号的探照灯在船楼顶端亮起。炫目的光柱刺破黑暗，扫过船头的水域，沿着左舷游移。

戴德里克探身掠过船尾右舷舷墙，向下观察舷梯。第一艘小艇上的人已经端着冲锋枪，下船朝他爬来。最后一个人离开快艇时，将艇推开，为下一艘快艇腾出位置。

奥斯曼率先登上主甲板。他屈尊轻轻拍了拍戴德里克的脸颊，表示问候：“好孩子。干得很好。”

其他海盗猫腰从他们身边经过，像驼背的老头子般匆匆朝不同方向分散——有些向前，有些朝船楼尾部的楼梯进发。戴德里克尽量将注意力放在奥斯曼身上：“我都按你的要求做了。现在放了我的家人吧。”

“等我们控制了这艘船，他们就自由了。”他用一支格洛克半自动手枪对准戴德里克的肚子，“带我们去无线电室。”

“除非你让我知道，我的家人已经安全。” 四十八小时前，奥斯曼的同伙闯入戴德里克位于南非比勒陀利亚的家，抓住他的妻子伊莱恩和女儿卡拉当人质。他很清楚，自己在那时没有办法去讨价还价。而现在，当最后一批海盗正在攀登舷梯，他们的小艇渐渐漂远时，一切就由不得他们了——这意味着他们需要他的合作，否则他们全都得死：“现在就放了她们，并且拿出证据，不然你们绝对没法靠近无线电室。”

奥斯曼的眼中燃起怒火。他吹了声口哨，叫来一名手下：“萨迪克，让他看看他的女人们。”

年轻的索马里恶棍从背心里掏出一部硕大的智能电话。这让戴德里克吃了一惊。他想象不出，索马里人是怎么得到这种设备的，更别说如何获得通讯服务支持。但当伊莱恩和卡拉出现在手机屏幕上时，他已顾不上这些问题。她们看上去很憔悴，眼睛哭得通红，但肯定都还活着。

“西蒙？是你吗？”

“是我，亲爱的。别担心，一切都会好起来的。”

奥斯曼伸手遮住屏幕：“行了。”

“放她们走。马上。否则我们全都去死。”

奥斯曼愤怒地叹了口气，从他的人手里接过智能电话，冲着受话器咕哝道：“巴萨尔，她们已经没用了。放她们走。”

他将屏幕调转向戴德里克。戴德里克紧盯着看，几乎无法呼吸。一名蒙面男子割断捆绑伊莱恩和卡拉的绳索，然后将她俩赶向房屋后门。奥斯曼挂断电话，塞进口袋：“我的人仍然可以追上她们。带我们去无线电室，这样他就没必要那样做了。”

“这边走。”

戴德里克领着奥斯曼和六个浑身湿透的海盗爬上船楼后部的楼梯，前往指挥室的后舱入口。下面，其他十几名海盗同伙分成三个小组，悄悄向右舷潜行。他们的行动没有引起“巴拉塔利亚”号船员的注意，因为船员们都聚集在左舷，搜寻那个并不存在的落水的人。

戴德里克站在后舱门口的门禁按钮旁，内心一个微弱而勇敢的声音在催促他输入警报代码，至少可以为阻止这些海盗做些尝试。但随即，海盗将子弹射入自己大脑的场景浮现在他眼前，他只能怀抱着那不切实际的希望，期盼只要自己足够配合，或许可以幸存。他输入解除代码，开了门锁。

“谢谢你，戴德里克先生。”奥斯曼将他挤到一边，伸手拉开舱门。他又露出沾满污渍、歪歪斜斜的牙齿，咧嘴一笑，“你可帮了大忙。”

但戴德里克随即听到脑后有手枪撞针被扳起来的声音。他明白，活下去的希望已经破灭。他听到的最后动静，便是射击的爆裂声，他的世界随之陷入黑暗之中，像沧海一粟般消散。

* * *

“你这是在犯错误。”杰克说。

但卡勒姆·特伦特确信自己占尽优势。他手握贝瑞塔，他站着，而杰克·鲍尔双膝跪地，两手抱头。都这样了，鲍尔为什么还是一副一切尽在掌握中的样子呢?

“给我个合适的理由，好让我不给你的脑袋送上一颗子弹。”

“我能帮你弄到俄罗斯天花病毒，而且不是吹牛。”

特伦特有些疑虑纠结：“你为什么要那样做？你可是反恐局的。”

“以前是。要是你听过我的名字，就应该知道，我现在是个通缉犯。”他把手从头顶移开，但特伦特扳起手枪撞针，杰克立刻停止动作，“逃亡生活需要钱。半个世界都在追捕我，我没法得到一份正常的工作。这就是我还拥有的全部了。”

特伦特将目光投向鲍尔的眉心：“一分钟前，你试图假扮汤姆·康威。你的信誉可有点低呀。”

“我的信誉将会是我能帮你赚到的那些钱。我不得不隐姓埋名。我不能大摇大摆地把我的真实身份告诉人们。悬赏要我命的人太多太多。”

他的话十分合理，但特伦特的疑心太重，不会被轻易说服：“也许我们应该把你拿出来拍卖，看看谁的出价最高。”

“告诉人们你抓到了我，只会让你送命。”

特伦特心里清楚，鲍尔此言不假。无论俄罗斯人还是美国人，都不喜欢被人敲诈勒索。想从他们的口袋里偷走奖金，只会将特伦特、他的手下，以及其他卡尔·拉斯克的生意落入竞争对手的瞄准镜中。

他将武器略微下压，传递出正在思考对方提议的意思："好吧。那我该拿你怎么办呢？"

"雇用我。"

"即便想不出你还有别的什么优点，我至少要好好表扬你的胆大妄为。我怎样才——？"

安装在船楼和主甲板中部货物起重臂上的喇叭内突然警报大作。引擎持续的轰鸣忽然停顿下来。驾驶舱上方的探照灯戛然亮起，扫向货船左舷。船员们慌乱地从船舱内爬出来，蜂拥向前，朝特伦特和鲍尔这边跑来。特伦特谨慎地不被这个突发情况分心，以免被鲍尔利用。他只是悄悄向正蔓延开的混乱状态瞟了几眼："该死的，出什么事了？"

船长的吼声从一个喇叭中传出："有人落水，左舷！"

鲍尔显得跟特伦特一样困惑："他们在说些什么？谁落水了？"

"也许他们发现海上漂浮着什么人吧。"

"事情不妙呀。"鲍尔想站起来，可特伦特重新将枪口对准了他，他只得又跪下去，"不太对劲。哪会有什么人漂在这里？"

"更离谱的事情都发生过。"特伦特好奇货船另一头正在上演什么闹剧，又担心鲍尔说的话可能正确，内心倍感煎熬，"我们就待在原地，让船员们去干他们的活吧。如果真的——"

船尾传来的一声微弱的枪响，令两人都不由扭过头去。

特伦特从鲍尔面前挪开枪口，蹲下身来："你听到了吗？"

鲍尔点点头："我得先确认一件事。"他示意特伦特跟着他靠近舷墙。两人一前一后探过墙头，望向船尾。鲍尔指向吃水线，"该死！舷梯放下去了。有人已经登船。"

特伦特看到，阴暗处外，有十几个携带攻击性武器的黑色人影在晃动。他们排成一列纵队，正朝左舷和主甲板靠近。对方与他和鲍尔众寡悬殊，武器也远远多过他俩的：“退后，”他小声说。他们急冲向前甲板，躲在船锚齿轮箱后边。特伦特拿起他的对讲机：“沙特克！有人正在登船！派一队人保护货物，其余的人都从床上下来，快！”

“收到，”他的副手回答，“这就来。”

鲍尔透过齿轮箱间的缝隙张望：“他们随时可能到这里来。你有多出来的枪吗？”

“你该不会真的认为我会把装了子弹的武器交给你吧？”

鲍尔懊恼地抬高嗓门：“没时间争论了！等他们爬上那个楼梯，就会需要我们两个人同时压制他们。”

“那我只能很抱歉地通知你，没有，我没有多出来的枪。”

“那请告诉我，你好歹还有多出来的弹夹吧。”

特伦特压抑住对鲍尔越来越大的火气：“我没想到会有这个需要。”

鲍尔摇头：“太棒了。情况还能变得更糟吗？”

自动武器的射击声撕破夜空。步枪枪口炽烈的火舌照亮了主甲板中央的暗影，暴露出第二队海盗，他们已经在左舷那边船员的身后就位。

特伦特皱起眉：“敌人的数量翻倍了。我想说，这下称得上更糟了。”

六名海盗朝前甲板楼梯靠近。鲍尔看了看自己和船首之间的甲板。接着，他转向特伦特：“你相信我吗？”

“一点儿也不。”

“太糟糕了。我数到三，你就掩护我，迫使他们低头。”

“为什么？你要做什么？”

“尽可能挽救你这浑蛋和你的货船。”他蹲下来，集中精神，“一、二、三！”

鲍尔一跃而出。特伦特紧跟着起身，一口气朝那一小拨海盗打光了贝瑞塔手枪里的子弹。接着，特伦特躲回齿轮箱后。他瞥见鲍尔的双脚飞快地消失在船首右舷的那一边。

我百分之百确定不会那样做，特伦特暗想。他扔掉没了子弹的贝瑞塔手枪，掏出手机，按下对应拉斯克的快速拨号键，对方在响铃第二声便接了起来。

“怎么了，卡尔？”

“我们被人登船了。我想，是索马里海盗。不知道有多少人。我们——”

步枪温热的枪口抵在他的太阳穴上。电话被结茧的手夺去。一名脸上布满地狱公路地图般疤痕的海盗将手机扔到船外，和五名同伙一起包围了特伦特。

这家伙操一口口音极重的英语：“跪下。双手抱头。”

特伦特不得不摆出几分钟前自己强迫杰克·鲍尔保持的姿势，心中感叹现实残酷、世事无常。

* * *

在萨迪克端枪对准“巴拉塔利亚”号的无线电室几阵短促的扫射过后，这里已变得千疮百孔、一片狼藉。奥斯曼大步穿过烟雾缭绕的废墟，破损的电子设备发散出炽热的磷光剂，刺得他的脸生疼。他输入先前看到戴德里克在外层门使用过的解除代码，驾驶舱门的磁性栓锁吧嗒一声打开。他拉开门，退到一旁，让萨迪克和他的手下持枪冲进去。

萨迪克开了一枪，打烂一扇窗户：“都不准动！趴在甲板上！”

船上的职员赶紧照做。很快，船长和两名高级职员都双手抱头趴了下去。海盗搜了他们的口袋，卸下对讲机、钥匙和手机。萨迪克从船长身上搜出一把点四五口径的柯尔特（Colt）半自动手枪，插到自己的腰带下。

布满计量仪和操纵杆的控制台令奥斯曼不知所措。转盘和把手挤得密密麻麻。尽管他的英语口语还行，但想弄懂像“巴拉塔利亚”号这种大型货船的操控方式，还是太难了。

萨迪克似乎察觉出奥斯曼无言的错愕："出什么事了？"

"没什么。我只是——"主甲板突如其来的枪声打断了他的话。他冲向前，透过窗户向外看。五六个武器装备精良，穿着防弹衣的人从船舱里冲了出来，正跟奥斯曼派去控制船员的小组交战。他转向萨迪克，指了指船尾方向的门："确保他们不会从我们后面冲进来！处理好之后，把他们都扔到海里去。"

萨迪克一边快步走向门边，一边厉声下达命令："卡勒德！萨米尔！跟奥斯曼一起留在这里！其他所有人都跟我走！"他带领自己所在快艇上别的武装分子出了驾驶舱，来到船楼甲板。

跟货船高级职员和自己仅有的两个手下在一起，奥斯曼不敢有任何冒险之举："萨米尔，把他们绑起来。卡勒德，萨米尔捆他们的手脚时，你看好他们。"

他的人迅速行动，将白人职员们像待烧烤的山羊一般绑了起来。奥斯曼确认这里的局面已在控制之下后，便立刻转向窗户，俯身透过边缘张望，并小心地不让自己成为船楼上飞来的流弹的靶子。

萨迪克和第一小组其余的人朝军火走私犯举枪射击，枪口在黑暗中喷出火舌，子弹如雨点般扫过。雇佣兵们纷纷倒下，主甲板上鲜血飞溅。雇佣兵朝着看不见的对手疯狂开火，试图反击，子弹在金属甲板和船楼舱壁上反弹，乒乓作响。

驾驶舱内的奥斯曼占据了有利位置，他看着雇佣兵小队在通风机组和起重机之间紧紧缩成一团。那是个不错的防御位置，至少暂时还不错。这能保护他们不陷入交叉火力之中，同时能抑制任何正面攻击。

但前提是，发动袭击的人完全不知情。

奥斯曼从他的口袋里掏出对讲机，按下通话开关："艾哈迈德？我是奥斯曼。能听到我说话吗？"

右舷海盗的队长用嘶哑的声音小声回应："有何指示？"

“听我说。主甲板上有枪手。他们躲在你前头，就在起重机和通风机组之间。你还带着你找到的闪光弹吗？”

“明白了。稍等。”

几秒钟后，奥斯曼看到艾哈迈德从一个拐角探出身子，把闪光弹扔向起重机。接着就是一阵炫目的闪光和一声低沉的轰鸣。在烟雾缭绕的电光石火之间，艾哈迈德和他的小队从角落里冲出来，向走投无路的雇佣军们发起袭击。他们火力全开，直至确认最后一名军火贩子也已死亡。

“干得好，艾哈迈德。主甲板看来安全了。按原计划，围捕我们的俘虏。”

“好的，奥斯曼。”

他转向萨米尔和卡勒德，同时指了指船长：“让他站起来。”手下立刻将那名瘦弱的中年白人男子从甲板上拽起，推到一脸不屑的奥斯曼面前：“你叫什么名字？”

从口音判断，他毫无疑问是德国人：“马库斯·罗德船长。”

奥斯曼用手枪对准一名倒在地上的高级职员的脑袋：“现在是谁在指挥这艘船，罗德先生？”

中年人对奥斯曼的意思了然于心：“是你。”

“很高兴我们彼此了解。”他用枪指着罗德，同时冲手下大声下令，“带他们下到主甲板，跟其他人关在一起！”

萨米尔和卡勒德端枪押着船上的三名职员走出驾驶舱，下了船楼外的楼梯。他们刚一离去，奥斯曼就望向窗外，一想到破晓之际自己将变得多么富有，他便不由自主地发起抖来。

等有人知道这艘船被劫持时，我将已经在世界的另一边，拥有新的名字，新的生活，永远花不完的钱。

* * *

特伦特的手腕被铜绕线捆得死死的。他按捺住挣扎的冲动，因为这样做只会令铜线往肉里嵌得更深。他和“巴拉塔利亚”号的船员们在前甲板上背靠舷墙，挤坐在一起。他们都被搜了身，缴去武器、对讲机和手机。海盗们保留了武器；其余东西都被扔进了海里。

特伦特的手下与船员们不住在一起，在最初的袭击中已无一幸免。四名海盗正两两一组，忙着将尸体推向船外。事实上，被抛弃的尸体有一部分属于那些海盗，这让特伦特略感欣慰。至少我的人并非不战而亡。

一名背后背着AK-47步枪独自行动的海盗从主甲板爬上左舷的楼梯，来到同伙当中。他用阿拉伯语对其中一名海盗叫嚷着，对方粗声吼了两下回应他。特伦特的阿拉伯语很糟糕，但已足够他意识到，第一个人是在问海盗们是否安全，第二个脸上的疤痕让人触目惊心，他则是在给出肯定的答案。

发号施令的那个人来到船长面前：“船在漂移。”

罗德船长抬起头，将疲惫的目光投向海盗：“所以呢？”

“告诉我，你的船员中，谁能胜任下锚的活？”

罗德不经意间略带嘲笑地哼了一声：“你傻了吗？你不可以在这里下锚。”

疤面海盗伸手去掏别在腰带上的枪：“为什么不可以？”

“因为锚是在水深低于一百米的地方使用的。我们现在位于深海，你们这些笨蛋。”他看着两名海盗，仿佛他们并不明白他说出的简单解释，“我们脚下的水差不多有一千四百米深。在这里下锚，只会把锚弄丢在海里。”

他们听懂了这个坏消息，眼珠打着转，露出痛苦的表情：“那我们怎样才能让船停止漂移？”

“让我和我的船员们回到我们的岗位上。我们可以使引擎以最低转速运行，利用船舵抵御洋流，保持我们的位置。”

海盗头使劲摇了摇头，拒绝了提议：“不。你来告诉我们怎样操作。”

“我没法通过枪口下的交谈把二十年的航海经验教给你。”

疤面将海盗头拉到一旁。两个索马里海盗怒气冲冲地小声交流着。特伦特侧耳倾听。海盗头不想让步，但他的副手催促他忘了货船漂移这回事。疤面点了点自己破旧的腕表，这是表达“我们要按计划行动”的通用讯号。

海盗头皱起眉头，恼怒地叹了口气，重新转向罗德：“你周围的这些人。他们都是你的船员，对吗？有谁不在吗？”

“没有。我的人都在这里。”

一根指头指向特伦特：“还有他的人吗？”

罗德想装傻：“你这是什么意思？”

“拉斯克的人？”

疤面侧头指了指最后一具被扔下船的尸体：“军火贩子。”

特伦特内心涌起令他作呕的恐惧。纯粹的海盗是没有理由知道拉斯克先生的名字的——要是他们知道，并且清楚他是谁，就不应该莽撞到冒险杀死他的雇员，窃取他的财产。这究竟是怎么回事？

疤面拿枪朝特伦特比画着，对海盗头说：“我们应该杀了这家伙，奥斯曼。”

“还不是时候。我们还需要他。”奥斯曼在特伦特跟前蹲下，从腰带上拔出点四五口径手枪，指向特伦特两腿之间：“现在我问你，船上还有你的人吗？”

“没有。你们刚把最后一个扔进了深海阎王的柜子里。”奥斯曼紧盯着特伦特的双眼，似乎是在搜索谎言的蛛丝马迹。特伦特面无表情，不露声色。严格意义上来讲，我跟他说的是实情。鲍尔不是我的人——他只是假装我的人而已。

奥斯曼似乎感到满意，笑了笑，收回手枪：“明天，我将成为一个富人。照我说的做，你就能活着看我实现诺言。要是敢惹我，你就会跟你的人一个下场。”

奥斯曼站起来，用阿拉伯语迅速下达了一系列命令。特伦特听出疤面的名字叫萨迪克，他要留下一支六个人的小队看押俘虏，自己带其他海盗下去守护船上的货物。奥斯曼安排完任务，便下了左舷楼梯，带着四个人大步走向船尾。

罗德船长朝特伦特微微靠近一点，在尽可能保持嘴唇不动的同时，轻声嘟囔道：“我们现在该怎么办？”

“待着别动，保持安静，”特伦特悄悄回应，“直到我作出指示。”

特伦特没有理由觉得鲍尔是他的朋友，但此时此刻，这个变节的美国特工却成了他和“巴拉塔利亚”号船员活过今晚的唯一希望。因为无论奥斯曼做出怎样的承诺，只要这些家伙的做事风格跟大多数索马里海盗一致，那特伦特和船员们就都休想看到下一次日出。

* * *

杰克沿着“巴拉塔利亚”号的吃水线潜泳着。每划几下，他便稍稍浮出来换一口气，然后继续潜下去游。船几乎完全停在水里，但洋流仍推着它以零点几海里的时速朝后漂移。这使得游回先前海盗们留下的舷梯的时间和距离都有所增加。

他爬上舷梯底部的平台，动作尽可能地轻巧。甲板上情况混乱，产生的噪音足以掩盖海水从他衣服上滴落的声响，但他清楚，不能去冒无必要的风险。他挤干头发上的水，接着脱下亚麻衬衫用力拧了拧，直到它不再滴水。他又将手掌贴紧两腿，用力把裤子上的大部分水分压了出去。

踏上舷梯的第一步，他的运动鞋发出嘎吱一声响。

该死。

他知道自己没法将脚上的耐克鞋也拧干。他暗暗咒骂着，甩掉那双低帮运动鞋，任由它们随波飘荡。失去足部保护让他有些遗憾，但他无论如何也不能冒险让湿漉漉的鞋子损害他迅速潜行的能力。他又脱掉袜子，扔进大海，然后开始继续登梯。

此时的杰克光着双脚、手无寸铁、浑身湿透。他顺着钢制阶梯朝上爬去。接近顶端时，他蹲伏下来。海盗们在主甲板上三三两两地游走。他们中大多数配备有AK-47冲锋枪，但也有几个携带半自动手枪，一些人还挎着挂满手雷的弹药带。

令他稍感安慰的是，他们没在舷梯附近安排守卫。他估计他们没有料到除了他们之外，还会有什么人利用舷梯登上主甲板。他盯着离得最近的两个海盗，直至他们转身朝前走去。接着，他溜到主甲板上，飞奔到船楼下的阴影中。他查看右舷侧的舱门。没有锁。他将它推开，侧耳倾听。

下面传来脚步声、叫嚷声和机枪扫射的回响。

海盗一定在围捕轮机舱内的船员，杰克意识到，在他们把机械师们带上甲板前，我不能冒险进入船舱。

他溜进舱门，从身后轻轻将它关上。他格外小心地用缓慢的动作爬到他与别人共用的客舱所在的01层。他在门口停下来，透过窗户探查，以确定没有人潜伏在另一侧。看清走廊无人后，他一点点拧动门把手，然后将它慢慢打开到恰好够自己溜进去的程度，接着又动作轻柔地把门关上。

这下就该迅速行动了。他慢跑向他的舱室，直接来到铺位跟前。他抬起床垫和床板，取出干净衣服，挑选出颜色最深的几样——黑色牛仔裤、深灰色T恤、黑袜子和内裤。他把这些东西扔在他下面的铺位上，然后脱掉身上的湿衣服，藏在床垫下。不能让海盗发现我的湿衣服并发出警报。

不到一分钟，他已经换上干衣服。想到他的那个名叫伊拉姆的以色列机械师室友跟他穿同样尺码的鞋子，杰克立刻在那两人的床下寻觅，找到一双黑色的橡胶底工作靴。他动作迅速地坐下来，套上鞋子，系好鞋带。

杰克只需要再多有几件东西。

他再次打开自己床垫下的空间，推开他的脏衣服，暴露出过去十九个月来自己最好的朋友：一把九毫米口径 SIG 绍尔 P229 手枪。他的枪里装有压满十三发子弹的弹夹，此外还有三个多余的备用弹夹。他拉开枪栓，将一发子弹上膛，接着把 SIG 手枪插入枪套，稳稳地佩在右后臀处。他又从床顶取下他的单肩包，把多余的弹夹、四盒用来对柔性目标造成最大伤害的包套亚音速中空弹和手枪消音器装了进去。

除此之外，他还抓上一个装满撬锁工具的皮夹——扭力扳手、耙子、钩子，以及干这一行要用到的其他各色工具——把它塞进他的后口袋内。最后，他拿上一把带有局部锯齿刃的哑黑色卡巴刀，将它连同刀鞘佩在左后臀处。

他默默希望，这应该足以确保他进入船舱了。那里的集装箱里储存着将售卖给卡尔·拉斯克的各类国际客户的更多重型武器。他将包挎在身后，掏出 SIG 手枪，潜回走廊。海盗们已经把船上的全体船员都赶上了主甲板。

天降奇兵的时候到了。他蹑足朝上爬，前往指挥室所在的甲板层。

杰克怀疑海盗以这艘船为目标实施劫持绝非意外，但他决心确保最终证明他们的做法是个错误——一个将令他们无比后悔的错误。

【第二章】

9：00 p.m.—10：00 p.m.

耐心从来都不是萨迪克的优点。他无数次听奥斯曼保证，把标的交给客户，再把船上其他货物卖到黑市后，他们就将成为富人。萨迪克不想等那么久。他现在就想能有一笔财富攥在手中，他对此有自己的计划。

他最信赖的三个人跟在他身后爬回前甲板上，来到最后那个军火走私贩面前："喂！你叫什么名字？"

"与你无关。"

萨迪克用步枪枪托砸在那人的膝盖上。听到西方人发出痛苦的嚎叫，他有一种强烈的喜悦感："你的名字？"

对方咬着牙咆哮道："去死吧。"

"你喜欢遭罪？"萨迪克受了刺激，冲那个自以为是的浑蛋肚子上就是一脚，接着又踢向他的肋部和后背。靴子尖部劲道十足，他确信自己感受到那个人几根较细的肋骨裂开了。

他正要将攻击目标调整为这个人的脑袋时，船长大声喊了起来："特伦特！他的名字是特伦特！行了，在你杀死他之前，快停下吧！"

看来，船长是个薄弱环节。很高兴知道这一点。

由于被打断，萨迪克颇为恼火，但他清楚，稍后还有时间体验更多这样的乐趣。他在军火贩子身旁跪下："钱在哪里，特伦特先生？"

特伦特疼得浑身蜷缩，透不过气来："什么钱？"

"你以为我傻吗，特伦特先生？你贩卖军火。很多很多军火。"

特伦特脸上流露出疑惑的表情："我只不过是运送武器罢了。我老板才销售军火，他通过电汇收款。船上没有现金。"

"你在撒谎！军火商向来都携带现金！"

“也许在你们那个垃圾国家是这样。可在现代世界，订单和支付都通过线上完成。钱跟我无关。”

“要是我得不到报酬，那就与你有关了。”

特伦特对萨迪克的威胁报以冷笑：“你想要现金，硬汉？我钱包里有六十三块钱。如果你愿意，还可以拿走我的信用卡，但我得提醒你，它们都已经被刷爆了。”

萨迪克不想再玩游戏了：“要是你从未见过钱，那就解释一下贝鲁特港的事。”特伦特的表情从油滑迅速转变到严肃，这让萨迪克知道他已被击中要害：“哈马斯的三个人登上了这艘船，每人手里都拎着一个皮包。离开时，他们却都空着手。他们带了什么给你，特伦特先生？是情书吗？”

“我不知道你在说些什么。”

“两周以前。土耳其伊兹密尔。你接待了一个车臣叛乱武装的人。他同样也将一个带上船的皮包遗落在了船上。他只是疏忽大意了吗？”特伦特沉默着，萨迪克目露凶光：“钱在哪里？”

“我在苏伊士时把钱送上了岸。”

“你在苏伊士就没有进港。从富阿德港开始，你的船就不曾卸过货。”

特伦特冷笑一声：“既然你了解这么多，怎么会不知道钱在哪里呢？”他打量着萨迪克，“你在船上安排了间谍。或者不是你安排的，是别的什么人安排的。但不管是谁，现在船上都没有他们的人。我猜得很接近了，对不对，高手？”

“你没资格提问。告诉我钱在哪里。快。”

“我没那兴趣。”

萨迪克打了个响指，召唤手下。他指着特伦特：“把他弄起来。”特伦特刚被架着起身，萨迪克立刻狠狠地揍了他几下子。然后，萨迪克拔出刀，将刀尖移到特伦特左眼前：“别逼我这样做。”

“我没有逼你做任何事情。你完全是在自掘坟墓。”

这下萨迪克明白了：特伦特是那种骨子里就对自己的健康或生命毫不在乎的人。他要么被训练，要么是被打得如此的。不管是哪种情况，这都使得他对传统的规劝手段无动于衷。萨迪克清楚地认识到，想要找到军火走私犯的钱，他必须寻找一个更容易对付的目标。

“把他放下。”

手下将特伦特推回甲板。然后，他们跟着萨迪克在船员面前踱起步来。萨迪克用他坚定的目光打量着每一个人。当他走回原来的位置时，在心里下了决定。他指了指船员中看上去最年轻的那个菲律宾人，年龄估计不超过十八九岁的：“他。让他起来。把他带到这里，跟其他人分开。”

他的手下让年轻人站在右舷靠近锚链和链筒的舷墙边。萨迪克示意他的人退到自己身后，接着站到年轻人的对面：“你的名字？”

“米格尔。米格尔·布兰卡弗洛。”

“你在船上的工作是什么，米格尔？”

“货物装卸工。”

“你知道特伦特先生把钱放在哪里了吗？”

“不知道。”

“那你还有什么用处呢？”萨迪克抬起他的冲锋枪，对准年轻的米格尔的头部射出一串子弹。

萨迪克回头望向其余船员：“下一个是谁？”

罗德船长举起双手：“住手！别伤害我的船员！”

萨迪克已经受够了拖延和借口，他径直来到罗德面前，用AK-47的枪管抵住船长的胸膛，咆哮道：“告诉我钱在哪里！”

“特伦特的套房。在一个隐藏的保险箱里，就在扬基快船油画的背后。”

总算有进展了：“哪一间是他的客舱？”

“三层。”罗德说，“左舷前部拐角。是船上最大的套间。”

萨迪克从工装裤口袋中掏出对讲机，按下通话按钮：“哈马尔，我是萨迪克。你还在三层吗？”

“是的。”

“去左舷前部的套房。看看墙上有没有一幅画着轮船的油画。”

“我去看看。”很快，哈马尔接着说，“有。”

“看看它后边。有一个保险箱吗？”

又一阵短暂的停顿：“有。”

“很好。”萨迪克看着罗德，“密码是什么？”

“只有特伦特先生知道。”

特伦特笑了：“你就随心所欲把所有水手都杀了吧。我是不会把密码告诉你的。”

“我不需要密码。”特伦特朝船尾走去。

萨迪克的亲信萨米尔在他身后问道：“现在怎么办？”

“首先，我们找到这艘船的机房，寻找工具。然后，把那个保险箱从墙上弄下来，将它该死的门撬开。”

* * *

头顶传来重重的脚步声，令杰克不由得停了下来，凝听海盗们的动静。船楼内楼梯间跑动的步子和一种狂躁的击打声重叠在一起。杰克退到一间空的船员隔舱内，后背紧紧靠住墙壁。

伴随着急促奔跑的脚步，别的声音也传了过来。杰克断断续续捕捉到英语和阿拉伯语的只言片语，他猜测其间还夹杂着索马里语。他两手紧握SIG手枪，侧耳倾听，竭力理解头顶传来的那些非英语的词句。

“需要工具。”一个嘶哑的嗓音喊道，“继续找。”

有些东西落在走廊那边隔舱的地上，咔嗒作响。杰克一边听海盗们在船员生活区扫荡，一边做好发生冲突的准备。要是他们在那里找不到想要的东西，那接下来就很可能来到他藏身的这个隔舱。他并未打算在这个时候这个地点跟敌人正面遭遇，但种种经历告诉他，战士就必须面对现实，随机应变参与战斗，而不是期望一切都如自己料想。他缓缓地深吸一口气，集中精神调缓脉搏。他瞬间变得非常镇定——无论何时、无论什么情况，他都可以立即行动。

走廊里，一部对讲机发出电流干扰声。嘈杂中，能分辨出一个微弱的声音："我们找到了机修间。"是带鼻音的阿拉伯语，"就在轮机舱旁边。"

"干得好。"声音嘶哑的那个人用阿拉伯语回答。接着，他换上索马里语大声下令，一群人又狂奔向楼梯间。

杰克仍举着 SIG 手枪，直至脚步声完全消失。

索马里海盗从什么时候开始用上军用电台了？

他回忆多年来自己了解到的各式各样的索马里海盗事件。绝大部分似乎都属于低技术等级的草率行动。如果要给大部分索马里海盗发动的袭击加上一个标签，那就是"业余"。但这些人却恰恰相反，他们组织有序、装备精良。他们拥有对讲机和强大的火力，战术也十分果断，好像接受过训练。他纠正自己：不，确切地说，他们的确接受过训练。

杰克将头探出转角，观察走廊。没有人。海盗是从右舷内部楼梯离开的，因此他绕向左舷的楼梯间。他用耳朵紧贴住门。另一侧听起来毫无动静。他小心翼翼扭动门把手，将它打开。由于货船引擎已被关闭，楼梯间静得出奇，以至于杰克能分辨出装在墙上的紧急探照灯充电时发出的轻微嗡嗡声。他在身后将门无声地关上，然后用熟练的潜行步伐爬上楼梯。

他将 SIG 手枪端在胸前，绕了个弯，确定下一层没人后，继续朝上爬。他查看下个转角，向上进发，不断假定下个拐角就是陷阱。不到一分钟，他便来到楼梯顶层。杰克靠近通往指挥室的那道门。门是锁着的，但早在数周前，作为一种常规战术准备，他已设法弄到了解除代码。他希望海盗们还没有精明到想修改密码。

他输入密码时，按键的反馈音在坟墓般寂静的楼梯间内听起来大得可怕。门上的磁力锁终于在嘀的一声后开启。杰克将门拉开，但没有立刻动作，而是停了一会儿，看看指挥室那边或者下边楼梯间里是否有任何反应。两处都没有丝毫动静。他俯身穿过门，然后用手将它关上，以防门栓越过锁板时发出咔嗒声。

在他左边狭窄的走廊通道尽头，是驾驶舱左舷侧的门。而他正前方的门则通往无线电室。二者之间，沿着走廊大约向下一半的位置，是海图室的门。

杰克踏上走廊，透过驾驶舱门上的窗户张望。里面有海盗，他们人人端一把 AK-47 冲锋枪。此外，每个人配的手枪都不一样，其中一人还背着挂满手雷的弹药带。突袭驾驶舱是有可能的，但胜率微乎其微。

他重新顺着通道墙根前往无线电室。对他而言，当务之急是要发出 SOS 求救信号。从拉斯克那里搬来救兵，能提高他对抗海盗的胜率——要是杰克恰巧成为寻得援助、保住拉斯克船上货物的那个人，这将有助于他在拉斯克面前展现诚信与善意，进而渗透打入这个武器贩子产业化的非法国际帝国。

无线电室的门上没有窗户。杰克用耳朵贴着门，听到里面没有什么动静。他动作尽量轻柔地把门推开一道缝。门缝那边毫无反应，于是他将门开得更大。无线电室里空无一人，出现这一状况的原因很快便呈现出来：这艘船的通讯设备已被摧毁。

原本一排排精致复杂的电子仪器已化为变形的金属碎片、烧焦的塑料和冒烟的线圈。狭小的空间中弥漫着一股金属燃烧的刺鼻气味。杰克对房间里的各种设备进行了挨个检查，发现它们全都留有弹孔。这里遭受的破坏太严重，他没法奢望能有足够的部件供他组装起一套新的电台。

寻求援兵这个方案只好到此为止。

他得继续采取行动，并改变计划。除非能制造出足够大的骚动，吸引海湾中其他船只的注意，否则他只能凭一己之力应对海盗。

不过幸运的一点在于，他碰巧是在一艘从头到尾都装载着数以吨计的人类已知最致命货物的船上。他打算好好利用这些货物。

他迈着小心的步伐退出无线电室，回到左侧楼梯间。跟先前一样，这里一片死寂。

杰克双手握枪，沿着楼梯继续前行，每到一处转弯，他都小心探查。他的下个目的地是三号船舱，那是最靠近船尾的货物区。到那之后，他就能评估海盗们对货舱的扫荡有多严重，并同时设法接近被控制在前甲板的那些人质。

给自己弄到更加强大的火力或许有所帮助——但把船上被劫为人质的船员武装起来，发动他们对抗海盗则会更加有效。

＊＊＊

“再快点！把它从墙里拉出来！”萨迪克站在套房后部。他的四名手下正用电锯、榔头、焊枪和撬棍对墙面大动干戈。他们要拆除特伦特套房里墙上那个保险箱的支撑结构。大块大块的破碎舱壁随之掉落。

保险箱是专业安装的。为了支撑和隐藏保险箱，在套间原有右舷舱壁基础上焊接了一套新的结构，因为货船本就拥挤的船楼是无法提供可用于切割的有效空间的。工业级的焊缝把保险箱牢牢地固定在应有的位置。即便现在六个面中有五个面已暴露出来，箱子看上去仍固若金汤。

一阵尖锐的金属啸叫过后，传来一声沉闷的冲击声。保险箱从墙上掉了下来。四名负责拆卸它的海盗赶紧闪向一旁。箱体砸在地板上，令套房内充斥着隆隆的回响。它像沉重的金属件般滚了几下，门朝上停在萨迪克面前。

“你们还等什么？把它打开！”

他朝后退了退，给手下腾出空间。保险箱非常坚固，足以让那些在陆地上使用便携工具行偷抢之事的普通盗贼望而却步。但它跟大部分保险箱一样，只不过是个金属箱子，船上这些工具是大多数商船携带的，威力无比，足以在一小时内将它撕成碎片——尤其在撕碎它的人无需担心有被抓的风险或受到其他干扰的时候。

套间里火星四溅、烟气呛人。萨迪克沿着前舱壁走到一扇舷窗边，将窗户打开，换点新鲜空气进来。乙炔火焰的轰响声和电锯产生的吱嘎声环绕四周，持续不断，令他难以忍受，不可能再集中注意力去做别的什么。漫长难挨的几分钟后，刺耳的声音平息下来。萨米尔喊道："打开了，萨迪克！"

萨迪克快步从手下中间挤过，走近保险箱。厚厚的金属门已被熔化切开。一摊熔融的金属液烧穿了地毯，一直流淌到金属甲板上。萨迪克小心地移动脚步，在打开的保险箱前跪了下来。堆在箱子里的全是财富。

他贪婪地一把把朝外掏着钱，每掏一下，都在心里记住究竟拿到了什么。有一叠叠美元和欧元，都是成捆的大面额钞票。在它们之下，是一摞可转让不记名债券，每一张在自由市场上都价值五十万以上。保险箱中间的隔层里堆满金砖和装着未经切割的宝石的绒布袋。这比萨迪克曾经想象自己此生能够获得的财富还要多。

但是，此刻他最想看到的，却是那件缺失的东西，那件他以为在这里，但却并未出现的东西。

我还以为它会在这里呢。他很想为新到手的财富狂欢，但此刻他能想到的，却是他必须面对奥斯曼的批评。现在，我们不得不采取强硬手段了。

"都装起来。回到岸上，我们就分。"他说着朝门口走去。

萨米尔站在保险箱旁边，脸上写满困惑："你要去哪里？"

"我要去跟特伦特先生聊聊。"

* * *

多亏特伦特套间里疯狂混乱的动静，绕过位于指挥室正下方船楼三层的那些海盗的过程，比杰克预期的要容易些。电动工具的嗡鸣和轰响跟阵阵叫嚣声混杂在一起，这使得杰克很难听清他们在说些什么，不过他很快就确定，他们正专注于撬开特伦特的保险箱。

杰克继续下楼，前往“巴拉塔利亚”号的下甲板。轮机舱和轴隧都在船楼下，但因为货船处于漂移状态，这片洞穴般的空间里静得离奇。杰克早已习惯了引擎的鸣响盖过他在金属楼梯间行走时的脚步声。但此刻，他必须小心迈出每一步，避免发出声音。他紧握着 SIG 手枪，一下到向前延伸刚好超过三楼的船尾上层甲板上，便立刻准备好行动。

如他所料，海盗没有关上从轮机舱通向三号船舱的上层甲板间的门：“巴拉塔利亚”号船尾和中部货舱都设有外部甲板间，以便运载较小的集装箱和热缩塑料包装货物。前部货舱被划分为两层塞满热缩塑料包装货物的甲板间，一处较低的货舱则专供放置军用航空燃料和迫击炮弹和榴弹的大容量存储箱。杰克很清楚自己能找到些什么。几天前，他已经查看过船上的货物，以判断拉斯克的生意涉及多大范围。他只希望海盗还没有拿走他最需要的东西。

照明灯投射下有限的橙色光晕，在狭窄的上层甲板间拉出长长的影子。货舱中央密密地排放着金属集装箱。红的、灰的、橙的和蓝的箱子从货舱漆黑的低层甲板上生长出来，差点触及到主甲板，上方几乎没留下什么空间。杰克一边让两眼适应周围的阴暗，一边小心翼翼迈步向前。

正如他担心的那样，许多货架都已被海盗切割开来，扫荡过了。一些较大的板条箱也已被暴力开启过，包括一个他知道里面装着破片手雷的箱子。经过那个板条箱时，他朝里看了看。十几个纸箱中只有三个被拿走，但他确信很快就会有更多海盗过来分享剩下的手雷。他拿刀割开一个新箱子的封条，朝单肩包里塞进两枚手雷。

杰克收起刀，换上手枪继续出发，目光射穿暗影，搜索任何轻微的动静。他溜到一个堆放乙炔立式罐的货架后面，发现角落里有一个被灰色油布覆盖的巨大木头板条箱。他扯下厚厚的油布，将它扔到一边，然后把枪收回枪套，接着掏出他的撬锁工具。仅仅几秒钟后，他便打开了板条箱上的挂锁。他掀开盖子，查看箱子里的东西。

里面是摆放在干稻草中的盒子，层层相套。印在盒盖上的标识和型号表明其中装着赫克勒 & 科赫武器。最上层的盒子较小，其中一些里面装着备用弹夹，其他盒子里则有诸如武器清洁包、望远镜和皮带之类的配件。杰克搬开顶层的盒子，看看下面还有什么。第二层是半自动手枪。他开始担心自己是在浪费时间——直至他看到最底层的盒子上印着的型号。

盒子里是 MP5SD-N 冲锋枪。

他把装手枪的盒子搬开，然后拿起一把军用冲锋枪。枪管上配有一体化的不锈钢消音消焰器。这正是杰克需要的东西——强大的火力、适度的隐秘性。最重要的是，它跟他的 SIG 手枪一样，都使用九毫米子弹。

他在板条箱子边跪下，弹出 HK 的冲锋枪能容纳三十发子弹的弹夹，装入标准子弹。然后，他把装满的弹夹插进枪身，又从那些配件盒里抓了三个三十发的备用弹夹和一根可调式背带。不到一分钟，弹夹便都已塞好，冲锋枪也挎在了他的背上。

现在该为人质们弄些枪了。

右舷和左舷的上甲板间舱壁横隔板上都有防水门，但前往下甲板间和主货舱的唯一方式，便是经由固定在每个区域前舱壁中央的楼梯。这些楼梯同时通往主甲板关闭的舱口。

杰克瞟了一眼便能断定海盗在船舱的什么位置。这些家伙打开途经之处的防水门后都没再关上。船在海上时，对这些舱口和防风门的正规操作应该是保持常闭——海盗们似乎对这种规矩并不在意，或者不屑一顾。军事训练造就的本能促使他想将它们关闭，但他还是忍住了，直接穿了过去，稳稳端着冲锋枪，警惕地观察任何风吹草动。

下一个打开的舱口那边传来响动。

杰克朝旁边一闪，俯身躲到一排热缩包装货架后边。他听见压低的声音和重重的脚步逐渐朝他逼近。总共有三个人，全都说一种杰克听不懂的语言，但从语调和节奏来看，应该是索马里语。他一直等到他们从自己面前经过，并穿过他身后的门廊，前往船尾货舱上的甲板间之后，才重新钻出来，继续朝船首进发。

更多海盗在下甲板上走来走去。杰克藏在阴影中，轻手轻脚地迂回前进，避开他们。还算好，他们此刻并没在进行搜查。他们似乎觉得已经抓住了船上的每一个人，现在正忙于清点船上的货物，幻想怎样享用即将属于他们的那一份财富。与此同时，他的进展却被放缓，原本分分钟便可完成的急冲，现在却漫长得像要持续一生。

他微躬着身子，穿过最后一处货舱门，前往前甲板舱壁，始终把冲锋枪端得与眼齐平。这是一道从货船龙骨延伸到主甲板的完整屏障，如果船首任何部位受到撞击出现缺口,这道屏障可以防止货船其他部分被水灌入。另一侧有大量隔间，但到那里的唯一途径，是穿过前甲板顶部的舱口。

从目前所处的位置来看，杰克登上主甲板的可行通道只有一条：固定在舱壁上的楼梯。他把冲锋枪背在背上，腾出双手迅速攀爬，他知道扫荡货舱的那些海盗随时都可能返回。不到二十秒，他便隐入了货舱上方楼梯间的黑暗之中。他眼前漆黑一片，完全凭着触摸找到了舱口。

他清楚船员们让货船舱口的齿轮和爪扣保持着良好的润滑状态，因此不用担心舱口会在被退开时因发出刺耳的声音而将他暴露。他最需要注意的是，海盗有没有在顶部舱口进行守卫。如果真那样，他就会陷入一场严重的冲突。

他转动手轮，松开舱口的锁栓，将它向上略微顶起一点。风灌了进来，顺着楼梯间倾泻而下。

杰克透过狭小的开口窥探。舱口正前方和两侧一个人都没有。他明白舱口是向上朝后开启的。如果有人在舱口后边，就会在杰克看到他们之前，先发现杰克。但他还是得冒这个险。

舱口平缓无声地打开。它朝后放下时，杰克扭头看去。他和一号货舱舱口盖之间没有别人。他爬出舱口，警惕地摆出蹲伏姿势，将舱口轻轻关闭。

尽管货船只是在漂移，但强劲的海风和拍打着船身的不规则海浪，仍共同营造出了一种嘈杂的环境，可以掩盖他的行动产生的动静。杰克摘下冲锋枪，蹑足接近前甲板。他在右舷楼梯旁停住，朝前甲板顶部边缘张望。

人质背靠舷墙挤坐在船首端部。其中大部分人似乎没有被捆绑，这是个好迹象。不妙的是，有三个面色不安、神情狂躁的武装分子看守着他们。

搞定他们不会太麻烦，杰克意识到。如果想把武器传递给船员，就要分散海盗的注意力。

他眼角的余光瞥见了动静——两个身影正朝货船左舷靠近。杰克在货舱旁蹲下来，避免被发现。

是两个海盗。前面的那个脸上有疤。与他同行的家伙身形枯瘦，简直算得上营养不良，但一双魔眼却流露出冷血杀手般的凶光。两人都很瘦，一副饱经风霜的模样。他们顺着左舷楼梯爬上前甲板，大步朝人质走去。

二人怒气冲冲地直奔特伦特。疤面抓着衣领将军火贩子从甲板上拎了起来，大声吼道："把我们要找的东西给我们！"

"什么？就像船长说的那样，东西在油画后面的——"

魔眼逼上前，进一步威胁："不是你的保险箱！那东西我们已经找到了！"

"那你们在说些什么？你们是有钱人了。你们一天就成了百万富翁。"

疤面用枪口抵住特伦特的下颌："你清楚我们想要什么！"

特伦特仍不露声色："什么？冲锋枪？地雷？要什么就说呀！"

魔眼接下来的话令杰克脊背发凉。

"我们想要导弹！"

【第三章】

10：00 p.m. —11：00 p.m.

导弹？一想到这群狂暴的海盗真要用上那种武器，杰克就感到一阵眩晕。我知道这艘船在运输重型武器，但从未想到它装载有那种武器。他竖起耳朵，不让呼呼的风声和海水拍打货船的嘶鸣声影响他继续偷听海盗与特伦特之间的对话。

“我不知道你们在说什么。”军火贩子听上去并不是真心在否认。杰克已明显感受到，他只是在拖延那个必然结局到来的时间。

疤面扳开仍死死抵住特伦特下巴的手枪的撞针：“我不相信你。你是拉斯克在这艘船上的人。你知道导弹在哪里。”

“也许你糊涂了。难道你真以为我能在我的保险箱里藏一枚导弹？”

面对特伦特的挑衅，海盗一挥手枪，将这个上了年纪的男人打倒在甲板上：“我是在找集装箱编号！告诉我是多少！”

特伦特伸手抹了一把顺着头侧流淌下来的鲜血：“我不记得了。”他狠狠瞪着眼前折磨他的人，“恐怕是这些对我脑袋的击打使我失忆了。”

疤面海盗将枪口对准特伦特的头，但他的同伴立刻把他的手推开，并用阿拉伯语训说：“萨迪克，住手。没有他，我们也能找得到。”

“那就让我杀了他呀，奥斯曼。既然他帮不了我们，那他对我们就没用了。”

“不，他或许还能值一笔赎金。要是拉斯克不肯替他付钱，我们再杀他不迟。”

萨迪克放下枪：“听你的。”

“跟我来。货物清单应该在货物控制室里。不管导弹藏在货舱的哪个地方，我们都可以用它来找到它们。”奥斯曼侧身点点头，示意萨迪克跟他走，“人质哪也去不了。走吧。我们还有正事要做。”

萨迪克恼怒地叹了口气：“好吧。”他将手枪撞针退回原位，重新把它插到腰带上，转身跟着奥斯曼离开前甲板，返回左舷，朝货船耸立的铁锈红色船楼走去。

杰克不明白海盗是怎么知道拉斯克的，更别提导弹的事了。是谁在给这些家伙提供情报？这些不是普通海盗。那究竟会发生什么事？他暗想，这些不解之谜还是稍后再去破解吧。现在，最重要的是阻止他们。要是让他们得到一箱导弹，他们就能劫持轮船、飞机和大使馆——他们将为所欲为。这将重蹈 1993 年摩加迪沙的覆辙，只是这次的索马里人能造成更大伤害。等人们察觉到，早都为时已晚。

新的索马里政府还很不健全，但它正在努力重建稳定和秩序。这个国家曾因军阀混战四分五裂，受好战穆斯林激进主义分子困扰，被肆虐的贫困、疾病和饥荒拖累。要是犯罪集团劫持了“巴拉塔利亚”号，他们的装备就可能比索马里不堪重负的军队和警察的装备更加精良。这将为一场新的索马里内战和不计其数无辜生命的陨落拉开序幕。

更糟糕的是，索马里基地组织无处不在。如果让海盗掠得船上的武器装备，几乎可以肯定，有相当一部分最终会落入恐怖分子之手。

他把冲锋枪甩回后背，回到楼梯间舱口。虽然他躲在暗处，不太容易被人发现，但他还是环顾左右，最后一次确定没人正朝向他这一边。他打开舱口，爬了进去，并轻轻将盖子在头顶关闭。

下到通往一号船舱的楼梯一半时，他停下来确认上甲板间是否安全。完全下来后，他朝左舷走去。尽管他在船上已度过数周，但只有时间偷看过“巴拉塔利亚”号非法货物中的一小部分，不过他现在能回想起的，已足够为他提供帮助。他知道哪个集装箱里装有克莱莫反步兵地雷，哪个货架上摆放着炸药引信，哪个板条箱里有雷管和定时器。

杰克已经有一阵子没得到机会问心无愧地大开杀戒了。他打算尽情享受一番。

＊＊＊

奥斯曼从“巴拉塔利亚”号高耸的驾驶舱俯瞰主甲板，看到一些船员已开始利用安装在甲板上的起重机和吊臂，投入到将舱口盖从货舱移开并堆叠到一起的沉闷工作中。挪开第一层盖子还要花几分钟，但那些巨大的钢铁吊臂绕着转轴起舞的景象，以及附属的数不清的线缆，已令他深感震撼。

控制台上的电话响了起来。他拿起听筒：“喂？”

萨迪克在电话另一端喊道：“没有什么货物清单。”

“一定有。”

“没有！”静电干扰和砰砰的响声与他抱怨的咒骂混杂在一起，“只有几个剪贴板，上面除了清洁时间表什么都没有。”

奥斯曼用手压着疼痛的前额。如果手头的任务与伤人毁物有关，那萨迪克大有用武之地，可他对现代世界的细微精妙，却是一窍不通：“它不会被写在纸上。会在计算机里。”

电话那一头的沉默传递出内心受到伤害的意味。

奥斯曼略作停顿，补充道：“需要我下来找你吗？”

“要是你能让这机器工作的话，就过来吧。”

“这就来。”他挂断电话，随手拿起他的步枪出了门。好歹下楼要比爬上来容易。

他来到位于船楼上层前端狭窄的货物控制室。他发现萨迪克正盯着漆黑的计算机显示器。

“有什么发现吗？”

“还没有。”萨迪克说。

“好吧。什么也别碰。”他从嗜血的副手旁边走过，在小小屏幕前的键盘边坐下。他也不确定该怎么做，但还是装出自信的样子，随便按下一个键。屏幕亮了，他松了口气，工作台下传来计算机被重新唤醒的咕咕声。

奥斯曼跟大多数索马里人一样，英语的口语水平不错。可说到阅读，那就难多了。正如他担心的那样，船上的计算机系统将英语作为默认语言。要是我们被派去劫持阿拉伯船只就好了。

萨迪克在他身后张望，已经有些不耐烦："怎么样啦？"

"我正在弄。"

界面看起来非常简单。这是一台专用机器，所具备的功能有限。奥斯曼操纵鼠标从屏幕的一处移向另一处，注意它移到哪里会引起预示某项功能等待激活的颜色变化。同时，他尽可能去理解屏幕上的单词和符号。

"你并不知道自己在做什么，是吗？"

"我过去没用过这种机器。我需要点时间。"

他和萨迪克之间总是这样。无论奥斯曼曾多少次证明过自己，无论他的计划有多少次为他俩带来成功，萨迪克总能以新的方式反驳他。在奥斯曼看来，这一点很讨厌。萨迪克是那种绝不接受别人控制自己的人；他从不满足于听命于人，哪怕的确是为他好。他是那种必须把自己的快乐建立在别人痛苦之上的人。

今晚，他再次成为让我头疼的问题。

奥斯曼觉得自己已经理解了界面上的命令："这应该能调出货物清单。"他在屏幕上移动鼠标，然后按下左键，这是几年前他从一名美国和平部队的教员向他和许多其他年轻人进行演示时学到的，但那是一次失败的教育尝试。不过这一回，他赌对了。屏幕上的菜单被一张表格替代，上面填有代表货船装载货物的数字和字母："找到了。"

"这都是什么意思？"

"是货船上的物品及其位置的清单。"

"它可以告诉我们在哪里寻找导弹吗？"

"应该可以。"

萨迪克把双臂抱在胸前，摆出一副傲慢的姿势："让我瞧瞧。"

再装模作样就没好处了。他们已具备完成此次任务的一切条件，除了他们需要找到的那个集装箱的位置，以及获取船上计算机中货物记录的专业知识。

奥斯曼靠向椅背："我们需要一名船员来操作计算机。"

"杀死戴德里克实在是太糟糕了。"

奥斯曼冲萨迪克皱起眉头："你是指你杀死戴德里克实在是太糟糕了。"

"我还以为你希望那样。"

"不，我并不希望。"

"你应该表示得更明显。"

跟萨迪克争执毫无意义。他是个不肯认错或道歉的家伙。在他的理解能力范围内，只有力量、金钱和结果。奥斯曼冲他指了指门口："去找个职员来。不是船长。去找货物长。"

"我是你的仆人吗？"

"我没意识到下达命令时得加个'请'字。"

萨迪克十分生气，但还是依言照办。

奥斯曼看着他离去，长长出了一口气。

这会是个漫漫长夜。

* * *

除了武器弹药，船上还装有相当数量的常规军用补给装备，例如靴子、水壶、干粮等等，总之游击部队维系生存与行军所需的一切都有——包括老式美国海军水手袋。杰克已从前部船舱上甲板间里堆满各式补给品的货架上拿了一个这种管状帆布袋。此刻，他位于货舱中央，正往水手袋里装一块块塞姆汀塑胶炸药。少量这种塑胶炸药也会在船舱内有限的空间里产生巨大的威力，不过它很轻，多拿上一两块也没什么坏处。

塞姆汀炸药能方便地塞进隐蔽处，但杰克打算将“巴拉塔利亚”号整个下甲板区都变成杀戮地带。可为此，他还需要克莱莫地雷，这些东西全被存放在船尾三号船舱的下甲板间。

他抓起塞满小半的水手袋挂在左肩。由于一只手必须扶着袋子，他换上 SIG 手枪作为当前的主要防卫武器。为使行动保持隐秘，他给枪装好了消音器。

穿过一段开放的门廊后，他的左脚踏入二号船舱，右脚仍在一号船舱内。就在这时，他看到了位于自己右侧的两名海盗。他们正斜靠着一排叠放了两层板条箱的货架，用含混的索马里语闲聊。

该死。他很清楚，想在这个时候缩回腿是没用的。于是，他继续埋头向前，在沿着右舷舷墙排列的两排货架间寻求掩体。幸运的话，他们也许没注意到我，或者觉得我只是他们自己人中的一员。

他仔细倾听。周围一片死寂。这时，那两个人用疑惑的语调交谈起来。杰克觉得自己能猜出他们在说些什么。

“你看到了吗？”

“是的。那是什么？”

“不知道。或许我们该去看看。”

脚步声渐渐逼近。他们正朝他而来。

他小心地放下水手袋。他最不愿意发生的事情，便是因为发生交火而引来更多海盗。

杰克稳健地放慢步伐，举起 SIG 手枪，等待目标出现。

AK-47 冲锋枪的枪口映入杰克眼帘。他知道持枪的人就在后边。他把手枪抬到眼边，把指头放到扳机前。

冲锋枪枪管转动了一个角度，这告诫杰克，那个人在转向他。海盗刚露出正脸，杰克便开枪了。即便事先装上了消音器，巨响仍在阴冷的船舱内回荡起来。弹出枪膛的弹壳落在杰克右边的货架上，再落向甲板，带来一阵清晰的黄铜与钢板磕碰的砰砰声。

第一个海盗倒下了，杰克朝前探身，使他的SIG手枪刚好能绕过拐角，眼睛能瞥见第二个家伙。那个海盗手忙脚乱地想举起挂在身后的冲锋枪瞄准目标，可没等他动作，一颗子弹已没入他胸口，将他放倒在地。

伴随着第二个海盗的身体倒向甲板，又一枚弹出的弹壳落向地面。SIG手枪枪管里冒出一缕硫黄烟雾。杰克定在那里，不知道会不会有更多海盗赶来。虽然有消音器的帮助，但没有哪种枪能真正做到静音，更何况是在这种紧凑的空间内。不过消音器还是把SIG射击时的爆裂声转化为沉闷的声响，就像有很重的东西落下，厚厚的舷墙也有助于吸收大部分声音。

从杰克所处的位置观察，“巴拉塔利亚”号的这片腹地似乎依然平静。

他收起手枪，将两个死去的索马里人依次拖到两排货架之间，并从一堆捆绑在一起的板条箱上扯下一块聚酯油布，盖到尸体上。

前方通往三号船舱的路似乎安全。杰克捡起水手袋，朝船尾进发，每走一步，他都提醒自己，下次再遇到拐角时，记得小心查看。

* * *

四名被派去将特伦特和罗德船长拖回船楼的海盗都没法告诉他俩将发生什么事，但特伦特完全有理由相信，他不会喜欢接下来的遭遇。

好歹他们为了让我们爬楼梯，解开了我们的双手。

他和满头白发的商船指挥官在枪口的看管下，被带上左舷侧楼梯。上到二层时，他俩被推进走廊，一起进入货物控制室。在那里等候他们的，是货船的货物长迪特尔·斯图兹曼和强行登船队伍中的两个首领——瞪着大眼的奥斯曼和他桀骜不驯的攻击犬萨迪克。斯图兹曼双手抱头跪在地上。萨迪克双手握着那把偷来的点四五口径半自动手枪瞄着斯图兹曼的后脑勺。

先前与萨迪克的争执让特伦特的头仍然很痛，但他已经尝过苦头，深知千万不能在敌人面前暴露弱点：“这又是怎么了，孩子们？想不起船上厨房里的炉子怎么工作了吗？想让我们为你们做些夜宵吗？”

奥斯曼冲着站在特伦特身后的手下点点头。其中一人踹了特伦特的后膝一脚，迫使他跪下。他面朝下趴倒在甲板上。有人从后边一把抓住他的头发，将他拉起跪好。

奥斯曼的举止并不狂躁。他泰然自若地从斯图兹曼的桌子下抽出一把转椅，摆在特伦特面前，然后坐下来，探过身子，缓缓开口：“清单里没有导弹。”

“或许是因为本来就没有导弹吧，天才。”

奥斯曼皱眉摇了摇头：“不。有导弹。”他指了指身后桌上的显示器，“就像许多同样没有存在你计算机里的东西一样。”

特伦特没有流露出丝毫的惊诧或警觉：“那又怎样？”

萨迪克走上前，站到奥斯曼身后：“你的清单跟货物不符。一点儿也不一样。上面说应该在船上的，船上没有。可这里有的东西，清单上又没有列出。”

奥斯曼难看的露齿微笑中没有丁点欢愉：“你的货物清单是假的。”他将目光转到船长身上：“真正的清单在哪里？”

罗德像泄了气的皮球：“我没有清单。”他朝特伦特的方向昂昂头，示意海盗：“他控制着清单。”

“从哪里控制？”奥斯曼指着罗德，“说具体点。”

“他就在这里控制，但用的是他自己的笔记本电脑。”他觉得奥斯曼有点被搅糊涂了，又赶紧解释说，“他用一台小型便携计算机接入我们的系统。”

特伦特愤怒不已。要是我们能幸存下来，我一定会让罗德吃不了兜着走。

奥斯曼起身把椅子退回桌下。萨迪克走到特伦特面前，接着审问：

“便携式计算机在哪里？”

“我不记得了。”

萨迪克用枪猛击特伦特的下巴：“好好想想。”

“要是我不想呢？”

“那你就会后悔。”萨迪克飞快地踹了特伦特的小腹一脚，算是印证口中的威胁，疼痛迫使特伦特弯下腰，像受伤的动物一样在甲板上抽搐。接着，海盗踩住他的手腕，在甲板上碾压：“告诉我。”

“去死吧。”虽然这纯属逞强，但听上去还不错。

一声巨大的枪响在小小的房间内回荡，炽热的白光闪过，灼烧般的痛感顺着特伦特的胳膊朝上袭来。当目光中的红色渐渐清晰之后，他看清萨迪克在他手背上轰出的可怕伤口仍在冒烟。他的沉着冷静和自命不凡顿时消散无踪。现在，他仅有的是极度的痛苦和恐慌。

“没人可以永远扛下去，特伦特先生。你还有另一只手和两只脚。你想保住它们吗？”他抬腿踩住特伦特的背，把他压在甲板上。特伦特感受到的下一件事，便是依旧温暖的点四五口径手枪枪口抵住了他的后脑勺：“把计算机给我。如果你愿意，给我导弹也行。任选其一都能救你的命。至少暂时可以。”

特伦特试图从灵魂深处再挖掘些反抗的力量，但他能看到的只是从被打烂的手掌中不断渗出的血液。他的勇气已被瓦解。

“在我的套房里，就在床下储藏空间一扇活动底板下边。抬起床垫就能在前端拐角下的凹槽中找到解锁手柄。”

奥斯曼冲着等在门边的手下点头示意。其中一个迅速离开，去确认特伦特的招供是否属实。他对剩下的三个人说：“带他们回其他人中间。”

海盗们把特伦特和斯图兹曼架起来，用冲锋枪顶住他俩和罗德的后背，将他们带进走廊，顺着楼梯返回主甲板，回到船头部位。他们沿着楼梯来到前甲板——特伦特这时发现失去右手的他做这件事有多么困难——倒在其他缩成一团的船员中间。

罗德满脸沮丧："也许他们现在会放过我们了。"

特伦特从衬衫上撕下一截布，缠住受伤的手："为什么？就因为你出卖了我，让他们可以逼我交出我的笔记本电脑？我总觉得你是个蠢货，罗德，现在我证明了这一点。"

他尖酸的诘责激起了船长内心苦楚的愤恨："你见鬼去吧，让拉斯克先生也见鬼去吧。我只关心的我的船员的安全。要是救他们意味着出卖你和船上的每件货物，那就这样吧。这是一种我能接受的选择。"

"长久不了，你不会如愿的。如果你交出船上的货物，最好希望海盗能杀了你。因为要是他们不杀你，拉斯克也会——并且他一定会让你好好享受一段漫长的死亡过程。"他替自己绑好绷带。缠紧的布条压迫得他的手掌刺痛，仿佛在被成千上万根燃烧的针头扎刺一般，但好歹止住了血。

船长叹了口气："那现在怎么办？你已经把笔记本给他们了。全都完了，对吗？"

特伦特想象着跟海盗下一次交锋的场面，脸上露出一丝冷笑。

"怎么会，船长。事实上，我想说，游戏才刚刚开始。"

* * *

船尾货舱底部一片漆黑，这点很适合杰克。他已经弄到了一套轻量耳机，上面装有一对夜视镜，使他看周围时眼前呈现出一种单调的淡绿色。没了五颜六色并不妨碍他，因为此刻他并不需要根据电线的颜色去拆除炸弹。他所要做的，就是在往水手袋里装反步兵地雷时，看清自己在做什么。

这些并不是真正的克莱莫地雷，而是中国造的仿制品。带有微微弧度的灰绿色盒子具备了一切要素——触发器和用于将地雷环形连接以制造更大杀伤范围的充足引信——但它们那本该载有"正面朝向敌人"指示标记的凸起表面上却刻着四个中国象形符号。

幸好我已经知道怎么使用它们。

克莱莫地雷体积紧凑，但比看上去更沉。水手袋里装了十个地雷，再加上下面的塑胶炸药和其他杰克在穿越货舱过程中已弄到的装备，使得帆布包承载的重量已接近五十磅。他在参加三角洲特种部队选拔时，曾带着这么重的东西走过远得多的距离，那几乎是二十年前，他现在最关心的是隐秘和速度，可带着一个如此沉重的包对哪一点都没有好处。

就在杰克要合上水手袋的盖面时，他注意到货舱角落里有动静。他条件反射般地蹲下来，躲在两排货架之间狭小的空间内。

有一个索马里人在堆叠起来高耸的货运集装箱旁走动。他拿着一枚手电来回照射，眼睛注视着集装箱顶部。这人越来越近，杰克听到一阵微弱的电流噪音，像是对讲机受到随机干扰发出的吱啦声。

杰克朝上瞟了一眼，确认上头至少还有另外两名海盗正在下甲板间的板条箱之间搜寻什么。要是引起他们的注意就惨了。如果他在他们之上，例如处于上甲板间，没准还有选择，能找地方溜走。可他身处货舱底层，眼下只有一条出路——前方舱壁上的楼梯。他不能冒险使用手枪，哪怕装有消音器也不行。

杰克用右手抽出卡巴刀，举到左肩位置，刀刃朝外。他凝听着海盗拖沓的脚步声，后背紧贴着货架。他在等待机会。

海盗进入他的视野，目光仍投向上方的货运集装箱。杰克注意到，那人背上背的是 AK-47 冲锋枪，但看不清他还带着个什么。那东西虽然小，却需要他用双手掌控。那装置发射出一种淡淡的光，海盗时不时看看它，又看看集装箱。

他只朝杰克所在的方位看了不到一秒钟，但这已足够决定他的命运。杰克快如闪电地挥刀捅向对方的喉咙，防止他因恐惧或疼痛叫出声来。杰克拔出刀身时，在抽出的同时割断了海盗的颈动脉。鲜血从伤口喷射而出，那人向前倒下。杰克任由海盗摇晃着落地，但稳稳地接住了他手里掉下的装置。

尸体脸朝下倒在甲板上，声音沉闷。

杰克打量着手中那套被血沾染的装置。

是盖革计数器[1]。

杰克顿时明白了正发生的一切究竟是怎么回事。海盗并非在寻找常规导弹。他们登上这艘船是为了找核武器。这种武器如果落入恐怖分子之手，能伤害数百万无辜人们的性命。

真该死，拉斯克。你究竟都干了些什么？

* * *

奥斯曼每解决一个问题，都会暴露出一个新麻烦；他每清除一道障碍，都会遇上一道新的坎。他开始有点后悔接下这个活。事实证明，事情的难度比客户描述的更大。他怀疑，随着夜色持续，情况会变得更加糟糕。

他带萨迪克来到左舷，顺着楼梯登上前甲板。对他而言，自己说了算非常重要。他需要向手下强调，不管他的副手萨迪克有多冲动和傲慢，只有他才是老大。

他们在挤在船头的俘虏跟前停下。奥斯曼尽可能地展示出他的权威和凶悍：“特伦特先生！你的计算机密码。快说。”

“发现我有密码了，嗯？”特伦特得意地笑起来，“我很好奇你们花了多长时间。我得表扬你们，我没想到这么快就会再见到你们。”

萨迪克的脾气上来了：“把密码告诉我们。”

“不告诉又怎样呢？”

讥讽的氛围在特伦特和萨迪克之间短暂驻留。接着，萨迪克爆发了。他气急败坏地吼叫着冲上前去，举起冲锋枪的枪托，就要朝军火贩子的头顶砸下去。

---

1 Geiger counter，用于测量放射性。

特伦特一跃而起，扑向萨迪克，给对方来了个措手不及，将萨迪克撞得朝后倒向甲板。

可这场打斗的局面是一边倒的——特伦特只有一只手能动——但它带来的激励作用，却促使其他船员纷纷站了起来，全都涌向前去，要一看究竟。萨迪克已经强行将特伦特扭转过来，让他仰面朝上。他一直占据着优势——直至特伦特一脚踢中他的腹部。两人朝反方向分开——萨迪克向左倒下，特伦特朝右翻滚。当特伦特站起来时，奥斯曼看到这个军火贩子从萨迪克腰带上拔走了他的刀。特伦特抬起胳膊，就要将刀甩出——

萨迪克的 AK-47 射出两发子弹，结果了他的性命。

特伦特受到枪击的尸体倒向舷墙，然后翻过楼梯，砰的一声落在主甲板上。

奥斯曼失去了仅存的主动权。他一把抓住萨迪克的衣领："你疯了吗？"

"难道我该让他杀了我吗？"

"你可以击伤他！我们需要密码！"

萨迪克一把挡开奥斯曼的手："我们自己也能找到导弹。"

"怎么找？"奥斯曼指着货舱舱口问，"这艘船上有上百个集装箱！你想挨个去打开？"

"必须打开就打开！"

"我们现在就得找到导弹！我们答应过在午夜时向他们交货。"

"这又有什么区别——？"他一转身，朝另一个正飞身去捡特伦特落下的刀的船员开了几枪。

紧接着，别的船员也都起身朝前冲来。

萨迪克冲罗德船长打光了冲锋枪里的最后几发子弹。奥斯曼和另两名看押人质的守卫菲赛尔和阿比德本能地向涌上前来的人墙进行火力压制。转瞬间，一切归于平静，强劲的海风吹散枪口冒出的灰烟，暴露出堆积起来的尸体。

奥斯曼把打光的冲锋枪扔向甲板，用他的母语放肆地咒骂着。失败带来的沉重负担击垮了他，他双膝跪地，用力地用两个拳头锤击着甲板：“怎么会这样！”他的悲叹换来一阵残忍的笑声。奥斯曼抬起头，愤恨地瞪着萨迪克：“你觉得这很好笑？”

“他们有什么用处？没人会替他们付赎金。能摆脱他们可真好。”

“我们需要他们把船开到柏培拉港！”

萨迪克给他的枪装上新弹夹：“这有什么可烦恼的？那个港口问题太多。要花钱搞定太多关系。我们只管开着这艘船搁浅，然后把货物搬到海滩上就行了。”

奥斯曼这下终于明白萨迪克为何注定将会穷死了。他就是个废物：“这艘船本身就占了我们酬劳的一半。开着它搁浅，它就不值钱了。”

“还会有别的船呀。”萨迪克不屑一顾地笑了笑，朝楼梯走去，“说真的，我的朋友，你的顾虑太多了。”

奥斯曼注视着他顺着梯子下去，返回船楼。奥斯曼意识到，现在船员都已死了，他在“巴拉塔利亚”号上的敌人只剩下两个：他的副手和钟表上永不停歇的指针。

要想完成工作，他只剩下一条路可走。他必须低声下气地去联系那个对此次任务的成功与否同样十分关心的人。

是时候联系客户寻求帮助了。

【第四章】

11：00 p.m. —12：00 a.m.

杰克行事动作迅速，避免烦琐。他已分别在三号货舱底层船头侧和船尾侧舷墙楼梯根部安放了大量C-4炸药。他通过控制安放方式，引导爆破力指向下方，穿过船体。在完成这件事的过程中，他只在听到货船主甲板上有吊臂挪开货舱舱盖时，略微停顿了一下。

他这会儿已经回到三号货舱的上甲板间，悄悄地从一个角落潜伏到下一个角落，在每一道防水门围板下布置好一枚克莱莫地雷。三枚地雷已布置到位，它们微微向上倾斜一个角度，被胶带捆紧，并被引信串联起来。

杰克躲到货舱开阔的中心地带那二十英尺长如山般堆叠的集装箱后，等待那两个海盗走向货舱远端。他俩刚绕过远处的拐角，杰克便扭头观察了一下，确保身后再没有其他人。然后，他猫腰快步赶往最后一扇防水门，装满弹药的水手袋垂在他后背，单肩包则挂在他体侧，里面的炸药引信随着他一步步向前，渐渐铺展开来。

对杰克而言，现在速度至上。他从水手袋里掏出一枚地雷，放置在门下，又利用一卷某个船员遗留在货架上的胶带，把克莱莫地雷安放到位。接着，他沿原路折返，将炸药引信藏到货架后的舱壁下，以免被看到。最后，杰克再度确认了一遍所有爆炸物均已稳妥布置，并且触发装置也与他的远程起爆器吻合匹配。

他花了几秒钟考虑接下来该处理货船的哪个区域，是作业面还是主楼。轮机舱花的准备时间会更长，但他在那里遇到流动巡逻海盗的概率更低。

他移向船尾，开始下到货船内部的机械舱。他得使海盗无法启用货船的自动操控功能，并把船弄沉或失火。如果有必要，他要夺取他们对船上的致命武器的控制权。

笨重的水手袋和单肩包减缓了他的速度，令他不时踉跄，但通过楼梯间时，他必须空出双手，以便拔出手枪，在万一遇到抵抗时进行应对。他并不觉得在货船的机械区域会碰上海盗，但他不想为这种假设冒上生命危险。

杰克下到轮机舱的下层甲板，顿时被这里残存的热度笼罩。机油和柴油混杂的味道在空气中弥漫，但还未强烈到可以掩盖经历数十年运转后沉积下来的陈腐汗臭。这里很干净，保养得很好，漂白剂的气味很刺鼻，几乎每一寸甲板、楼梯、扶栏和机械都散发出新刷的薄荷味绿色油漆的味道。在大量荧光灯的照射下，整个区域映出一种苍白的光晕。

所有引擎已被关闭，安静的环境足以让杰克断定该区域只有他一人存在。少了对被发现的担心，他快步来到最底层甲板，找到左舷燃油舱，布置好下一个炸点。接着，他又分别在主引擎总成和辅助柴油发电机下边安放好两块爆破力强大的塑胶炸药。他的第四炸点被定位在右舷燃油箱。然后，他找到向下进入“轴隧”的甲板舱口——这条逼仄的隧道设有连接引擎和货船螺旋桨的驱动轴。他小跑着来到狭窄通道的尽头，在船尾舱壁布置下一大块无线电遥控的 C-4 炸药。

这应该能够造成些破坏了。

他收拾起单肩包和水手袋，顺着楼梯爬回主甲板。

来到机械区域的上甲板间后，他停下步子，从水手袋中取出两枚炸药和起爆器，接着把袋子和单肩包藏在一串大管子后边。在船楼关键部位安放炸药既需要速度，也需要小心，也就是说，应尽可能放下任何不必要的装备。他卸下冲锋枪，掀起 T 恤，将两块有可塑性的炸药插在后腰部位。随后，他将 HK 冲锋枪重新挎在背后，拔出手枪，开始攀登楼梯。

他在顶部防风门边停下来。外面的主甲板上很黑，任何一丝光亮都会引人注意。他用手拧开装在防风门旁舱壁内侧的灯泡网罩，用枪柄敲碎发烫的灯泡。

他抬手将夜视镜佩戴到位，接着拧动把手，将门推开。外面一个人也没有。他透过门上的窗子向外观察，确认没有海盗躲在后面。没有危险。他从身后关上防风门，风的呼啸和海浪的翻腾声盖过了门闭合时发出的咔嗒声。

上方的楼梯看起来很安全，于是他一次两级地攀爬。他的目的地都在顶部，他必须尽快抵达并迅速返回。还得去一号和二号货舱下甲板安放炸药，暴露过久将十分危险。

他前方的一扇门打开了。如果海盗转向这一边，他将无处可藏。于是杰克翻身跃过扶栏，让身子下垂，直至依靠指尖的力量将自己悬吊在船楼甲板的边缘上。两名海盗从他眼前走了过去，显然没有注意到脚下的他。等他们走下旁边楼梯的一级后，杰克又爬回甲板，在电光石火之间避开了他们的视线。

他谨慎地观察是否被他们发现，但两名海盗一边用索马里语聊天，一边继续朝楼梯下走去。

杰克继续行动，步速很快，但每到新的一层，他都会更加小心。他经过指挥室，跨上最后一级台阶，来到所谓的“猴子甲板”上，这是位于“巴拉塔利亚”号桥区上方的一处带舷墙的平台。货船的两盏探照灯就在这里操作，从这里可以通过楼梯抵达信号桅杆和雷达总成。他在信号桅杆底部安放好一枚炸药，又直接在驾驶舱里装了另一枚。

他对自己的活儿感到十分满意。他正要从楼梯返回船舱去继续工作时，船头的动静吸引了他的注意力。他蹲伏在舷墙后边，调整夜视镜，直至看清前甲板上的情况。

少数几个没在操控吊臂的海盗正忙着将船员们血淋淋的尸体扔进海里。最后一具被抛下海的尸体是罗德船长的。杰克朝左舷和右舷分别张望，隐约看到死去的船员随波起伏，越漂越远。现在只剩他一个人完成这场惊心动魄的较量，而“巴拉塔利亚”号上的海盗却仍然很多。

杰克皱着眉退向楼梯。

既然他们不留俘虏，那我也一样。

* * *

即便他们在使用便携式无线电设备通话，但客户语气里流露出的怒气仍旧明白无误：“你向我保证你能胜任这份工作，奥斯曼。而我相信了你。”

“我能胜任，上校。”奥斯曼只见过纽博尔德上校一面，但这个美国人敏锐的目光、浅黄色的平头和留有战争创痕的古铜色头皮，都深深刻在了他的记忆里，“我的人控制了货船。我们能为你弄到导弹。”

“但不守时。”对方不满地抱怨，“你现在本该呼叫直升机了，而不是寻求技术支持。”

奥斯曼可不想把合同搞砸。他听说过那些没能实现对纽博尔德和他的私人军事公司火棘的承诺的人的下场：“上校，我的人现在正打开最后一处货舱的舱盖。我们已准备好获得导弹。我们需要的只是集装箱在货舱内所处的位置——但为了找到它，我们需要帮忙破解军火贩子的计算机。”

“或许你在杀他之前，就该考虑到这一点。”

“扣下扳机的人不是我。”

“你才是指挥，先生。因此这也是你的责任。”

“没错，是我的责任——但却是你的麻烦。你想要导弹吗？我需要你的帮助！”

他的话似乎击中了纽博尔德的要害，对方的语气软了下来：“我手下给你的智能电话还在吗？”

“是的。”

纽博尔德流露出一种屈尊俯就的调子：“如果我告诉你开启蓝牙功能，与特伦特的笔记本进行配对，你能明白这是什么意思吗？”

尽管心痛，但奥斯曼不得不承认自己的无知，不过他明白最好不要假装了解这些高科技的东西："不明白，但我的手下贾布里勒应该懂。"

"那就让他听电话。我会让我的工程师教他处理。"

"是，先生。"奥斯曼冲着站在货物控制室门边的贾布里勒打了个响指，猛一挥手，招呼他过去。这名饿得骨瘦如柴的年轻人匆忙走到他身边，接过奥斯曼递给他的智能电话和对讲机，认真听他交代，又按要求在计算机前的椅子上坐下："按他们说的做。我们的性命全都靠这个了。"他指了指对讲机，"按下这个按钮说话，松开来听。"

贾布里勒点点头，然后按下按钮，冲着对讲机咕哝起来："喂？"

一个女人的声音传来："你是贾布里勒吗？"

"是的。"

"我叫皮拉尔·桑切斯。照我说的做。我们一步一步来。好吗？"

"好的。"

"打开笔记本。"

"是开着的。"

"使用的是哪种操作系统？"

贾布里勒查了查笔记本的技术参数："是苹果操作系统（OSX）。"

"山狮操作系统（Mountain Lion）？好的，很好。打开智能电话。"

他把那台小型设备从待机状态激活："打开了。"

"打开电话的设置菜单。找到标有'蓝牙'标志的按钮。将它开启。"

贾布里勒一阵摸索："好了。"

"现在打开笔记本上的系统偏好设置。找到标有'网络'的部分。"

"好了。"

"把它打开，启动蓝牙功能。"

又是一阵摸索，但这次速度更慢些："好了。"

"很好，接下来会是比较有趣的部分。我们将使两台设备配对，这样我就能借助智能电话侵入笔记本的硬盘。准备好了吗？”

贾布里勒含糊地应了一声，但已足够那个女人释放出一串对奥斯曼而言毫无意义的技术数据流。贾布里勒在工作过程中十分安静，但让奥斯曼略感安慰的是，这个年轻人似乎能跟得上对讲机里那个女人的指令。几分钟后，在贾布里勒没有触碰触控板或键盘的情况下，笔记本屏幕上开始不断有窗口开关。奥斯曼不确信发生了些什么，或者这是怎么发生的，他关心的是似乎事情正朝着好的方向发展。

纽博尔德的声音透过对讲机传来：“在吗？”

奥斯曼从贾布里勒手中抢过对讲机：“是的，先生？”

“别让任何人或任何事中断我们跟那台笔记本的连接。确保笔记本的电源稳定。别让智能电话进入待机状态。除非你想叫我用你的肠子把你勒死，否则就不要让电话的电用光。我的意思表达清楚了吗？”

“非常清楚，先生。”

“很好。一旦我们破解了笔记本的密码并找到集装箱位置，就会马上告诉你。在那之前，别再犯任何错误。也不要再拖延。否则，纽博尔德会很生气，后果会很严重。”

奥斯曼放下对讲机，直到这时，他才察觉自己的手在发抖。他回头看了看手下萨米尔：“让所有人都离开货舱。我希望他们到这里来，守卫船楼。快去！”萨米尔点点头，大步离开货物控制室，奔向走廊，用对讲机向其他人传达奥斯曼的命令。奥斯曼抹了抹凝聚在额前的汗珠，又将手在裤子上擦干，接着捏住贾布里勒的肩头鼓励他道：“干得好。好好盯着，有任何变化立刻通知我。”

“好的。”

奥斯曼焦虑得感到恶心，站到室内唯一的窗户旁，望向“巴拉塔利亚号”开启的货舱舱盖。透过主甲板上的开口，他看到一层层颜色各异堆叠起来的货运集装箱。

每个货舱都有六排集装箱，堆成两列五层。二号货舱堆放着四十英尺长的集装箱。所有二十英尺长的集装箱则存放在三号货舱。奥斯曼完全不知道堆积如山的集装箱中，哪一个才装着纽博尔德的宝贵导弹，但他很清楚，除非在接下来的两个小时内把它找到，否则窃取这艘船上别的货物也就没有意义了——因为那样一来，这个世界上的任何东西都将无法从纽博尔德的愤怒中拯救他。

丽笙酒店

格鲁吉亚第比利斯

敲门声传入高级套房，将卡尔·拉斯克的注意力从落地窗外无与伦比的闪耀夜色中拽了回来。他扭过头，看了看他那瘦高金发的挪威合伙人：“尼尔斯，去开门。”

这并非卡尔·拉斯克想要的会面。他宁可将时间花在接见新客户和开拓新生意上，而不是传递坏消息。即使在最好的情况下，安抚生气与不满的人也是件困难的事情，何况目前的情形显然并不乐观。在他的集团要为某个既能够预见，理论上又可以避免发生的错误负责的情况下，形势尤其不容乐观。不幸的是，作为负责人，拉斯克不得不替手下的失败赔罪。

尼尔斯打开套间的门，请进拉斯克的客人哈基姆·埃尔·贾马尔。保镖拦住这名中年沙特阿拉伯商人，用金属探测棒扫了扫他的四肢和躯干。拉斯克的另一个名叫阿图罗，皮肤黝黑身形魁梧的保镖，则在用一台无线电与数字信号监控器对瘦高的客人进行扫描，以确保这位基地组织的使者没有在他的阿玛尼西装下隐藏监视装置。完成简短的常规检查后，两名保镖退到一旁，让埃尔·贾马尔继续穿过套间的客厅。

拉斯克朝埃尔·贾马尔迎上去，握住他的手：“埃尔·贾马尔先生。感谢你这么快就赶来。”

“你说过事情紧急。”

“是的。请坐。”他一直等到埃尔·贾马尔在房间内两张沙发中的一张放松地坐下后，才在他对面坐了下来：“你的货物出了点意外。”

埃尔·贾马尔警觉地皱起眉头：“什么意外？”

“大约三小时前，索马里海盗在亚丁湾袭击了我的船。”

沙特人探身向前：“他们劫走了我的货吗？”

“据我所知，他们劫走了整艘船。”

埃尔·贾马尔痛苦地一颤，握紧了拳头：“你采取了哪些措施？”

“首先，我想向你保证，你的货物的安全是我关心的首要问题。我已经激活了安装在你的集装箱内的跟踪装置。无论它们被弄去哪里，我们都能找到它们。”

显然，他想安抚埃尔·贾马尔的尝试并不成功：“然后呢？”

“我组织了一支突击队，先去夺回你的货物，然后再夺回货船和其他货物。”

埃尔·贾马尔紧蹙眉头，表明他对此不太相信：“你的突击队现在在哪里？”

“就在第比利斯。他们会乘坐我的飞机在一小时内前往索马里。”

埃尔·贾马尔摇头摆手，否决了这个主意：“不行。你的人弄丢了导弹。我的人会把它们弄回来。”

“我无意冒犯，埃尔·贾马尔先生，我的人可以——”

“我的人离得更近。而且不会笨到中索马里浑蛋的埋伏。”

拉斯克不想再给埃尔·贾马尔更多机会继续这样抨击自己，他坚信自己的怀疑，索马里人在船上一定有内应。这意味着他的集团出现了漏洞，有人向索马里海盗通风报信——或是有人把索马里人扯进来——透露了货船以及无价核弹货物的消息：“我能理解你为什么希望亲自出马，先生，可我——”

“根本就不是我想亲自出马。”埃尔·贾马尔回答，“我是想要回我的钱。”

“抱歉，你说什么？”

“我们为那些导弹付给你高额酬金，这并非仅仅为了它们的核弹头，而是为了它们本身的稀有性。那不是可以轻易能被替代的东西，连你也不行。既然你似乎已经弄丢了它们，我们希望退款。”

会谈的情形开始恶化，并正越变越糟。拉斯克尽量保持着冷静：“我可没有退款的习惯。”

“你知道什么是伊斯兰教的‘追杀令’吗，拉斯克先生？”

“是的，我听说过这个词。”

“除非你在银行一开始营业时就将我们支付的每一元钱都打回我们在日内瓦的账户，不然我们的网络会把将你的集团夷为平地作为它的任务。”

挽回合同似乎无望，但拉斯克必须努力尝试。

“别这么草率，埃尔·贾马尔先生。我的人能夺回货物。虽然会有拖延，可交货的时效性似乎并不是那么重要吧。”

埃尔·贾马尔把两手交叠放在膝盖上：“不再是交货速度的问题了。根本就是我们还能否相信你可以交货的问题。”

“给我的人十二小时。我只要求这些。”

“在我们这行当，没有第二次机会。要么成功，要么失败。你已经辜负了我们，拉斯克先生。我的组织会夺回货物，不需要你的帮助。”

如果拉斯克让手下干掉埃尔·贾马尔，对生意而言是不好的，但如果有消息传出去，说他因为弄丢货物而不得不退款，那将更具灾难性：“你想要退款？好吧。你还想要赔偿。我能理解。但我不能退还你们全部的钱。已经产生了支出。为了让货物过关，我们付了钱。我可以退还你们定金的四分之一。”

“一半。”

“三分之一，外加一百万美元信誉金，以便接到你的下个订单。”

“成交。”埃尔·贾马尔起身，拉斯克也站了起来。他们握了握手：“我的人会找到导弹的。让你的人不要碍我们的事。”

“我会告诉他们的。”

埃尔·贾马尔连礼节性的道别都懒得去管便离开了。尼尔斯为他打开门，看着他离去，然后将门关上。

拉斯克乏力地抹了一把光秃秃的头顶上的汗水，又摸了摸唇上粗糙参差的灰色胡须。有时候，我真讨厌这种生意。

“尼尔斯，告诉奎因和他的人撤退。”拉斯克脚步沉重地回到沙发前，一屁股坐了下去，整个人瘫软下来，“阿图罗？有人把我们货物的情况透露给了海盗。把这个家伙找出来。”

＊＊＊

在萨迪克眼中，“巴拉塔利亚”号货物控制室里发生的一切都与他无关。他不明白他们都已经是货船上唯一的乘客了，奥斯曼为什么还要把货舱区域的人召集回来守卫船楼，也听不懂贾布里勒和那个女人通过对讲机唠唠叨叨好半天的对话是什么意思。萨迪克只确切地知道，有人在浪费他的时间，而他不喜欢这样。

“这到底是怎么回事？”他的质疑被一阵嘘声和夸张的摆手打断。

奥斯曼从贾布里勒身边走开，来到门口，站在萨迪克面前：“安静！我们在工作！”

“可我却站在这里，无所事事。”

“你在守护贾布里勒和那台笔记本。”

“谁会来打扰？”萨迪克故作不解地朝四周张望一番，“这里没有别人，奥斯曼。我们要阻止谁？海怪吗？还是幽灵？”

奥斯曼用指头捅了捅萨迪克的胸口，用焦虑愤怒的语气小声说：“这是我们客户要求的。你不需要理解。只管照我说的做。”下达完命令后，奥斯曼回到小屋另一侧，再度围在贾布里勒旁边。这个年轻的海盗正按照女人的指令敲击着笔记本的键盘。

太荒谬了。萨迪克忍受不了就那样傻站着，他退出门外，冲他的三名手下点点头，让他们跟随自己穿过走廊，朝右舷楼梯走去。离开货物控制室一段距离，萨迪克确信不会被人偷听到讲话后，压低音量神秘地对他的人说：“我们要继续清查货舱。看看等我们靠岸后，这艘船上的货物能值多少钱。”

他的提议遭到了萨米尔的质疑：“奥斯曼叫我们留在这里。”

“让他见鬼去吧。听我说，我们还有活要干，事情还没完。”他的人面面相觑，流露出紧张不安的神情，但并未提出异议。于是，他继续说道：“我得留在这上面。要是我不见了，奥斯曼会发现的。但你们三个没有我也能把货物查清楚。”

菲赛尔问：“你是要我们去帮卡迪尔，亚西尔和法拉克吗？”

萨迪克不解地看着这个年轻小伙子。直到这时，他才注意到那三名海盗已经不见了：“我以为他们跟操作吊臂和起重机的人在一起。”

阿希尔摇摇头：“没有。杜巴和他的兄弟们在负责那些事。”

萨迪克忽然有了一丝不祥的预感。他和奥斯曼带着十七个人登船。杀死“巴拉塔利亚”号上的船员后，他本想清点一下手下的人数。他望着萨米尔：“奥斯曼叫我们回船楼时，他们露面了吗？”

萨米尔、菲赛尔和阿希尔面面相觑。过了一小会儿，萨米尔耸了耸肩：“我不记得了。”

萨迪克从口袋里掏出对讲机，按住通话键：“萨迪克呼叫卡迪尔、亚西尔和法拉克。你们听到了吗？请回答。”他等了几秒，但并未听到回应。他又呼叫了一次，可结果依旧：了无音讯。他内心的不安更加强烈起来，他知道一定出了岔子：“有人骗了我们。也许是船长，也许是该死的特伦特。但船上肯定还有其他人，被我们遗漏的人。”

他的话令阿希尔深感震惊：“在哪里？我们把整艘船搜了个遍。”

“显然还不够彻底。我们失踪的人在清点库存。这也就是说，我们的人看到他们的最后地点便是货舱。”他指了指萨米尔，“再叫三个人，带一支搜索小组进入货舱甲板。朝前向下推进，然后再折返回来，关上沿途的所有舱门。要是那里除了我们还有别人，我希望你们把他赶到外面来。再然后，我希望你们把他干掉。”

* * *

无论海盗们出于什么原因匆匆离开了货舱，杰克都感到谢天谢地。得知他们都去到上边后，他可以更加自由地在货仓内完成地雷的布置。尽管二号货舱是船上最大的货舱，但他还是提高了工作速度，一号货舱上甲板间最后两个克莱莫地雷的安装更是只花了几分钟，因为只需要在中间连上一根引信。

他还在货舱前端防撞舱壁的梯子下安装了 C-4 炸药，正当他在船尾舱壁安放最后的炸药时，他听到有声音顺着楼梯间传了下来。他扭过头，看到一道道刺眼的蓝白色手电光扫向黑暗中，光柱在构成楼梯间的甲板边缘角落中不停舞动。

海盗们回来了，他们正朝一号货舱底部下来。

该死。那是我要做的最后一件事了。

杰克放好最后一处炸药，完成引信和触发装置的配对。他将空了的水手袋扔到一旁，把单肩包甩到背上，一把拉过 HK 冲锋枪摆好姿势，用金属枪托抵住肩膀。他一边留意货舱前端正顺着楼梯下来的那些人，一边借助支撑甲板间和主甲板的焊接龙骨中梁的掩护，悄悄横向靠近完全封闭的下层货舱中部。他绕到最后一根中梁后边蹲下身子，端枪瞄准。

他料到拥有夜视镜能为他带来几秒钟的战术优势，同时 HK 冲锋枪消焰器对枪口火焰的抑制，也有助于使他处于隐秘状态，直至海盗们分散开来找到掩体。即便如此，他仍不清楚即将面对的有多少人，但从听到的动静判断，似乎有好几个。他可不想被困在底层货舱内，这里唯一的逃生通道就是楼梯。他要么躲过他们以占据有利高地，要么毫不留情地消灭他们，重回上层甲板间，在那里，他至少能机动地选择前往船头或船尾。

当第一个海盗走完楼梯，进入底层货舱时，杰克数清楚他身后楼梯上还有三人，并且听得出上面的下甲板间至少还有两人等着下来。

过去的训练和经验告诉杰克还不能开火，得等到能在有限的交战区域尽可能多地锁定目标时才行。

这时，第一个下完楼梯的海盗转过身，手电光径直照向杰克的面部。

杰克的指头扣动了扳机。冲锋枪猛地向后冲击着他的肩部。

子弹打中了那名索马里男子的身体。他倒了下去，手电筒和 AK-47 冲锋枪被丢在一边。

杰克控制着射击频率，朝楼梯上开火，顺利解决了跟在后面的三名海盗。最后一名是在即将爬出楼梯间，回到下甲板间时被他击中的。海盗从楼梯上掉落，砸向甲板，落在同伙们身上。

上方的甲板间传来恐惧的索马里语惊叫声。

杰克把 HK 冲锋枪挎在体侧，将手伸进单肩包。他最后一次穿过一号货舱时，弄了个枪榴弹发射器。他一抖手腕，打开弹筒，装上一枚催泪弹，然后一甩胳膊使弹筒闭合。枪榴弹发射器发出敦实的咔嗒声。杰克迅速用肩部抵紧枪柄，快步冲上前，朝上微微调整角度，然后开火。

催泪弹向上飞出，穿过楼梯间，弹到头顶的甲板上。伴随着“砰”的一声巨响，它在下甲板间爆炸了。上方滚滚而来的浓密气浪阻碍了杰克的视线。不断有剧烈的干咳传来——海盗被刺目的烟雾困住了。

枪声顺着楼梯间传来。子弹掠向底层货舱甲板，在舱壁间疯狂弹跳。杰克俯身躲在两排货架间，直到对方火力停止，他才像他的敌人一样，茫无目标地朝楼梯上反击。但他的运气更好。一声痛苦的呻吟使杰克确信自己的子弹射中了目标，又一具尸体瘫软地跌落在其他死去的海盗之上。他急忙朝旁闪开。

杰克把 HK 冲锋枪挎在背上，开始向上爬。沿着楼梯间穿过浓烟弥漫的下甲板间时，他一直屏住呼吸，眯着双眼，以抵御刺激性的气体。要是早想到拿一个面罩就好了。

在离上甲板间还差三级台阶时，他顿住了。万一索马里海盗正埋伏在上面等着他怎么办？上方灌入的新鲜空气冲淡了杰克头部周围的烟雾，于是他冒险将眼睛半睁开。他掏出手枪，身体朝上越过楼梯口边缘，迅速将枪口指向右侧：没人。他又扭向左侧：没人。杰克收回手枪，爬进上甲板间，立刻躲到这一区域中部叠放的货架之间。

我不能留在这里。

他抬头瞥向右舷那些敞开着通往不同货舱上甲板间的防水门。海盗将从那里过来，但会从哪一边来呢？他不可能同时守住两道门；它们相隔太远。他必须选择其中一道进行防守，放弃另一道。他得立刻做出决定，因为过不了几分钟，就会有大批敌人赶到。

他给冲锋枪换上一个新弹夹。

这下有趣了。

【第五章】

12：00 a.m. —01：00 a.m.

对讲机里传来含糊不清的叫喊声。萨米尔恐慌急促的话语刚一停顿，奥斯曼立刻回应：“再说一遍？萨米尔！请重复！慢一点！”

又是一阵混乱的噪音。在奥斯曼听来，萨米尔似乎正边跑边说话。他将对讲机递给萨迪克：“你明白他在说什么吗？”

萨迪克听了几秒，然后摇摇头：“不明白。”

“他大呼小叫的，就像亲眼见了魔鬼一样。”奥斯曼怀疑地望着萨迪克，“他怎么不在这上面？还有谁不见了？”

“有三个人一直没有对你重新集合的要求做出回应。我派萨米尔和其他几个人去找他们。”他把对讲机递还给奥斯曼，“听起来他们好像发现了什么。”

“你为什么没有把这些告诉我？”

这个质疑似乎冒犯了萨迪克：“我能控制这个局面。”

“真的吗？”奥斯曼冲他挥了挥对讲机，“可我听上去好像并非如此。”

未等他们的争执升级，贾布里勒就从桌前转过摇椅：“奥斯曼！皮拉尔已经破解笔记本的密码啦！”

奥斯曼不再理会萨迪克，转而来到贾布里勒身旁。计算机屏幕上显示出更多的远程操控：“货物清单怎么样？它在吗？”

皮拉尔透过智能电话的听筒回答：“我正在找。”这时，萨迪克也挤到了奥斯曼身后，等待她的下一句话：“找到了。可是……我们遇到了个新的问题。”

这可不是奥斯曼期望的结果：“什么问题？”

“特伦特没有用普通的语言列出集装箱装载的货物和收货人。他使用的是某种简码。我会搜索硬盘，看看它能否告诉我们都是些什么货物，都有哪些收货人。但那些文件也极有可能进行过加密，因此可能还需要几分钟。”

萨迪克恼怒地大吼一声转身离去，大步奔向外面的走廊。奥斯曼强忍着越来越强的挫折感，故作镇定：“继续工作。我这边的贾布里勒会保持在线。如果你找到什么就告诉他。”他鼓励地在年轻人背上拍了两下，然后跟着萨迪克进入走廊——恰巧看到萨米尔跌跌撞撞地爬上楼梯，撞向舷墙，奔向他和萨迪克。奥斯曼抓住萨米尔的肩膀：“出什么事了？”年轻海盗只是喘息和咳嗽：“看着我的眼睛！”奥斯曼用力摇了摇萨米尔，抑制住他的恐慌情绪，“呼吸！然后告诉我！”

“有枪手。一号货舱。底层甲板。催泪弹。”他咽了口唾沫，放缓呼吸：“全都死了。菲赛尔、阿希尔、阿比德——”

“安静！”奥斯曼松开萨米尔，转向萨迪克，“清点人数。我想知道谁走了，谁不见了。”

“清点人数？”萨迪克用大拇指指了指萨米尔、卡勒德、尤素福和哈马尔，“这里只有这五个，外加我们俩、贾布里勒和操作起重机的小组。”

奥斯曼咒骂着：“我们得让贾布里勒和起重机小组留在原位。”他冲萨迪克和其他人一皱眉：“也就是说，一切都得靠我们了。萨米尔、卡勒德，你俩跟着我。尤素福、哈马尔，你们跟着萨迪克。萨利姆，你跟贾布里勒留在这里。我们去船舱里，找到那个漏网的家伙，把他干掉。”

＊＊＊

海盗的反击比杰克预料的来得更快。

他已经来到二号货舱前端，躲在堆满集装箱的右舷角落。从这里，他能清楚地观察右舷侧的上甲板间，并通过两道敞开的门看到货船的机械区域。尽管他左舷侧的视野受到了阻碍，但他推断海盗很可能分别从左舷、右舷同时发动进攻。当他发现他们出现在一侧时，知道另一侧的人同样也就到了。

远端船尾侧的门口枪口火舌突现——AK-47 冲锋枪的轰鸣声撕破了角落里的宁静。子弹呼啸着从杰克头顶掠过，迫使他埋头躲在拐角后。更多子弹射中他身后的舱壁，反弹开来。正如他所料，海盗从两边同时进攻。

他探出头，瞥见一个身影猛扑向船尾三号货舱的贯轴寻找掩体。杰克从集装箱后边小跑向左舷侧，刚要朝船尾张望，AK-47 又是一阵疯狂齐射，他被迫躲了回去。枪声停止后，杰克再度窥探。左舷安全。长长的直道上没有人。

他们比看上去的更聪明。

根据他的计算，已经分别有两名海盗通过了每道门，间隔大约二十秒。他赶紧回到右舷，在心里默默倒计时，数完最后几秒，然后绕过角落，端起 HK 冲锋枪便开火。大部分子弹落在甲板和舷墙上，但仍有一些离那名飞身躲向船尾门廊的海盗足够近，迫使他临时闪避。

报复性的火力压制开始了，杰克不得不回到拐角后。一阵阵密集的子弹在集装箱侧跳动，发出铜铃般的轰响。

六个人。他们自己已经分过组。我现在需要做的就是战胜他们。

杰克平躺下来，滚向右舷，最终呈俯卧位，准备好射击。他的眼睛刚找到冲锋枪的准星，就看见一名海盗关上通往机械区域的防水门，货舱内几乎陷入漆黑一片。船的另一侧传来沉重的金属哐当声，杰克警觉到，另一扇船尾的门也被关掉了。

这是海盗们做出的一个不错的战术决策。他们很聪明，在朝前推进的时候不暴露出自己的身影，以黑暗为掩护来占据优势是合理的想法。

但这同时也犯下了一个杰克非常想加以利用的错误。

他膝盖着地直起身，拉下夜视镜，然后将冲锋枪换成枪榴弹发射器。

这一回，他以平缓的力道打开发射器，以免被敌人预感到他将发起的攻击。他重新装上一枚催泪弹，缓缓闭合弹舱，将发射器端在面前。小心手雷，浑蛋。

催泪弹“呼”的一声被发射出去，穿过二、三号货舱间那道敞开的门，在远端关闭的防水门上反弹后爆炸，船尾货舱的局部区域顿时弥漫起令人窒息的浓烟。杰克不等海盗重新集结，又装上一枚催泪弹，将其射过舱门，但这次瞄准的距离稍短，以便催泪弹落在集装箱附近，使它在右舷通道爆炸。

如此一来，留给海盗未被烟雾侵扰的道路只剩一条。

杰克把余温尚存的枪榴弹发射器收回单肩包，端起冲锋枪，朝左舷匍匐前进，然后单膝跪地，瞄准正朝三号货舱翻滚而来的有毒气帘。几秒钟后，他看到三个人酒鬼一般挥舞着胳膊，跌跌撞撞地从浓烟中冲了出来。

杰克把 HK 冲锋枪的发射模式从半自动调为单发。然后，他深吸一口气，缓缓呼出。脉搏慢下来，瞄准变得稳定。他等自己在每两次心跳间获得足够的平静后，终于开火。

一名海盗被一枪击毙。

又一次吸气、呼气。第二颗子弹利索地再次减少一名敌人。被毒气迷了眼的其他海盗似乎并未意识到，他们中的两个人已然出局。

二号货舱的另一侧传来奔跑的脚步声。有人已摆脱烟雾——从重叠的脚步声判断，不止一人。杰克再度从包里取出枪榴弹发射器，疾速回到掩护点，同时引爆了一组地雷。

三号货舱内被引爆的克莱莫地雷发出震耳欲聋的爆炸声，整艘船随之摇晃。无烟火药的硫黄味和 C-4 炸药燃爆后的化学气息弥漫在空中，橙色火焰和黑色烟雾喷向开启的门廊。杰克跑回堆积集装箱的右舷拐角，望向船尾。船尾货舱中的浓烟在一处处着火点的光亮映照下，呈现出灼热的红色。

没有发现海盗，但远端集装箱叠放区域有一支AK-47冲锋枪正盲目地朝二号货舱右舷再度进行扫射。子弹在舷墙上弹跳。杰克急忙匍匐下来——但他的动作仍然不够快。滚烫的金属没入他的左腹，就在腰带上方，灼热的刺痛感令他不由一缩。他本能地压住伤口，可这时，哪怕最轻微的触碰，都只能带来更加不堪的痛苦，他的手迅速缩回。

婊子养的。

鲜血浸透了他衬衫的前襟，他伸手去探摸是否有子弹射出口。令他沮丧的是，他没能找到。不管击中我的是什么，它都还在我体内。

在他的两边，越来越多的子弹被舷墙反弹开来。

我不能应对双线作战，也不能冒险在我进入下一区域前，引爆这个货舱内的克莱莫地雷。

他试图站起来。但身体侧面的剧痛令他再度双膝跪地。他用一只手压住伤口，血不断溢出。他皱着眉，强忍疼痛。

别休克。如果休克，你就死定了。

消灭海盗不再是杰克的首要任务。他必须抢在失去意识前替自己止血。为此，他得尽快找到急救包，否则就来不及了。

杰克用左手捂住伤口，迫使自己站起来。他掏出SIG手枪，硬着头皮去做必须要做的事。

他将枪伸在前方，从右舷侧的掩体后走出。尽管身体承受着灼烧般的剧痛，脑袋也开始轻飘飘的，但他仍然稳稳开枪，形成火力掩护，同时倒退着穿过身后那道门。手枪子弹一打完，他便将枪收起，并把门拉上关严，然后转动中部的转轮，给门上锁。接着，他伸手到包里摸索，找到起爆器，引爆另一串地雷。一时间，二号货舱内烟火与弹片齐飞。

伤口流血不止，疼痛加剧，杰克步履蹒跚。他走向一号货舱的前部舱壁，心里很清楚那将是个死胡同——所有还活着的海盗很快就会追逐他而来。

＊ ＊ ＊

弹片横飞、碎屑四溅，奥斯曼晃了晃脑袋，努力保持住平衡。二号货舱内的地雷爆炸时，他、萨迪克和尤素福并不在火力直接威胁区域。只有哈马尔在那个落网的家伙停止开枪的间隔期间鲁莽地冲到前边，炸药爆炸时正好落入杀伤半径内。透过萦绕不散的烟幕，奥斯曼看到哈马尔残破的尸体面朝下趴在甲板上。

尽管处在横向通道上，奥斯曼、尤素福和萨迪克也都受到了暴风般的跳弹和碎片的洗礼。他们受的大部分伤并不严重，包括割裂伤和木屑、塑料及金属的侵入伤。虽然这还不足以阻止他们，但已能够减缓他们的速度。在早先的交火过程，他们失去了受伤较重的卡勒德和萨米尔，现在哈马尔也送了命，奥斯曼的战术选择受到极大限制。最糟糕的是，据他判断，他们还没能给予他们唯一的敌人致命一击。

萨迪克用袖子抹掉脸上的血："他在二号和三号货舱设下了圈套。也许还有更多圈套在等着我们。"

"同意。"奥斯曼歪着身子，把头探出集装箱查看："他关闭了右舷舱口。他想让我们进攻左舷。"

尤素福给冲锋枪换了个弹夹："那我们就应该留在右舷。"

这在奥斯曼看来并不是个好办法："万一他在门上设立陷阱怎么办？"

"他设的所有陷阱都是通过命令激活的。"萨迪克说。

"目前是。"奥斯曼想到的是更坏的情形，"也许他希望我们打开这道门。"

对讲机里的声音打断了他们的争论："贾布里勒呼叫奥斯曼。"

他按下通话按钮："说。"

"皮拉尔找到集装箱了！四号区，第二排，第四列！"

总算有点好消息了："告诉杜巴，让他马上去把它吊出来。"

"他和他的兄弟已经在做了。"

萨迪克拿起他自己的对讲机，加入到对话中："杜巴！我是萨迪克。你们要挪走多少集装箱才能弄到纽博尔德想要的那一个？"

一阵短暂的停顿后，起重机操作员回应说："三个。"

"确保那些集装箱的安全。不管里面有什么，都是属于咱们的。"

贾布里勒的声音有些颤抖："纽博尔德上校让我们把它们扔进海里。"

愤怒使萨迪克本已可怕的面孔更加扭曲："什么？为什么？"

回答他的人是杜巴："在我把集装箱吊起来后，能安全摆放它们的唯一地方，就是别的集装箱顶部。堆放它们意味着要一次一个边角地将它们锁定，以确保每当货船翻过浪头时，集装箱都不会落向甲板，或是砸到我的兄弟们。"

萨迪克怒火冲天，贾布里勒继续补充道："因此纽博尔德上校让我们抛弃其他集装箱。他的直升机已经上路，他希望飞机抵达时，他的集装箱已经准备就绪。"

"我才不管他——"

"照纽博尔德说的做。"奥斯曼打断他，抬手否决了萨迪克的抗议，"船上有上百个集装箱。扔掉三个，我们仍会成为富翁。"

"要是里面装的是钱，你还会这么果断地扔了它们吗？"萨迪克接着向对讲机喊道，"杜巴，你扔进海里的任何货物都要从你那一份里扣除！"

奥斯曼一把扯住萨迪克的袖子："别傻了！纽博尔德要为导弹付给我们一大笔钱！我们可不能与他为敌！"

"也许你不能。我才不怕他和他的那些玩具士兵。"

奥斯曼的耐心已到极限。他拔出手枪，向上抵住萨迪克的下巴："是我害怕，可以了吧。"他冲对讲机说："杜巴，我是奥斯曼。如果我看到主甲板上哪怕堆了一个集装箱，都会让你的脑袋开花。听明白了吗？"

起重机操作员似乎吃了一惊："明白，奥斯曼。"

“很好。贾布里勒，你和萨利姆快去主甲板，帮着守好起重机。”现在，他只需再控制住萨迪克了，“我们的人大多数都死了。原本这笔财富要被分成十九份，但现在只需要分成八份。就算我们扔掉十几个集装箱都没关系。你会足够富有的。”

“从来没有人会足够富有。”萨迪克挣脱奥斯曼的拉扯，“现在，拦在我和我的钱之间唯一的障碍，就是隔壁货舱里的那个人。我要去那里杀了他。你一起去吗？还是打算也分一些我的钱给他？”

奥斯曼真有让萨迪克去独自对付那个漏网敌人的冲动。可他转念一想，要是让他这个冲动鲁莽的手下趾高气扬地出现，就会给自己打上懦夫的标签，那可不妙。

事情都到这一步了，我可不愿现在放弃。

他给 AK-47 换了个新弹夹：“我们去把事情解决干净。”

* * *

杰克沿着通往主甲板的楼梯爬了四分之三时，听到下面的货舱内传来动静。他们来了。

他低头看去。右舷的门依然紧闭，也就是说，海盗们正如他希望的那样，是从左舷进来的。他抬起左手去拿卡在胸前包带上的起爆器时，伤口一阵剧痛。希望你们会喜欢。他按下触发器。

只有右舷侧的克莱莫地雷被引爆，浓烟和飞溅的金属碎片朝货舱空旷的一侧喷涌而来。杰克面露苦涩，既因为失望，又因为伤痛。一定是他们切断了连接引线。恐怕他们已经明白是怎么回事了。

面对敌人时悬在梯子上可不是什么好事。杰克很想掏出手枪，或是从背包里拿出一枚手雷，但他还是咬着牙尽可能快地向上爬。几秒钟内，他就将进入位于货舱上层和主甲板顶面舱口当中的楼梯间。他所要做的，就是抢在被看到之前——

一名海盗用索马里语大喊一声，子弹纷纷朝杰克左侧的墙壁射来，强大的火力甚至击穿了盖在货舱上方的金属板。

该死。

他强迫自己爬得更快些，以便摆脱下方猛烈的射击，却令灼热的疼痛感不断从他腹部袭来。他刚钻进楼梯间，几颗子弹便擦着他的脚飞了过去。货舱楼梯和通往甲板上层楼梯之间有一小块平台。他在那里停下来，将包拉到身旁，掏出一枚几小时前弄到的手雷。

他一直等到听见奔跑的脚步声，才扯掉保险销，把手雷扔向下方。接着，他喘着粗气，强忍体侧刀扎般的疼痛，继续向上爬。

那枚手雷落在甲板上，发出“当”的一声响。恐惧的呐喊声，惊慌的吼叫声响成一片。然后，便是剧烈的爆炸声和顺着楼梯间涌上来的一阵热浪。杰克感受着爆炸的余威，脸上露出一丝满意的微笑。

他将顶部舱盖微微推开，向外窥视。前甲板上没有人，主甲板一侧传来吊臂发动机和液压系统运转的噪声。杰克掏出 SIG 手枪，警惕地把舱盖完全推开。他没有遭遇到预料中的战斗，反而看见海盗们已经把二号和三号货舱的舱盖堆到了一号货舱上面，堆叠的高度足以让他直起身也不至被发现。

要是我不用这样弯着腰，能够站直就好了。他捂住伤口。刚才爬楼梯已让伤势变得更为糟糕。振作起来。

他关好舱盖，一手拿枪，一手压住伤口，虚弱地朝船尾方向移动。他每走一步，都会在腹部激发一阵新的痛楚，让这艘船比仅仅几小时前显得长得多。一定要到医务室，他告诉自己。货船的医疗室设施齐全；在各类型的货船上，出现重伤是很常见的情况，“巴拉塔利亚”号也不例外。他所需要的处理伤口的一切东西那里都有。而他要做的，仅仅就是到医务室去。

当他经过堆积的货舱舱盖时，他与船楼之间的主甲板忽然显得十分空荡。起重机作业灯将货舱照亮，原先能供藏身的阴影被一片片微光取代。

起重机的齿轮在转动，当杰克看清楚时，发现吊臂正从二号货舱吊起一个四十英尺长的集装箱。他以为集装箱会被移到旁边，重新进行堆叠。可恰恰相反的是，坐在起重机驾驶室里的人直接把蓝色的铁箱子移过货船左舷——然后，原本紧紧绷直拉住集装箱的钢丝绳变松了，集装箱径直落入深渊，激起一道水墙，泼溅到甲板上。

我想，他们已经知道导弹在哪里了。

现场有一个人在操作起重机，另两人在堆积的集装箱之间移动，负责安装起吊线缆和分开集装箱之间的连接头。站在甲板上的那个海盗背上挎着一支 AK-47。不过，那个在货舱内像猴子一样负责解除集装箱固定栓的海盗为了适应狭窄的空间，已经卸下了武器。

要是他们够忙的话，我可以等到他们转过去，再冲向——

虽然隔着甲板，杰克仍然能听到海盗的对讲机里有大声的索马里语咒骂声传出。甲板上和起重机驾驶室里的人立刻朝甲板四面八方打探起来。

很快，甲板上的那个海盗发现了他。起重机操作员将作业灯投向杰克，他不由得一缩。是战是退，杰克必须立刻做出决定。

他朝背着 AK-47 的海盗开了三枪，枪枪命中。

猴子海盗俯身躲到集装箱间的空隙里。操作起重机的那个海盗推开驾驶室门爬了出来，同时举起他自己的 AK-47 冲锋枪。

杰克退回到堆放的货舱舱盖形成的掩体后，向起重机驾驶室开枪，进行火力压制。三颗子弹击中驾驶室的防震玻璃，迫使操作员撤回驾驶室内。

又有子弹朝甲板和舱壁飞来。杰克寻找火力来源，发现船尾火舌闪亮。先前与他在下面交火的两个人已通过船楼返回，正从右舷侧推进。他们来增援左舷了。

杰克退到堆叠的货舱舱盖和前甲板舱壁间狭小的空间内时，被起重机的作业灯追踪到了——也就在同一时刻，他看到一名被火灼烧过、浑身血糊糊的索马里人从他刚才爬出的那个顶部舱口中爬了出来。

杰克的手枪中飞出三颗子弹，击穿了往外爬的海盗的脑袋，同时压制住了正从左舷逼近的两名海盗，可就在这时，手枪枪栓弹开，没子弹了。他让枪膛复位，把枪收好，接着从货舱舱盖上方快速朝外扫了一眼。

右舷：两名海盗已处在主甲板中部，正在靠近。左舷：猴子海盗拿起了死去同伙的冲锋枪，跑到起重机操作员后边。

在这里进行抵抗无异于自杀——可转移也好不到哪里去。杰克取出枪榴弹发射器和最后一枚手雷。只能见机行事啦。

他往枪榴弹发射器里装上一枚催泪弹，然后面朝船尾，右手举起手雷，用牙扯掉保险栓，用力将手雷甩过堆叠的货舱舱盖。

手雷在起重机敦实的基座上反弹起来，随之爆炸。杰克移向左侧，朝船尾右舷发射催泪弹。弹体正中一名海盗腹部，撞得他仰面倒下。紧接着，催泪瓦斯喷发出来，将那名海盗和同伙吞没在一片毒烟中。

杰克深知自己不能在目前的藏身之地坚持多久，于是忍住疼痛，顺着梯子爬上顶层甲板，背靠舷墙，摆好战斗姿势。

右舷主甲板上的海盗们拼命朝前逃散，以躲避浓烟；左舷那一侧的两个海盗看上去步履蹒跚，但并未受伤。

杰克卸下背上的冲锋枪，装上最后一个填满的弹夹，将武器调整到单发模式。然后，他从舷墙上方瞄准，将第一发子弹射向起重机作业灯。灯泡应声爆炸，碎玻璃如雨点般落下，激起的火花在海盗们头顶渐渐湮灭。荧光散尽，甲板也同时消失，仿佛隐入彻底的黑暗中。

杰克确信这是谈判的绝佳时机："嘿！甲板上的人！能听到我说话吗？"

稍过了一会儿，一个警惕的声音回答："我们能听见。"

"放下你们的武器，乘坐一艘救生艇离开船，那样我就饶你们一命。"

他的最后通牒换来的是一阵嘲笑。舷墙另一边枪声大作。接着，另一个更显傲慢的声音喊道："这艘船是我们的了！扔掉你的武器，没准我们会饶你一命！"

杰克感到血从伤口里不住地往外渗。他可没时间再僵持下去。

我给过他们机会了。他替 SIG 手枪更换好弹夹。不留情，杀无赦。

＊＊＊

奥斯曼紧贴在货舱舱盖后边，想看清眼前的萨迪克。西面的天空矮矮地挂着半轮红月；月亮在海湾投射下红色的光晕，却无法照亮"巴拉塔利亚"号的甲板。除了金属移动的吱嘎声、链条晃动的咔嗒声和波浪撞击船体的拍打声，周围一片寂静。

主甲板的另一侧，一阵急促的脚步声和 AK-47 冲锋枪朝前甲板舷墙扫射的声音几乎同时响起。在枪口火舌的映照下，杜巴和他的兄弟卢克曼正朝左舷前甲板楼梯冲去。

弹幕中，奥斯曼看到两人猛地一晃，慢镜头般倒了下去，距离楼梯只有一步之遥，手里的枪已打光了子弹。

他听到萨迪克小声说："我有个手雷。我一发出信号，你就掩护我。"

"你怎么可能扔手雷呢？我们甚至连前甲板都看不到。"

"我会借助你枪口的光。"萨迪克从他身旁挤过，搅动着闷热的空气，"待在这里。我想离起重机更近点，使投掷角度更好。"

"等等！信号是什么？"

"我会用枪托砸三下甲板。"

奥斯曼侧耳倾听，海风海浪追逐着漂荡的货船，萨迪克的动静渐渐被噪音湮没。他独自反思，羞愧地感到自己脑海中冒出了退却的念头。他想象着萨迪克作为货船上唯一幸存者回到家中，向世界宣告奥斯曼胆小如鼠的场面。他不由得握紧了冲锋枪。这能行的。肯定能行。

两下沉闷的击打声从他左面传来。这是信号吗？还是他没听清楚？他竖起耳朵，想确定萨迪克的开火信号，但听见的却只有风声。接着，一个影子闪到他身后——

他没能看到黑暗中的闪光，只听到消音手枪发出“砰”的一声——然后，留给他的便只有那无声的陨灭。

* * *

青烟从 SIG 手枪的消音器口袅袅升起。海盗都死了，杰克手中的武器沉重起来。他把枪收回枪套，侧身靠着堆叠的货舱舱盖。

伤口的出血情况变得愈发严重。透过单色滤波的夜视镜，他看不清自己黑色衬衫前的血迹，但却能感觉到。他用力压住伤口，露出痛苦的表情。尖利剧烈的疼痛变得深刻持久起来。他失去了平衡感，朝船尾移动时脚步踉踉跄跄，只得借助右舷舷墙使自己不至于倒下。

继续走，他对身体说。一步接一步地走。

他头昏脑涨，感受不到自己的步子，只是看着双脚在挪移。留给他的唯一参照物，是船楼各舱室未灭的些许灯光。他明白，自己在朝正确的方向前进。

他的视线模糊起来，海风的嘶吼幻化为异样的嗡鸣。

意识正渐渐丧失。集中精神。一定要到医务室，处理伤口。

时间凝滞下来。庞大可怕的船楼一会儿在远处摇曳，一会儿又在他上方浮现。他凭着记忆朝楼梯走去。医务室离主甲板只有三层。

他手脚并用爬上第一层，气喘得像头野兽。他爬过船尾甲板，前往下一层的楼梯。上到二层的一半时，他倒了下去。撞击令他的身体一侧疼痛欲裂。他感到恶心，可头脑却很清醒。他张开四肢趴在甲板上，吃力地喘着气。

再爬一层半的楼梯，就能到医务室了，可他的气力已经耗尽。杰克很清楚，他再怎么拼命，也无法爬完剩下的梯级——他同样很清楚，要是他办不到，不到一小时，他将必死无疑。

【第六章】

01：00 a.m.—02：00 a.m.

天旋地转。一阵剧烈的颤抖和恶心过后，杰克恢复了意识。他紧咬牙关，奋力吸气，强迫自己想起身处何处，发生过什么事情。此刻，他正躺在主甲板和上一节楼梯之间的栅格甲板上，高处便是船楼中的高级船员住舱，现在肯定已经一片狼藉。

他的手探到了左腹的伤口。你被击中了。你正在流血。他用鼻子吸气，嘴巴呼气，完成一次深呼吸。你得停止流血。别再晕过去。保持清醒。继续前进。

对他而言，想站起来实在太困难。爬上楼梯已不可能。就在这时，他看到一个东西，被从一扇船楼后方窗户投射出的微光照亮着。那是个固定在朝下倾斜的钢制扶手上的橘黄色密封包裹：一艘应急救生艇："巴拉塔利亚"号上有两艘救生船，分别位于船尾尾楼甲板两侧。杰克和其他船员曾就如何在紧急情况下释放及登上救生船接受过反复训练。他无法到达货船上的医务室了，但集训经历告诉他，救生船里有一个储备丰富的应急医药箱。

那也行。

他双手拖着身体，在铁甲板上爬行，靠近救生船，忽然间有些庆幸半干的血增加了手掌的黏性。他爬过狭窄的梯板，向橘黄色的救生船靠近。抬手去够门把手是一件极其痛苦的事情，但他战胜了眩晕感，用手握住了把手。身体的重量将杠杆拉了下来，门朝他转开。他将门推得刚够他爬进去，同时小心地保持伤口朝上以减少失血，并避免在甲板上留下太明显的痕迹。他的双脚刚从沉重的防水舱口滑过，门便重重地在他身后关上了。

杰克凭着记忆朝救生船尾部移动。医药箱就在那里，甲板上的一个嵌板下。嵌板未上锁，这令他对这种防范措施十分感激。他用双手在里边摸索，找到一支小 LED 电筒和装有应急手术工具的防水包。这类装备对于在远海作业的船只来说非常普遍。毕竟没人知道船会在哪里沉没，或者在紧急弃船后会有怎样的伤情需要处理。

他拉开防水包的拉链，快速清点了包里完全密封的东西。一切看上去都未遭到破坏。他在包里发现了药箱、缝合包、绷带包。他打开一张保温毯，这是救生船上能找到的最接近卫生床单的东西了。他小心翼翼地只接触保温毯碰到救生船甲板的那一面，把它摊开展平，为自己提供一个相对无菌的手术环境。

想把子弹取出来是没有意义的。他在三角洲部队时接受过紧急野战医疗训练，他明白，在这种情况下，试图取出弹片将弊大于利。多数进入体内的子弹和弹片都带有足够的热量，不至于带来感染的风险。通常只有在伤口被暴露和溃烂的情况下，感染才会发生。如果他要挖出子弹，将使更多细菌进入伤口，增大得败血症的风险。

再次触碰伤口前，必须为我的双手消毒。

他在干净的毯子上躺下，从手术包里取出一面小钢镜，用一卷白色医用胶布把镜子粘在救生船里的一个座位侧面，调整好角度，以便能观察自己的工作。然后，他采用同样的办法，使手电光束对准他的伤口。

接下来，他撕开几袋酒精棉，清理双手，直至手上没有血迹和污物。随后，他戴上无菌乳胶手套，打开几袋预浸酒精棉签，用它们清洗伤口。这时，他看清伤口边缘参差不齐、很不规则，他判断这是七点六二毫米口径冲锋枪子弹跳弹造成的。他在伤口周围铺上干燥的消毒纱布垫将其隔离，并集中起精神。

现在要抑制任何感染发生。

他用碘液擦拭伤口边缘，然后朝伤口中灌入少量碘液。泡沫随之泛起。

他用一些纱布吸去秽物。对碘酒的反应并不那么强烈。很好。他检查自己的衬衫，看看子弹有没有将衣物纤维带入伤口内。他把所有撕破的布料边缘拼合到一起，没有看出任何缺失。运气不错。

要是子弹携带了部分衬衫布料进入体内，他将别无选择，必须冒险切开伤口，清除潜在的感染威胁。可既然只有子弹射了进去，他就可以放心进入自我治疗的下一步骤了。

他从手术包中选了一根一次性注射针，装上测量好的2%利多卡因缓冲液，将其从伤口周围的三个点注射进皮下。他清楚麻药得过几分钟才起效，于是开始收集他的手术工具。大多关键的缝合用具都被单独封装保存着，随时可以使用。最后，他尽可能小心谨慎地检查了一下伤口。不到一分钟，他便确信尽管伤口还在流血，但子弹没有对任何主要静脉和动脉造成损伤。要是他能止住血并缝合伤口，就可能会没事。

他用左手将伤口撑开两公分，用牙齿咬住一袋无菌止血纱布，并用右手撕开。他将纱布捏在拇指和食指之间，卷成筒状后慢慢地放到撕开的伤口内。纱布被毫无阻碍地塞进去，填充了子弹造成的空腔。他的侧腹因剧痛颤抖起来，这令杰克意识到，利多卡因尚未充分起效，但他已经等不及了。现在就必须将伤口缝合。

撕裂皮肤的边缘最终麻木下来。他为弯曲的缝合针穿上丝线，开始用它串起伤口两边，但拉得不紧，然后，他在恰当的位置上缝上最初的几针。接着他轻缓地拉动针线，使伤口闭合，并最终完成了整个缝合过程。他咬断多余的线，扔掉缝合针。

快完成了，他对自己说。

他打开一管抗生素，往指尖挤了豌豆大的一团，涂抹在粗糙弯曲的缝合处。接下来，他往针脚上铺上一块透明的外科敷料，小心地用四块医用胶布相互交叠将它固定。然后，为了稳妥起见，他又取出另一块无菌纱布绷带，盖在整个伤口上。

此时的杰克已经精疲力竭，体内肾上腺素过盛。他关掉电筒，任由自己在黑暗中躺下来，在无声的喜悦中陷入昏迷。

* * *

“人都跑哪里去了？”盘旋在货船上空的一架CH-47切努克直升机内，麦斯威尔·纽博尔德上校发现很难看清下面甲板上杀戮后的情形。他推了推他的军士长，扯大嗓门盖过引擎的轰鸣声吼道：“提吉！把探照灯投向那里。靠近前甲板。”

军士长T.J.安杰伊吉克——也就是大多数火棘精英同伴口中的那个“提吉”——转动探照灯，投向“巴拉塔利亚”号船头。这名肌肉结实的非正规军军官从不问为什么，也不管要找什么。他只会服从命令，完成任务——这正是纽博尔德欣赏此人的原因。

煞白的光柱扫过甲板，落在一小堆尸体上。纽博尔德尽可能稳住手中的望远镜：“看上去，奥斯曼和他的人好像都出局了。”

提吉疑惑地问：“可会是谁让他们出局的呢？”

“不知道。把灯转向船尾。”纽博尔德循着探照灯的光柱用望远镜搜索，判断船上的情形，“看不到船员。也没有其他人。”

“也许他们为了钱而自相残杀了。”

“如果真那样的话，倒是为我们省了些子弹。”风吹得他脸生疼，他斜着眼指了指货船中部，“把光调回中部货舱。”

军士长转动探照灯，照向打开的货舱和那些暴露出来的四十英尺长的集装箱。他指向一排顶层被移除的集装箱：“他们似乎已经开始进行清理，但却没有做完。”他竖起指头，朝身后随机同行的搜索小组指了指，“现在行动吗？”

船上的情况令纽博尔德感到有些异样。他注意到，开放的货舱中有烟在升腾，主甲板上有灼烧过的痕迹，是弹药——也许是手雷——被引爆过。此外，海盗全都死光，但就在一小时前，其中至少有六七个都还活着。这些细节拼凑不出合乎情理的结论。固然海盗都是些脾气暴躁的家伙，但至于像这样自我牺牲吗?

安杰伊吉克再次问他："上校？你的命令是什么？"

在空中已了解不到更多情况了。是时候登上甲板了："派他们去。告诉第一小队让起重机工作起来，在我们的集装箱上系上牵引索。一定要让他们明白，时间很紧。让第二小队搜查货船，看看有没有活着的人。"

"要是发现有幸存者怎么办？"

"格杀勿论。"

"明白，长官。"提吉握住他的头盔麦克，"悬狗，我是牛轭。带我们去货船的主货舱。第一小队和第二小队，准备行动。第一小队，保护货物。第二小队，武力清理货船。听我口令。三！二！一！行动，行动！"

切努克直升机的另一侧，两支四人小组从飞机打开的侧门仅凭绳索和吊带便一跃而出，缓缓地朝货船甲板下降。纽博尔德没有浪费时间去关心他们。这些人都经历过世界上最顶尖的军事训练，懂得如何以具有杀伤力的速度和精度去执行他们的任务。

尽管如此，纽博尔德觉得自己最好还是跟他们一起到船上去进行指挥，而不是留在直升机上。不过指挥官享有特权的同时，也会有所牺牲，主要的一点在于，他的雇主和客户都希望，作为首领的他要尽可能不卷入直接冲突，以确保指挥的连续性和对行动所有阶段的掌控。与此同时，跟绝大多数为战斗而生的肾上腺素上瘾者一样，纽博尔德怀念过去混乱中的日子，渴望重新投入到行动当中。

安杰伊吉克压低他的望远镜："我们的人都安全着陆了。"他再次拉过麦克风，"悬狗，我是牛轭。继续盘旋，保持联系。"

纽博尔德看了看表。数字表盘上显示的时间是凌晨一点二十一分："军士长，按最乐观的估计，到我们返航还需要多久？"

"假如船上安全，我们会在二十分钟内完成对货船的检查。三十分钟内将货物捆绑好，等待飞行运输。”

“要是船上不安全呢？”

提吉轻松一笑：“那我们就在二十五分钟内完成检查，三十分钟内可以飞行。”

“遵命，军士长。”

“遵命，上校。”

* * *

甲板上回响的巨大鼓点声将杰克从昏迷中唤醒。他在漆黑森然的救生船里猛地一怔，慢慢恢复方位感，把注意力集中到那将自己惊醒的稳定节奏上。

那是什么？不像是货船的引擎。

他坐起来，身体侧面的刺痛令他瑟缩。他看看表，现在是凌晨一点五十三分。那种稳定的节奏时高时低。杰克开始收集他的装备。他给SIG手枪换上一个新弹夹，然后填满了HK冲锋枪的一个空弹夹。当他把冲锋枪甩到背后，拿起自己的单肩包时，他辨别出了响彻在“巴拉塔利亚”号上的那个声音。是一架直升机，大型直升机。

他侧身靠近救生船的舱门，小心地朝椭圆形窗户的两边张望。有几个人正结队而行，从船楼的外部楼梯下来。他们都穿着防弹衣和迷彩服，挥舞着M4A1卡宾冲锋枪。从举止上看，他们训练有素，每个动作都敏捷干练。

他们的制服上没有国徽。假如他们是某个国家的武装力量，杰克判断他们很有可能属于特种部队，或是为了推诿否认方便而没有身份标识的其他部队。

这时，那些人来到了楼梯的拐角处，杰克才看清每个人头盔右侧钢印上去的标记：一把被黑色的火舌围绕的狭长倒立的剑——这是一个澳大利亚人拥有的私人军事公司火棘国际的徽章，该公司几乎不受监管地在南非开展业务。

杰克曾听说火棘被称作“私人军事公司中的法国外籍军团”。这是它的招聘原则：从全世界的军人中挑选出最残酷无情、最没有道德原则的人。尽管它的大部分成员出生在说英语的国家，但仍有相当一部分人来自南美洲、中美洲、东南亚和东欧。火棘除了在全世界范围内的动荡地区执行一些在法律和道德上备受质疑的准军事行动外，还由于为其他军事团体开展培训而声名鹊起。

这就解释了是谁训练并装备了那些海盗。

等两名雇佣兵走出杰克的视线后，他打开救生船的门，潜回船楼尾部下层甲板。由于失血过多，他依然有些头晕，但四十分钟的休息还是让他的体力有所恢复。他通过几次深呼吸将心跳速度调整下来，同时提高了血氧含量，使自己有力气端着冲锋枪，一步两级爬上楼梯。

二层寂静无声，于是他继续爬上三层，那里也没有人。即便雇佣兵在这里留下了人，他估计他们也会在驾驶舱里。他绕到船楼尾部的上层甲板后边，从靠近无线电室的左舷侧门溜了进去。

门依然敞开着，指挥室内既无声响，也无动静。无线电室、海图室和驾驶舱内都没有人。他朝货船主控制台瞟了一眼，确认“巴拉塔利亚”号仍处于漂移状态。杰克移向前窗，透过玻璃，他可以清楚地看到下面的主甲板上正在发生的一切。

一个集装箱被船尾的货物起重机松开，落入海里，在左舷外货船中部激起一片水花。同一时刻，将杰克从昏睡中吵醒的那架直升机正将探照灯锁定在“巴拉塔利亚”号中部货舱区域，并降下一副三点式货运线缆。

既然他们在连接直升机线缆，就意味着他们已经找到导弹——我没时间了。他转身沿原路小跑返回，然后顺着楼梯冲上驾驶舱上方的瞭望甲板。他匍匐下来，从包里取出多余的冲锋枪弹夹，放在容易拿到的位置，然后又找到他的起爆器。

我不能让他们空运那些核武器。

他设置好起爆器，按下按钮。

货舱深处发生剧烈爆炸。二号货舱和三号货舱内涌出浓浓黑烟。四个人从二号货舱内爬了出来，整艘船火警大作。他们的四名同伙——也就是杰克刚才见过的那几个刚离开船楼不久的人——跑过去帮他们逃回主甲板。

杰克在瞭望甲板最矮的围栏下摆好姿势，将冲锋枪调整到单发模式，瞄准目标，扣动扳机。经过消音器处理的枪响被直升机螺旋桨发出的噪音吞没，但他的子弹射中了一名雇佣兵的喉咙，使他跌回到货舱里。

接着，又是一枪命中。消灭了两个。

那名雇佣兵的鲜血飞溅到同伙脸上，令他们连连后退。在他们短暂的困惑中，杰克又一枪击中了一个人没有防弹衣保护的大腿。伤口喷出黏稠的血液，说明子弹切断了他的股动脉。消灭了三个。

雇佣兵们四散开去寻找掩体。头顶上，切努克螺旋桨的搅动声变得更加尖锐剧烈，飞行员正全力使它进行垂直攀升——这是直升机悬挂的集装箱完全脱离货舱顶部的限制之前，飞机能做出的唯一动作。

雇佣兵射出的几颗子弹击碎了船楼正面的窗户。两个人分别从船的两侧全速冲向楼梯。

杰克放下冲锋枪，抓过枪榴弹发射器。暴力时刻到。他装上一枚高爆弹，关闭后膛，把枪架在围栏上瞄准开火。炸弹伴随着啸叫声向下飞去。这样做尽管暴露了他所在的位置，但却是值得的，因为随后的爆炸在主甲板上生成巨大的橙色火球，一次性解决了三名雇佣兵。消灭了六个。该换个地方了。

他把还在冒烟的发射器收回背包，挎上冲锋枪，弯腰小跑向楼梯。不出所料，从切努克飞来的一连串子弹追着他扫过甲板，直到他冲下第一层台阶，躲到指挥室下边。他背靠舷墙，掏出手枪歇口气。

从他两侧楼梯向他逼近的人毫不避讳发出声响。他们跑起来时，靴子踩在钢制台阶上咔嗒作响，每一步都听得真真切切。左舷侧的那个人步伐更快。他的脑袋刚一浮现，就吃了杰克送出的子弹。雇佣兵的身体面朝下倒向甲板的同时，他的伙伴从右舷台阶一跃而出，端着枪疯狂扫射，好像断定杰克就站在甲板中央似的。但没等第二名雇佣兵有机会调整准星，杰克便几发子弹击中了他的腹部。

杰克走向右舷楼梯，从倒地的雇佣兵身旁经过时，冲着他的头补了一枪，结果了他的性命。

一阵剧烈的爆炸撼动船首，掀掉了一号货舱的顶盖，一道道火柱映红天空。杰克咧嘴而笑。他先前还好奇，下层货舱储存的航空燃料和炮弹要等多久才会爆炸。

他顺着楼梯全速来到主甲板。直升机悬挂的那个集装箱刚好与被熊熊火焰照亮的货舱顶部平齐。再过几秒，集装箱就会被完全吊出，直升机将带着危险的核武器逃之夭夭。

为了压制住杰克，切努克直升机上的机枪手不断向“巴拉塔利亚”号的船楼扫射，喷涌的火舌照亮了机舱。杰克跑到一艘侧悬安装的救生船下躲避，抓住机会抬起 HK 冲锋枪，朝切努克机腹连续开火。

飞机机枪手又是一阵疯狂的射击，迫使杰克躲回救生船下。可紧接着，恐怖的火力将老旧的救生船撕成碎片，玻璃纤维四处飞溅，杰克迅速回到船楼后边。

杰克绕过转角，冲着直升机打光弹夹里的子弹。其中一发子弹幸运地射中了飞机的货物吊钩，悬挂集装箱的一根线缆突然折断。在张力的冲击下，钢缆像鞭子般抽向甲板，激起一阵火花。这下，原本支撑集装箱的三点式货运装置只剩下两根线缆，箱体发生接近六十度的水平倾倒——不过它仍被切努克牢牢地控制着。

该死。

即便集装箱侧翻到了几乎竖直的状态，直升机仍旧抓紧时间开始从“巴拉塔利亚”号上撤离。它在货船上空调转方向，将机头指向南边的索马里海岸。

杰克奔向已经脱离船尾起重机，正在直升机细长的货运线缆作用下岌岌可危地摇摆的集装箱。他刚才打断的那根直升机钢缆仍连在集装箱上，被拖着在甲板上移动。集装箱撞坏右舷舷墙，在防护栏上留下一道很宽的缺口。箱体来回晃荡，拖地的钢缆随之穿过舷墙。杰克纵身跃向钢缆，飞过湿淋淋的钢制甲板，撞上快速移动中的钢丝绞线，做出了他唯一能做的事：他尽可能快地将钢缆在右臂上绕了三圈。然后，他咬紧牙关，坚持抓住钢绳不放。

钢缆猛地一拉，拖着他穿过舷墙，腾空而起。他觉得仿佛有个巨人正要将他的胳膊从身体上硬扯下去。午夜黑暗的海洋在脚下飞速掠过。直升机加速远离陷入一片火海的“巴拉塔利亚”号残骸。风拍打着他的脸庞，迫使他紧闭双眼。

冲锋枪仍挂在他背后，手枪也稳稳地别在他腰上，他的单肩包则夹在他和供他搭便车的钢缆之间。他用左手缠住钢缆，以便替依然疼痛难忍的右臂分担一些压力。然后，他又用上双脚来帮助悬吊。他努力睁开一只眼，望向直升机。集装箱阻碍了他的视线，他无法看到飞机。

这意味着他们也看不到我。现在，我需要做的就是保持清醒，祈祷别把缝合的伤口给绷开。

他不清楚这趟旅程要持续多久，也不知道飞机将要飞向何方，但他知道，无论这些雇佣兵最终在什么时候或什么地点降落，他都打算与他们同行。

【第七章】

02：00 a.m. —03：00 a.m.

美国“贝洛森林”号军舰（CG–76）

亚丁湾——北纬 12° 16'38.5"，东经 45° 09'17.7"

昏昏沉沉的指挥官杰克逊·雷切特正凭借记忆不快地沿着走廊朝指挥与控制中心走去。在任何一艘美军战舰上，睡眠都是奢侈品，这一点在美国“贝洛森林”号导弹巡洋舰上尤为突出，因为她和她的船员承担的是联合特遣舰队 151 非洲东海岸海盗打击任务。攻击行动在去年达到顶峰后，目前的频率已有所下降，这部分得益于守卫倍受索马里海盗摧残的亚丁湾、苏伊士运河及印度洋流域的国际舰队采取的积极政策。尽管如此，意外事件却在持续发生，这意味着“贝洛森林”号的指挥官始终无法预测下一个危机会在什么时候出现。

他穿过门廊，投入到指挥中心那经过空调调解的新鲜空气中。这个拥有良好装甲的隔间位于船楼下方，雷切特和他的高级军官就是在这里指挥全舰人员、补给舰和武器装备。隔间内紧凑地堆放着计算机、雷达和声呐显示屏。透明的战术栅格围绕房间中央的海图桌整齐排列着，能反映出军舰当前的任务指定区域。值守第三班岗的人注意到他的到来，显然有些焦虑。他们并不习惯在这个钟点见到舰艇指挥官。

雷切特站到值班军官二副麦克菲尔中尉身旁：“报告情况，中尉。”

“古耶特收到报告，距离这里大约七十五海里处有一艘货船起火。”麦克菲尔指了指他在海图上做的标记，“北纬十一度一点五分，东京四十四度五十八分。”

这个坐标引起了雷切特的怀疑，它距离索马里海岸线不足四十英里："是谁报告的情况？"

"一艘集装箱货运船，从鹿特丹港驶出的"'马士基·斯泰普利卡'号。"麦克菲尔转过身，用海军士官的敏捷速度取来一份打印好的报告，念着上面的内容，"她的船首瞭望员报告在凌晨一点五十六分看到了爆炸。他同时表示，好像看到一架直升机在紧邻燃烧货船的区域出现。"

索马里海盗从什么时候起用上直升机了？"收到求救信号了吗？"

"还没有，但我已经让古耶特监控好所有的海事频率。"

除了出现直升机这一细节外，事情的所有特征都与索马里海盗袭击吻合。雷切特不确定能从中得出怎样的结论，但他想搞清楚在他的巡航范围内发生了什么事。他摸了摸胡子——跟他的头发一样黑而粗短，但正过早地逐渐变得灰白："下令制定驶向遇难货船的新航线，全速前进。然后叫醒斯巴格诺拉，让他集合一支登船小队。"

"是攻击还是营救？"

"到了那里才能知道。为了安全起见，让他叫醒陆战队员和医疗兵。"

雷切特拿起一把直尺和一支油性笔，画出指向遇袭货船的航线和需要的时间："到那里估计耗时在两个钟头以内。中尉，催一催轮机舱，看看我们能否在更短的时间内到达。"

麦克菲尔点头走向电台："遵命，长官。"

* * *

杰克身上的每一块肌肉都疼痛难忍。在时速超过一百五十英里的风中抓住一根钢缆不放实在是件恼人的事情。裸露的胳膊上紧紧缠绕的钢绳已在皮肤上留下血印，他感到黑色牛仔裤下的大腿上正渐渐形成瘀伤。救生船里仓促业余的自我手术后的身体左侧仍在疼痛，但在他看来，他对伤口的缝合似乎挺管用，这令他心存感激。

切努克直升机开始下降。月亮在过去一小时中的某个时刻落了下去，阴暗的天空此刻一片漆黑，星光也无法使杰克弄清楚自己距离海面有多少距离。螺旋桨的轰鸣声令杰克不可能听得到下方的海浪声。

遥远的地平线透出的光亮预示着人类建筑已在前方。杰克说不清那里究竟是城市里的高楼还是海滩上的营火。他只知道它们离得越来越近，因此直升机离岸边不远了。

双腿下方钢缆的张力变化提醒他直升机已下降到一百英尺以下。线缆松弛的尾端在水中划过，抑制了它的颤抖。飞机驾驶员似乎刻意在抵达索马里海岸的最后阶段尽量避免被雷达捕获。

在减缓飞行速度的切努克前方，更多的灯光闪烁起来，在一片平坦的沙地上勾勒出一块着落区。分布在沙滩上被栅栏围起的营地透出光亮，映照出拍打岸边的波浪。杰克循着浪花闪耀的白光观察，意识到他离水面大概还有六七英尺距离，并在快速下降。

该跳下去了。

杰克松开缠在胳膊上的钢缆，用双手握紧，同时腾出双腿。他前方的波涛在岸边泛起白色的泡沫。杰克松开钢缆。

自由落体运动令他体内的肾上腺素又是一阵激增。紧接着，他落入水中。

海水将他完全吞没。他的脚触到了浅滩底部。他蹬了一下，接着大幅平稳地划水，让身体浮出水面。他的头露了出来，大口呼吸新鲜空气。大约游了三十秒后，他才离岸边够近，得以涉水前行，为了节省体力，他借助汹涌的浪涛把自己推向前。

海滩上空不到一百码的位置，切努克直升机围着栅栏环绕的营地盘旋。摇摆的集装箱上既有凹坑，又有灼痕。直升机努力保持稳定的姿态，缓缓放下受损的集装箱，在近半个排身着沙漠迷彩服的人的帮助下，使它落在一辆大型钻探设备平板车上。集装箱刚在平板车上放稳，直升机便松开线缆，落到地面，在营地中激起一片黄沙。

杰克把握住这个机会。趁着岸边所有人都被短暂的沙尘暴逼得睁不开眼，他跃出海浪，全速冲上岸，朝栅栏包围的营地奔去。尘云渐散后，他已躲在一丛茂密的沙漠灌木后边。

从他所处的位置观察，营地被一道十二英尺高的栅栏包围着。栅栏看上去不像是电网，也没有任何监控设备，不过顶部缠绕着带刺的双线圈铁丝。栅栏另一边沙地上不规则的色泽变化表明，雇佣兵们沿着栅栏一周小心翼翼地布下了地雷。

杰克数了数，栅栏里面有五六个或站或走的守卫，营地上搭建的临时营房足以容纳下一个排的人。我要对付的大概有三十人。现场除了那架喷着浓烟，发出隆隆巨响，摇晃着硬着陆在建筑旁边的切努克直升机外，看不到其他飞机。但雇佣兵们拥有运载集装箱的平板车和由几辆沙漠迷彩色SUV组成的护卫队。

三十多人，一个车队，一道带刺的铁栅栏。要是有铁丝剪，这些对我来说都不是问题。可是在没有装备的情况下呢？他深吸一口气，好理清思路。车到山前必有路，总会有办法的。只是他还需要点时间来思考。

营地内的照明灯关闭了，黑暗再次笼罩着沙滩和周边的荒地。

他检查了一下冲锋枪，确认它的机械系统中没有砂砾，也没在先前他搏命跳海的过程中受到损坏。接着，他又从枪套里抽出手枪查验。两件武器都没有问题。他决定现在先用手枪，因为它产生的动静更小，万一撞上某个负责外围警戒的哨兵，也更适用于近身战。

他的单肩包并非完全防水，但具有一定抗水性，他有理由寄希望于他的夜视镜在登陆过程中没有受损。可让他失望的是，包里的夜视镜已经破裂报废。从现在起，他将不得不依赖其他的感官在黑暗中引导自己，冒险脱离天然屏障提供的安全庇护。他紧握手枪，蹑足穿过沙地，开始缓缓接近火棘雇佣兵营地。

只要是栅栏，总会有一道门。一定有办法进入营地，我会找到它。

* * *

纽博尔德跟着安杰伊吉克走向安放在唯一一辆平板拖车上的集装箱。一支四人小组正忙着固定集装箱，公司的首席工程师桑切斯上尉手持一根撬棍和一副大号断线钳等候在拖车尾部。

“开箱。”纽博尔德下令。

桑切斯放下撬棍，举起断线钳，剪断集装箱门上的锁。纽博尔德和安杰伊吉克朝桑切斯走去。她扔掉被剪断的钢锁，拉动双开门：“这东西怎么了呀，上校？”

“说来话长。”

“我得说，它看上去像是经历了一场撞车大赛。”桑切斯将断线钳扔到一边，两手在集装箱地板上一撑，苗条的身体便进入铁箱内部。她坐下来，面对两位男士：“提吉，把电筒递给我。”

军士长将自己的手电递给桑切斯。她接过来，站起身，提起撬棍，朝集装箱更深处走去。安杰伊吉克紧跟着爬上去，然后拉了纽博尔德一把。他们跟随桑切斯在塑料膜包裹的板条箱间绕行，电筒光在集装箱内缓缓扫过——从左到右，从上到下。

纽博尔德满心焦虑，烦躁不堪，备受煎熬：“情况怎样？”

“好像有人把它放到搅拌机里去过一样。”桑切斯将光柱投向一根断开的捆扎线缆，“转运途中，很多支撑设备都变了位。”

纽博尔德知道这不是好事：“次要部件受损了吗？”

桑切斯无奈地耸耸肩：“在将它打开，并完成一些测试前，没办法确认。”

她模棱两可的回答激怒了安杰伊吉克：“那需要多久？”

“我是个工程师，不是个预言家。该要多久就多久。”她在一个安放于轮子被固定住的手推车上的狭长板条箱前蹲下来，“是时候看一看它是不是我们付钱要弄到的东西了。”她将撬棍插到板条箱盖下面的缝隙里，将它撬开，露出里边哑黑色的圆润宝贝：一枚毫发未损的美制 AGM-129 巡航导弹。它精致的内核部分显得异常生硬，收起的飞翼和尾翼令它看起来不像展开时那么符合空气动力学特性。

纽博尔德只看了一眼便露出了笑容："真美啊。"

桑切斯压抑着内心的激动："在你与它坠入爱河前，先让我检查一下。"

安杰伊吉克拿起撬棍："你检查的时候，我去把另一个箱子打开。"集装箱的另一端还有一个狭长的板条箱，处于第一个箱子的对角位置。他走过去，开始撬箱盖。

工程师打开她战术背心上的一个维可牢扣，露出一套裹在袋子里的精制工具。她两手左右开弓，动作迅速地从巡航导弹上拆除一块面板。然后，她从迷彩服裤袋里掏出一个微型盖革计数器，拿着它靠近导弹外露的内部结构，然后打开计数器开关。过了几秒钟，计数器发出响亮急促的滴答声，她又将它关闭："看上去不错。物理系统可变当量 W80。几乎相当于一百五十吨的量。"

"很好。"纽博尔德转向安杰伊吉克，"另一个怎么样？"

"看起来是崭新的，上校。你觉得呢，上尉？这个也要检查一下吗？"

"我来了。"桑切斯从纽博尔德身边经过，走到安杰伊吉克跟前。她花了两分钟来打开第二枚导弹，并重复她的测试。收捡工具时，她满意地点了点头："物理系统完好。"

纽博尔德看看手表。现在是凌晨两点二十四分："为它们做好飞行准备需要多长时间？"

"我至少需要一小时来替这两只小鸟做一次基础系统检查。然后，至少还需要一小时来摘除一号小鸟的弹头，再花一小时完成它们的塔架连接更改。当然，前提是假定两只小鸟都没有在你和你手下忙着让它们参加撞车大赛的过程中遭受内部损伤。"

安杰伊吉克脸上的皱纹加深了："我们会来不及的。"

"我们已经晚了。"纽博尔德说，"这下我们会更晚。"他只能接受这远比不上理想状态的现实，"桑切斯，开始顶层——"

"上校！"一个守在集装箱外的人拉开了端部的门。

集装箱内的三人转向闯进来的人。桑切斯把手电光投向战友，纽博尔德眯起眼分辨那人的相貌："默根瑟勒？"

那个过早谢顶的德国人急停下来，立定敬礼："是，长官！"

"你有什么事，下士？"

他把手放下："萨兰德少校说我们收到了从集装箱内部发出的未经授权的信号。"

纽博尔德生气地瞪了桑切斯一眼："把它查出来。"

工程师从他身旁挤过去，匆忙返回门边。她查看每扇门的边缘，并在其中一处发现了一根导线，顺着线向上绕过顶部铰链，延伸到集装箱侧面一个伪装过的面板。"我们的元凶在这里。"她扯掉伪装面罩，暴露出一个连接在小型电池上的数字显示屏。她用电筒尾部将信号发生器砸碎："信号终止了。"

"可破坏已经造成。有人知道这些导弹在哪里。"纽博尔德尽量压抑着火气。行踪已经暴露。他强忍愤怒，调整好情绪。事已至此，只有朝前看："我们得撤营，到后备地点重新集结。"

桑切斯不满地说："我们不能移动导弹！在我工作的过程中，必须让它们保持稳定。"

"你有一个钟头的时间在我们整理时进行系统检查。别的测试必须等我们在也门重新落地后再开展。"他转向安杰伊吉克："让士兵们都起床上车。"

"收到，长官。"不等纽博尔德说完命令，安杰伊吉克便已行动。

纽博尔德跟在军士长身后要离开，但被桑切斯拦了下来："要是我们转移到后备地点，就会错过交货时间。”

“管好你自己的工作吧，上尉。我也要去忙了。”

他爬出拖车，快步走向营地中的指挥帐。他希望桑切斯不会从他脸上读出他真正的担忧。将手下和巡航导弹转移到也门将引出一系列令人头痛的问题——但没有哪一个比告知客户交货时间必须再度延迟更让他感到气馁。他迫使自己做好应对这一幕的思想准备。

我只能寄希望于马林科夫先生能宽容大度了。

＊＊＊

哈基姆·埃尔·贾马尔透过加长豪华轿车的窗户，看着外面模糊的夜色。天亮后，这里将是格鲁吉亚乡村色彩丰富的诱人景象。在卡赫季高速公路上夜幕的掩护下，轿车正疾驰离开第比利斯，车窗上除了他自己的镜像，什么都看不到。

他手中的智能电话的屏幕上，一个图标在无休止地绕着圈，那是某种他不明白的远程机制正在尝试让他连入一个安全频道，以便他和在索马里的联络人联系上。他已经盯着那个具有催眠效应、不停旋转的彩色圆圈看了十五分钟。他的司机跟他说过，抵达目的地阿塞拜疆还需要几个小时。埃尔·贾马尔不知道在此之前，他的电话能否连接成功。

旋转的图标停了下来，接着变成表示他的呼叫接通的画面。

几声拨号音响过后，屏幕中忽然闪出与他并肩对抗腐朽西方的战友巴希尔·卡维尔·哈纳达断断续续的影像。这个留着灰色胡须的非洲人是一个恐怖组织的分支领袖，被对立族群的军阀从他们的大本营驱逐后，在北索马里隐匿起来。

哈纳达口气尚好：“见到你真高兴。”

“的确令人高兴，我的兄弟。联系你可真难。”

“不会比联系你更难，我的兄弟。有什么我能效劳的吗？”

“你和你的人还在柏培拉港附近吗？”

哈纳达微微扭头："离那儿大概两小时。在一个叫作夏嘎尔的村子里。"

"那就够近了。"埃尔·贾马尔将一串事先已经准备好的数字粘贴到短信里，然后发送出去，"我刚才给你发了一个 GPS 坐标。是由咱们的一台追踪设备传输过来的，就在柏培拉港外的某个地方。你和你的人多久能赶到那里？"

"谁说我们要去？"

哈纳达带着勒索意味的回应令埃尔·贾马尔感到血往上涌："那里有被人从我手里抢走的东西。是至关重要的东西。为了圣战，我希望你把它拿回来。"

即便是通过抖动的视频通话，哈纳达怀疑的神情仍然一览无遗："是什么东西？"

"一个金属集装箱。里面有许多板条箱。其中两个装的是导弹。"埃尔·贾马尔预料到了哈纳达的要求，于是补充道，"要是你能把两枚导弹和集装箱内的其他东西都完好无损地弄回来，基地组织会付给你和你的人一千万欧元。"

哈纳达贪婪地睁大了双眼，显然来了兴趣："东西现在在谁的手上？"

"我不知道。但不管是谁，他们都掌握着足以袭击一船全副武装的人员、盗走集装箱、将它带回岸边的能力。要做好迎接猛烈反抗的准备。"

哈纳达挠了挠他布满胡须的脸颊："必须承认，一千万欧元能帮我和我的人在摩加迪沙夺回地盘。可这个地方即便有钱，武器供应依然短缺。"

"你需要或想得到什么武器，我都可以为你的队伍提供。"

"你怎么能让武器绕过维和部队和军阀？"

他想到军火贩子卡尔·拉斯克是多么希望避免激怒基地组织："我们

这样说吧，我有一个装备精良的盟友，他欠我个人情。行了，我们能成交吗，哈纳达？或者我该去找别人来解决这场战斗？”

哈纳达缓缓点了点头，露出贪婪的笑容：“我们会替你把导弹找回来的。等我电话。”

“真主保佑你，我的兄弟。”

“真主保佑。”哈纳达挂断了电话，屏幕恢复黑暗。

埃尔·贾马尔关掉他的电话，放在身旁的座椅上。再过两小时天就亮了。要是一切顺利，太阳落山前，导弹就能回到基地组织手里，拉斯克会尽在他的掌握中，而那些胆敢妨碍自己的歹徒将品尝到苦涩的痛楚——以及坟墓给他们的无尽寒冷拥抱。

* * *

杰克沿着栅栏摸索前进，在黑暗中潜向营地背向海滩的尽头。他在栅栏的远端瞥见集装箱内传出手电光亮，并听到男女说话的声音，但无法判断他们在说些什么。伴随着奔跑的脚步声，营地里响起一阵急促的动静，杰克赶紧在栅栏拐角附近的另一处灌木丛后躲了起来。

正如他所料，栅栏有一道很宽的大门。两个警卫室分别扼守在它两边。他在夜幕中仔细观察外部细节，也许源自某种电子安全系统的监视器的淡蓝色光芒暴露出每间小屋里仅有一名哨兵。跟杰克在“巴拉塔利亚”号上遭遇过的雇佣兵一样，两人都配备美制 M4A1 卡宾枪。尽管相距不到二十英尺，但两个守卫没有互相交谈，岗哨内也未传出其他声音。

杰克无论从哪个角度发起攻击，都无法同时解决这两个人。对付其中的一个无异于惊扰到另一个，让他发出警报。杰克打算从大门正面发起进攻。然后，他注意到横贯入口两端钢制支柱的电缆线，有了新的打算。他顺着电缆朝栅栏顶部看去，发现它们与一排探照灯相连——探照灯又连接到了运动探测器上，杰克怀疑，哪怕一只胖蚊子飞进离它们二十码的范围内，都会点亮这些刺目的灯。

为了验证自己的猜测，他捡起一小块石头扔向岗哨。甚至未等石头落地，探照灯就齐刷刷地亮起来，比太阳还亮堂。杰克眯着眼，一动不动地俯卧在灌木丛后，观察守卫们的反应。

两个人都没有从岗哨里出来。其中一人探出头，不耐烦地向周围瞥了一眼，然后缩回他的小木屋，关掉探照灯："该死的老鼠。"他带着浓郁的苏格兰口音嘟囔道，"简直受不了它们。"

探照灯几乎立刻打开，在一切恢复平静前持续点亮十秒钟，杰克总结道。他脑子里所有从门口穿越的尝试，都必须先同时解决好探照灯和哨兵这两个问题。我可以把灯泡击碎，但那样做守卫会听到警报。他回头沿着栅栏周边打量。要是我有挖掘工具，就可以在栅栏下开挖。但只靠双手，将花费一点时间。他站起来，原路折返了几十码，然后靠近栅栏。那就花一点时间吧。恐怕我也没有别的选择。

杰克在通电的铁丝网障碍前跪下来，把包和冲锋枪放到一边，开始用双手刨挖坚硬的石质土壤。就在他将第三捧混着卵石的泥土抛到一旁时，感觉到某种寒冷的金属顶住了他的后颈。经验告诉他，那是枪口。

"别动。"一个操澳大利亚口音的女人说，"举起手来。"

他动作平缓地乖乖照做："我投降。"

"你在这里做什么？你替谁工作？"

他扭头去看是谁先发制人。这时，栅栏那边的营地变得躁动起来，营房和帐篷中漏出的光线使杰克看出拿枪指着自己的女人年轻、漂亮、非洲血统——穿着一身黑，并不是雇佣兵们喜欢的沙漠迷彩。她的武器也跟雇佣兵标配的装备不同。她端着一把五点五六毫米口径的 F88C 奥斯泰尔卡宾枪——这是澳大利亚军队的标准配置。

"你不是火棘的人。"

"你也不是。"她用枪口更用力地顶住他的脖子，"把手放在脑袋后边。快点。”

杰克不想挨枪子，也不想跟一位潜在的盟友发生对抗，因此按她说的做。她用手铐紧紧锁住他的手腕。控制住杰克后，她收了他的手枪、冲锋枪和单肩包，一把拉住他的领口：“站起来。”

“你没必要这样做。我可以解释。”

她逼着他大步离开营地，走向靠近海边的一排摇摇欲坠的建筑：“你当然可以，伙计。但首先你得跟我来。”

“你是——？”

“澳大利亚秘密情报局阿比盖尔·哈珀特工。”

【第八章】

03：00 a.m. —04：00 a.m.

纽博尔德办公室里大部分重要的内容都已存在他的智能电话上。他并没有将各种文件打包待运，而是忙于将它们塞进焚烧袋，等到上直升机之前再命令手下放火烧了它们。这是作业安全遭到破坏，存在安全隐患时的标准处理程序：销毁一切罪证，抛弃一切可替代品。

不是所有手下都会跟他走。他和高级人员携带巡航导弹登机升空后，雇佣兵排里剩下的人将乘车前往边界那边吉布提附近的集结点。在索马里这片不受法律约束的区域之外，他不太需要那么多枪手。他和导弹安全抵达也门的后备地点后，他们就会得到所需的所有保护。

纽博尔德在他战术背心的空口袋里塞满 M4A1 和格洛克十毫米口径配枪的备用弹夹。火棘的副指挥官詹姆斯·萨兰德少校从办公室开着的门探身进来。他个头高大，身材魁梧，长着铁锈色的头发和胡须。纽博尔德觉得，若是在旧时，这家伙肯定会是个了不起的北欧海盗。萨兰德关切地皱着略带红色的眉毛："我们遇到麻烦了。"

上校招手示意萨兰德进屋："快点，吉姆。十分钟内，我们必须起飞。"

"麻烦就在这里。直升机坏了。油箱上的弹孔我们还能修补，可子弹和碎片隔断了自动驾驶仪连接线，悬狗刚才粗野的着落又摔坏了后稳定翼。"

纽博尔德可不愿接受这种挫败："修好预计需要多长时间？"

"说不准。我们没有维修所需的部件。拿到部件之前，它没法起飞。"但他似乎很想给自己传达的坏消息带来一丝希望，"或许客户有一架货运直升机，可以来接我们和货物。"

“不，只有一辆发射车。交货是我们的事。”纽博尔德拉过他的椅子，一屁股坐了下去，“你跟皮拉尔谈过了吗？核武器的情况怎么样？”

说曹操，曹操到。桑切斯应声走进他的办公室，边走边用一块抹布擦手：“导弹没问题。至少从基础系统诊断结果来看是这样。我怎么听说停止撤离啦？”

“直升机坏了。”萨兰德说。

桑切斯把抹布塞进口袋：“这就是说，去不了也门了。现在该怎么办？”

纽博尔德站起来：“现在我们执行C计划。”他指向萨兰德，“在直升机上布好炸弹，然后让所有人尽可能带上全部武器弹药上车。”

“我们去哪里？”

“柏培拉的老安全屋。我们躲在那里，等待发射车的到来。”他朝桑切斯点点头，“一旦我们隐藏下来，你就完成对导弹的修改。”他转向萨兰德：“我们多久能让大家撤离？”

“大约一小时。”

纽博尔德连连摇头：“不行，那太长了。”他看了看表，“你有四十分钟。我希望所有人都在四点钟前登车上路。你明白了吗？”

“明白，长官。”

“快去办吧。”他朝门边点点头，“出去。”

萨兰德神情凝重地大步离开。桑切斯仍在纽博尔德的办公室里逗留，脸上露出不安的神色：“在除了我的实验室之外的地方移动核弹头，都可能使我们有被辐射照射的危险。”

“你没有现场设备吗？”

桑切斯焦虑地皱起眉头：“有。可我们讨论的是一套装有武器级钚的物理系统。即便在这里，在拥有一个可用于操作的干净空间的情况下，把它取出来仍然很危险。在我们借用安全老屋时将它与导弹分离？这无异于玩俄式轮盘赌。”

她选择的这个比喻把纽博尔德逗乐了，他肆意地笑了起来：“我们已经在赌了——从我们跟阿尔卡迪·马林科夫达成协议的那一刻起。”

* * *

杰克被押送着来到一处破旧空荡的混凝土房子旁，房子朝海的一面已经破碎坍塌。哈珀用卡宾枪推着他一起钻进屋：“到角落里去。”

“你在犯错误。我不是你的敌人。”

“也许不是，但你仍是我的麻烦。”在他撞上黑暗中唯一可见的一堵墙之前，她命令他停下来，“跪下。”

他跪下来。体侧几小时前留下的伤口还是那么痛，由于在“巴拉塔利亚”号上时失血太多，他感到头晕。各种各样的不利因素，令他无法确定自己能不能在被哈珀开枪打死前解除她的武装。假如他还想摆脱目前的困境，恐怕就必须采用谈判的手段了：“你没必要这样做。”

“真的吗？”她朝后退，脚踩在铺满沙子的混凝土地面上嘎吱作响，“你认为我会怎么做？朝你的头开一枪，朝你的背开两枪？”

“这种想法的确在我脑海里闪现过。”

起初几乎察觉不到的暗红光线渐渐增强，使杰克得以看出面前墙上破碎的灰泥纹理。

“你现在可以转身了。”

杰克回过头。哈珀坐在两片叠放的煤渣砖上，她旁边是一盏手提电灯，LED 面板被暗红色的薄膜包裹着，使建筑内笼罩着一种深红色的光。她的卡宾枪像一座桥似的架在她的两膝之间。她脸上带着一丝淡淡的笑容，可在下方光线的照射下，那笑容看着阴森恐怖，像恶作剧。

他转向她，坐在地上，背靠墙壁伸开双腿：“好吧，哈珀特工，你打算怎么处理我？”

“这要看你是谁。我们先从你的名字开始吧。”

“我可不愿谈这些。”

“我可不愿杀你，但如果你不开口，我会那样做的。”

要是将全名告诉她，再被汇报到她的上司那里，不出半天时间，美国、中国和俄罗斯都将派出暗杀小组来追他。他考虑过给她一个假名，又觉得不值得费那个神。

“你可以叫我杰克。”

她优雅地挑了挑眉毛，表示出自己的怀疑：“没有姓氏吗？”

“没有，现在还不是时候。”他希望能用交谈技巧改变话题，于是冲着她的卡宾枪点点头，“我还以为澳大利亚秘密情报局的特工是被禁止携带武器的。”

“我的上司也一直这样教导我。为什么没有姓氏？你是在逃亡中吗？”她同样面无表情地迎上他不露声色的目光，“谁在追你？”

“告诉你谁不在追我或许花的时间更少些。你为什么对火棘感兴趣？”

他坚持不懈地岔开话题，终于引起了她的兴趣：“你又是为什么呢？”

“他们精心安排了一批索马里海盗袭击我搭乘的那艘货船。”

她朝前探出身子：“他们是在那里得到集装箱的吗？”

“是的。但如果我们不尽快行动的话，他们就会逃脱。我们不能任其发生。”

“为什么？集装箱里有什么？”

他已经让她上了钩。现在该占据主动了：“首先，告诉我你在这里做什么。”

她眯起眼。她不喜欢被人耍，这点显而易见：“我的政府认为火棘有可能在训练恐怖分子——甚至可能直接为他们工作。”

“那你和你的政府也应该知道集装箱里有核导弹。我不清楚具体是哪一种，但那并不重要。这一切现在就必须被阻止。”

她谨慎地打量着他：“什么样的货船会运载核导弹？”

“一艘国际军火商卡尔·拉斯克拥有操控的货船。”

她的指头稍稍贴紧卡宾枪的扳机：“你为拉斯克工作。”

“不。我试图打入他的组织。这样才能从内部瓦解它。”

哈珀怀疑地轻轻一笑：“你既是逃往者，又是秘密特工？”

“我不寄希望你会相信我。但如果你想阻止恐怖分子得到核武器，你就该呼叫支援干掉这些家伙，夺回那些导弹。”

她收起笑脸：“你是认真的？这是你出现在这里的唯一目的？”

“是的。”

“我怎么知道你不是在耍我？怎么确信你不是想从集装箱里弄到黄金、冲突钻石[2]或别的什么？”

他该怎么回答呢？“跟你的上级联系。看看他们怎么说。”

她摇了摇头：“我可不这样想，伙计。在亲眼看到之前，我是不会向上汇报有失落的核武器的。”

“那我们就必须到集装箱里去看看了。”杰克说。

她皱着眉：“我们？我不这么认为。你的动作比一只喝醉的考拉还慢，你看上去就像散了架。”

“只是因为脱水罢了。”她脸上看不出责备的意思，于是他补充道，“还有失血。”

“多少？”

“反正比我愿意承受的更多。”

她站起来：“留在这里。我很快就回来。”

“你去哪里？”

“去我车上拿些东西。”她从建筑东面墙上一道宽阔的裂缝钻出去，

2　指那些被用来出售而筹集内战和冲突中所需军火资金的钻石——译者注。

消失在黑暗中。

杰克听不到外面有任何动静，这使他心里赞叹她的潜行能力；她技巧娴熟，竟能在户外伏击他。澳大利亚秘密情报局的人把她训练得真好。

他又朝周围扫视一番，但没发现可能的逃脱路线，直至哈珀从那道墙缝中再度探头进来："嘿。"她抬起一只手召唤他，"到这里来，伙计。"

双手被铐着起身是件尴尬的事，但杰克早已习惯于此。他站起来，步履沉重地绕过地上的碎石，走向楔形的墙缝。哈珀扶着他穿过去，带他走到夜幕中。他听到前方有一辆车的车门打开了。

她一手压在他的肩上，推着他向前。他推断自己钻进了前排的副驾驶座："小心你的头。"

尽管有她提醒，可他上车时，前额还是撞在了车顶边缘。他压着怒气坐进去，她随后关上车门。他听到她绕过车身，钻进驾驶位，关上门。接着，她打开后视镜上方的一盏顶灯。

由于之前长时间处于黑暗环境中，杰克感到灯光有些刺目。过了好几秒钟，他的眼睛才适应过来。他环顾四周，发现车子藏在一块厚重的防水布下。

哈珀把手伸向杰克身后："我们把手铐取掉。"她插进钥匙前稍稍停顿了一下，"别让我为此后悔。"

"那要看你是怎么想的。我们要去那里？"

"等你适合上路了再说。"她摘下他的手铐，放回腰间的一个袋子里，"放倒你的座椅。"

"为什么？"

"别人想帮助你时，你总是这么讨厌吗？"她将手伸向后座，拉过来一个战地手术包，将其打开，"你需要几品托的血。我琢磨着我有些多的能分给你。"她取出一个输血包，里面有酒精棉、纱布、医用胶带、一对弯头镊子、一条维可牢止血带、外科输液管、无菌手套、针头和一个经过抗凝剂处理的四百五十毫升血袋。

“你不是来真的吧。”

“别担心，我不会直接来的。我打算往血袋里放入一品托，然后输给你。等输完，我会再给你输一袋生理盐水，以提高你的血液量。”

“你有把握吗？我的血型是——”

“没关系，”哈珀说，“我是O型阴性血，万能供血者。”

“那可太难得了。”

她咧嘴笑了，同时往自己胳膊里刺入针头：“我是个与众不同的姑娘。”

索马里，夏嘎尔

在炎热的夜晚叫醒手下从来都不是件容易的事情，下半夜更是难上加难。哈纳达从一间茅草屋钻到另一间茅草屋，手里拿着一根木勺猛敲一口变形铁锅：“起来！我们得出发了！”他的人低声抱怨，但大多数还是从被盖卷中爬了起来。对那些拿毯子蒙住头的家伙，哈纳达抬脚便踢，直到他们清醒过来：“起床！”

跟往常一样，马尔万是最后一个起来的。他是个忠诚的战士，但也是个目无纪律的家伙。他斜眼望着哈纳达：“你等天亮了再来不行吗？”

哈纳达没心情容忍违抗。他向马尔万腰部踢了一脚：“该死的，马尔万！我们受到召唤，要参战！快爬起来！”

这足以令马尔万挣脱困意的枷锁：“谁召唤的？”

“跟其他人一起去村子中心集合。到时自然就清楚了。”

哈纳达离开茅草屋，朝夏嘎尔中部走去。这个由粗糙的茅屋聚集而成的地方似乎连营地都算不上，更别说村庄了。可与此同时，尽管这里地处偏远、穷困落后，哈纳达却很感激这里。在他四面受敌、得不到朋友相助时，这个地方为他和手下提供了避难所。

经过上一次在摩加迪沙北部领土与军阀的小规模冲突，他幸存下来的人只剩下四十三个。他们散漫地集合起来，在哈纳达眼中简直就像一群衣衫褴褛的乌合之众。包括他自己在内的所有人已太长时间处于饥饿状态下，以至于记不得吃饱到底是怎样一种感觉。他们拥有的唯一充足资源便是手中那些破旧古老的 AK-47 冲锋枪的子弹。

现在，他必须让这群饥肠辘辘的人重振旗鼓，给他们勇气、希望和动力。

“我们的兄弟现在需要我们的帮助——他们打算为此支付大价钱。”对回报的承诺显然吸引了整个队伍的注意，他们瞪大了眼睛，“要是我们成功，钱、武器、人力都将属于我们。要是失败了，我们就会成为烈士。”他背着双手在他们面前踱步，尽可能摆出一副真正领导人的架子，“我们的目的地是北海岸，就在柏培拉港的东边。我们的目标是一个金属集装箱，它被人从我们基地盟友的手中偷走。我们不知道是谁偷走了它，但我们知道集装箱里有导弹。我们的朋友想拿回它们——他们还想让那些偷走集装箱的家伙为他们的罪行付出生命的代价。”他在队伍前面停下脚步。“这是我们的使命。”他用力挥舞着拳头，手下人随之欢呼。他指着他们停放在伪装网下的车辆，“所有人都上车！我们直奔柏培拉港！”

哈纳达的人内心受到鼓舞，纷纷冲向 SUV 和运兵车，掀开上面的伪装网，然后钻进车里抢占最好的座位。哈纳达坐在头车的前排副驾驶座上。马尔万则爬上了他旁边的驾驶座。灰胡子首领目光犀利地瞥了年轻的战友一眼：“你知道路？”

“我知道路。”

马尔万拧动钥匙，引擎轰轰地启动。他打开前灯，然后看了看后视镜，确认其他人也已做好出发的准备。接着，他挂上挡，踩下油门。不到一分钟，五辆车组成的车队便呼啸着向西北面飞驰而去，消失在自己掀起的滚滚烟尘中。

哈纳达拿着智能电话查看他们的位置，确保没有偏离线路。其实这条所谓的“线路”，是某个具有奇怪幽默感的家伙在GPS地图上标出来的。

车窗外什么都看不见。车队的头灯光线太过耀眼，使哈纳达连天上漂亮的星星都看不见。

很快太阳就会爬上地平线，夜空将再度成为记忆——就像那些胆大包天的敌人一样。

* * *

“贝洛森林”号的指挥控制中心内弥漫着深蓝色的光，指挥官雷切特和他的同僚正在听取登船小队从出事货船上发来的报告。他们已经确认这艘船注册登记为“巴拉塔利亚”号。

安装在舱壁上的一台显示器正播放通过巡洋舰顶端的信号桅杆传送过来的出事货船画面。浓烟从两处敞开的货舱中升腾而起；火苗在千疮百孔的船楼内乱舞。残破的货船向右舷倾斜得厉害，正快速下沉。

雷切特看到，在“巴拉塔利亚”号甲板上移动的唯一人员就是他的登船小队，他们正在军舰的海事安全分遣队军士长蒋的带领下展开行动。他和两组海军陆战队员已经登船，正分散开来搜寻幸存者和与袭击货船人员相关的证据。

雷切特身旁俯在海图桌上的，是他的参谋官、海军少校斯巴格诺拉。这位浅黄色头发、脸上棱角分明的参谋官仔细倾听登船小队发来的报告，同时紧盯桌面，仿佛正透过它凝视某个未知的深渊。他压低嗓音对雷切特说：“你听明白了吗？蒋的小队发现了装满弹药、手雷和轻武器的板条箱。”

雷切特点头：“我听到了。好像索马里海盗对错误的目标发动了袭击。”

“可这说不通呀。武器装备如此精良的一批船员应该能够击退一伙肚子都吃不饱的海盗。船上又怎么会发生一场战争呢？”

这个问题同样困扰着雷切特：“蒋的人中有谁能让我们看看货船的右舷侧吗？”

斯巴格诺拉抓起海图桌上电台的麦克风，接入登船小队的频道：“蒋军士，这里是‘贝洛森林’号，你手下佩戴头盔摄像头的人能去货船右舷侧看看吗？”

蒋的回答从扬声器中传来：“收到，‘贝洛森林’号。马上。”

过了一会儿，一名通讯岗位上的士兵开口报告：“我把勒·博下士的视频传到二号频道。”

“把它放到大屏幕上。”斯巴格诺拉说。他和雷切特转向显示器，图像变为一名登船的海军陆战队员头盔摄像头拍下的“巴拉塔利亚”号景象。镜头有些歪，显示出遭受袭击的货船尾部的情况。雷切特和斯巴格诺拉都注意到了一样的细节，不约而同地点了点头。参谋官两手抱肩：“原来如此。”

“舷梯。”雷切特说，“肯定有一名船员为海盗放下了梯子。”他伸出手。斯巴格诺拉将麦克风递给他。他按下通话键：“蒋军士，这里是‘贝洛森林’号。告诉你的人，我们找到需要的东西了。”

“收到，长官。”

“操控兵，”斯巴格诺拉说，“转回鸟瞰视角。”

显示器上重现俯视“巴拉塔利亚”号的图像，雷切特和斯巴格诺拉转身走向海图桌。指挥官放低音量：“如果索马里人在船上有内应，那他们就可能清楚上面运的是什么。”

参谋官点点头：“说得有理。”

“要是这样的话，他们为了攻占那艘船，就会带着充足的武器，有备而去。但肯定出了什么意外。可这还不是困扰我的全部问题。”他看了看显示器：“打开的货舱。船在海上航行时，货舱应该紧闭。看上去至少丢失了四个集装箱。它们去了哪里？”

“直升机。”斯巴格诺拉用指节轻敲桌面，“‘马士基·斯泰普利卡’号的瞭望员说，他在‘巴拉塔利亚’号发生爆炸时，看到附近有一架直升机。”

“好吧，但除非是空中起重机，否则只能运走一个集装箱。”

“没错。但它——”他的话被电台里的声音打断。

“‘贝洛森林’号！我们从货船的主货舱检测到辐射警告。”

雷切特按下麦克风的对讲按钮：“再说一遍，军士？”

蒋语气坚定地做出回答：“我重复一遍，‘贝洛森林’号：我们在‘巴拉塔利亚’号的货舱里收到辐射警告。船上曾有武器级的核原料。”

“军士，我是‘贝洛森林’号。让你的人离开货船，向海军防辐射部门报告。”

“收到，‘贝洛森林’号。”

指挥官把麦克风挂回电台，面色严峻地望着参谋官：“用安全线路帮我接国防部，快点。我们遇到核问题了。”

＊＊＊

在接受了哈珀特工熟练的输血和生理盐水补充后，杰克感觉体力恢复了不少。然后，他俩一起像捕食的猎豹一般，悄无声息地靠近火棘营地外围的栅栏。到目前为止，她还没有把他的武器还给杰克，并始终与走在前头的他保持几步距离。对此，杰克并不介意。如果情形对调，他会出于同样的原因保持同样的警惕。

在离栅栏不足五码时，杰克示意她隐蔽。他在一片高高的野草上匍匐下来。她则蹲在他身后的一处灌木后。

栅栏另一侧的一道手电光好几次从他们所处的位置来回扫过。接着，一名守卫继续沿着栅栏边缘走开了。杰克等了三十秒，招呼哈珀上前，再度潜向栅栏。

他单膝跪在阻隔在面前的铁丝网外，侦察简单搭建的营地中央的热闹景象。营地内，几乎所有人都已起床，正忙着往车上装武器。只有少数几人在集装箱里忙碌。集装箱的后门敞开着，这毫无疑问是因为它没有通风系统，而即便在十月末，索马里北部海岸的湿热天气依然令人窒息。

哈珀拿着一部数码相机对现场进行观测，配套的长焦镜头经过磨砂处理，以免被远距离外的人发现。她对相机拍摄设置了静音，连拍时便不会发出声响。“看来他们是要撤退。”

杰克指着集装箱：“你能看到那里面吗？”

“已经在看了。”她调节对焦环，“他们已经把你的导弹周围的一些板条箱挪开了。看上去他们正在摆弄飞行控制系统。”拍了几张照后，她十分惊讶地放下相机，“那不可能。”

哈珀语气中的震惊令杰克非常担忧：“怎么了？”

她再度透过取景器观察了好一阵，然后将相机递给杰克：“你自己看吧。告诉我我看到的并非我想的那样。”

他端稳相机，凑向取景器，很快调好焦距，对准集装箱内部。相机的增光滤镜提升了画质，让他能清晰地看到导弹的细节和人的模样。杰克只看了集装箱里两枚巡航导弹独特的结构一眼，便露出了与哈珀同样疑惑的表情。“这到底是怎么回事？”他尽可能放大长焦镜头，以确认这不是他的幻觉，“那些是 AGM-129 巡航导弹。”

“这么说并不是我疯了。”她说，“很高兴知道这一点。”

他把相机还给她：“它们不应该出现在这里。它们全都退役了。最后一批导弹六个月前已被销毁。”

“显然事实并非如此。”她摆弄着相机，“但假定它们本该被销毁，怎么会有两枚出现在一艘满载非法武器的货船上呢？这些家伙又是怎么知道它们在那艘船上的呢？”

杰克困惑不解，警惕地摇着头：“我不知道。”

她关闭相机，拆下长焦镜头：“好吧，伙计。为我解释一下，他们想用这些导弹做什么呢？我认为这种导弹只能被残暴的 B-52 轰炸机发射。”

“是的。”他在夜色中窥视着捣鼓导弹的技师们，“他们一定是在试图修复物理系统，以获取钚。”他诚恳地望着哈珀，“我们不能让他们带着那些导弹逃跑。”

“我同意。”她将镜头和相机收进背包，“正因如此，我刚才已向澳大利亚秘密情报局发出信号，寻求支援。”

“多久才能到位？”

“几个小时。我们的任务是在澳大利亚秘密情报局的无人机飞抵之前看护好导弹。然后，我们用激光标示出雇佣兵护卫队。一旦无人机锁定目标，我们便撤退，让特种部队处理剩下的事情。”

杰克点点头：“听上去不错。”

“很高兴你能喜欢，不过我并非征求你的同意。”她端起卡宾枪，从栅栏前向后撤，“来吧，伙计。我们得把我的车弄到离大门更近的地方，然后在他们行动前将它伪装起来。我希望在他们刚一上路时，便驱车追上去。”

【第九章】

04：00 a.m. —05：00 a.m.

俄罗斯联邦阿斯特拉罕

在俄罗斯的新资本主义经济中，只有一个无法回避和更改的事实：金钱万能。这一点在雷巴科夫乡村俱乐部里也不例外。

在伏尔加河岸边浓密的树木掩映下，离里海海岸仅数英里之遥的这个度假和垂钓俱乐部成为许多最有钱的市民的藏身之地。投入在这里的宏伟木屋式主建筑上的费用非常巨大，美食和其他奢侈品令人赏心悦目，沿河排布的小屋提供的现代化便利条件，能满足暴发户们提出的任何要求。

满员时，度假村能容纳数十位宾客。可是今晚这里被预订下来，成为一位先生和他的两位客人的私人领地。

主建筑宏伟的大厅中央壁炉内适度地燃着火焰。白手起家的石油大王阿尔卡迪·马林科夫独自坐在可可色小山羊皮坐垫长沙发里，同时品味着火光送上的温暖和杯中伏特加带来的凉意。整个晚上，他几乎都坐着，但量身定制的深灰色萨维尔街西服仍旧笔挺，没有一丝褶皱。时间太晚时，他做出了一个让步，摘掉了脖子上的约瑟夫·阿布德领带，并解开定制衬衫最上面的一颗纽扣。

他听到身后河畔甲板一侧的门开了。一阵凉风抢在客人进来前飘然而至，硬木地板上的脚步声随即响起，在高高的拱形天花板下回荡。

马林科夫抿了一口他的伏特加，享受砖炉里跳跃的火焰。

他在 MPN 能源公司的合作伙伴们从他左侧绕过沙发，像被叫来接受校长惩罚的学生似的站在他面前。

尤里·普勒斯科在他六十多岁时开始发胖，他那臃肿的光头让马林科夫忍不住联想到冬瓜。尽管普勒斯科几乎跟马林科夫同样富有，可他对服装的品位却一直没有长进。他身上的非定制泥褐色西装肩部太松，中间又太紧。就从他的鞋子也能看出他缺乏眼光。鞋跟已磨损变薄，根本就是推销员而非总经理的鞋子。

格里戈尔·尼克宁与他恰恰相反。他五十一岁，个头比马林科夫小一些，同样消瘦，有自己的魅力。他身上有一种运动气质，深受之前当兵的影响，这一点从他银色的平头到擦得锃亮的手工意大利皮鞋便能看出。今晚他穿一套从某个马林科夫一直记不住名字的著名米兰设计师那里定制的深蓝色西装。马林科夫可以在很多方面看不起他的这位长久以来的伙伴——他很虚荣，是个阴谋家，面对风险时总是急于减少自己的损失——但他始终无法小看这个人在服装上的品位。

尼克宁率先开口："我猜，你叫我们来，是因为有什么消息。"

"是的。"他朝那瓶边上放着两个杯子的灰雁伏特加点点头，"给你们自己倒上一杯，坐下来吧。"

两人各倒了一杯酒。普勒斯科端着他的杯子在炉子边的扶椅上坐下来，望着马林科夫。尼克宁却斜眼看着他半满的酒杯："是法国伏特加吗，阿尔卡迪？在俄罗斯的土地上？这是在亵渎神灵。"

"我们就凑合着喝吧。你坐不坐下来？"

"我宁愿站着。"

马林科夫不屑地耸了耸肩："随你便。"他一仰头，喝光自己的酒，然后又倒了一杯。他的同伴们静静地耐心等候，直到他平和下来："计划变得有些复杂。"

这个消息令尼克宁冷笑一声："是真的吗？"

普勒斯科的手抖得厉害，差点把酒洒在膝盖上："怎么个复杂？出了什么事？我们要终止计划吗？"

马林科夫不露声色，掩藏住自己对这个胖子的蔑视。这种人怎么会爬到公司最高层？

“我们不会终止计划。现在还不会。”为了显得冷静，他又喝了一小口酒，“我只是希望你们了解，我们要比计划晚几个小时。”

“我们过去就听过这种事。”尼克宁说，“那时，切普科斯破坏了我们的计划，将美国人扯到跟伊斯兰教的战争中来。”

“我向你们保证，这回没那么严重。只不过从船上弄走导弹的时间比我们预计的长了些而已。”

一种怀疑的氛围凝滞在三个男人接下来的沉默中。

尼克宁把酒杯放在大理石壁炉架上，把手伸到上衣内，掏出一个镀金香烟盒。他拿出一支比较短的无过滤嘴香烟，放下烟盒，然后把烟点燃：“这么说，发射车正在前往指定地点的途中？”

“还没有。在对导弹的修改完成之前，我们的联络人需要转移到一个后备地点。一旦这两点都准备好——”

“联络人为什么要改变地点？”

马林科夫又喝了一大口伏特加，以拖延挑明那无法回避的真相的时间：“因为存在一个小小的安全漏洞。导弹上的一个跟踪装置有可能把敌人带到他们的营地。”

普勒斯科的杯子掉落在地，四溅开来，发出清脆的声音。他呼的一声从椅子上站起来，像一头刚被关进笼子的野兽般来回踱步，一颗颗汗珠顺着他丑陋的粉色后脑勺滚落下来：“那是谁的跟踪装置？拉斯克的？还是基地组织的？”

“有什么不同吗？纽博尔德和他的手下正在保护导弹。”

“不。”尼克宁说，“他们是在试图保护导弹。”这意味着存在失败的风险。他深吸一口烟，在烟雾缭绕中继续他的话：“或许现在是时候向我们在莫斯科的朋友们寻求帮助了。”

他的提议立刻引来普勒斯科一连串的点头附和："他说得对！我们不能相信那些雇佣兵可以处理好这件事。我们应该找专业人士。"

马林科夫花了许多年来回避这种目光短浅的本能反应，才让 MPN 能源公司成为世界第四大石油公司和第六大能源集团。他已经付出太多，现在不能让这些不够残酷的伙伴坏了他的好事："你们俩都听我说，如果引来俄罗斯特种部队，我们最后就会欠他们人情，那样一来，我们预期的利益就终将落入他们而不是我们的口袋。但要是我们自己设法处理好，使事情顺利完成，我们就能向他们提要求——让俄罗斯政府向美国政府对它的石油公司那样表现出狂热的忠诚。你们明白吗？"

普勒斯科勉强点了点头，尼克宁则不情愿地转着眼珠。这样的表态远称不上是支持，但已经足够了。

马林科夫站起来："正如我之前说过的那样，这次会面只是出于礼貌，免得你们收看早间新闻的时候，没见报道我们宏伟的计划而感到奇怪。但我向你们保证：中午之前，导弹就会升空，世界将彻底改变，我们三人则会非常非常地富有。"他喝完了杯中的伏特加，"如果有更多消息，我会告诉你们的。在那之前，要按兵不动，一言不发——"他将空酒杯扔进炉子里："——不然的话，你们在这世上见到的最后一个场景，就会是被我的双手掐住你们的喉咙。"

＊＊＊

四点零七分，杰克和哈珀躬身坐在后者那辆破旧的丰田花冠轿车前排。透过车外伪装网上一道窄窄的缝隙，他们注意到，火棘雇佣兵们正从营地大批撤离。每辆车内都有全副武装的军人、武器和弹药，随时能够上路。

哈珀举着望远镜："看上去他们不会留下任何人。"

"这意味着他们要么准备重新集结，要么就是逃跑。"杰克看到，雇佣兵的车队出了营地大门，转向右边。SUV、帆布覆盖的运输车和拖着集装箱的半挂车鱼贯驶上一条泥路。车队腾起浓浓的尘烟，让杰克很难看清那边的情况，但还是有什么吸引了他的目光："那座山顶有光——那里是柏培拉吗？"

她将望远镜转向西侧："是的。"

"那座城市的另一边有一座飞机场和一条很长的跑道。要是那些核武器上了飞机，我们就找不回它们了。"

"危机得一个一个解决，伙计。"她斜眼瞥了他一下，"准备好。最后一辆车出来了。"车队的尾车跟在其他车后边穿过大门。她放下手里的望远镜，抓住车门把手，紧张地准备行动。

"我们还在等什么？"

"等他们走得足够远，不会注意到我们。"

他失去了耐性："现在漆黑一片，他们在两百码之外。要是我们等得再久些，就跟不上他们了。"

"呵。不见得。从这里通往柏培拉只有一条路。"她又朝远处的车队看了一眼，"好了，出发。"她打开门，一跃而出——他跟着冲出。

两人合理收拾伪装网。她将折叠并卷成捆的网子放在车后排地板上，然后回到驾驶座上。杰克折回副驾驶位时，她已发动引擎。如果说汽车也能患上哮喘的话，杰克觉得那它就会像这样喘息和发抖。

她扬扬眉毛，用肘部轻推他一下："帮个忙，打开手套箱。"他拉开手套箱，向内张望。他很轻松便猜出她想要什么。他取出一副放在折叠的索马里地图上面的小型夜视镜，然后递给她。她微笑着接过来佩戴好："谢谢。"激活夜视镜时，设备发出轻微的嘎嘎声。接着，她踩下离合，将轿车的手动变速箱挂上挡："请系安全带，伙计。"

"你是说真的吗？"

"我从来不跟不系安全带的人同车。这是我的一个原则。"

他将安全带拉过胸前，插进卡扣："这下高兴啦？"

“简直欣喜若狂。”

“那太好了。我能要回我的手枪吗？”

“不行。”

车子向前驶去。哈珀一连串的换挡动作连贯娴熟，花冠轿车很快便提速。杰克紧紧抓住车门扶手，惋惜自己的夜视镜被弄坏了。除了无以名状的黑暗，他看不见风挡外的任何东西。这使得汽车的每次转向、冲撞和起落，对他的平衡感和方位感都是一种考验。他试图交谈，以使自己分心，对抗越来越强烈的眩晕。

“我真的觉得你应该把我的枪还给我。”

夜视镜淡绿色的光照亮了她的脸：“那是不可能的。”

“要是我们跟雇佣兵正面遭遇怎么办？”一次突如其来的腾跃使杰克的头与车顶撞倒了一起，“没有枪，我怎么支援你？”

“别杞人忧天了。”车子急转，他俩倒向右侧，“我来这里不是要跟一群士兵发生激战。我得到的命令是观察和汇报。这也是——”他们开过一处下降的斜坡，车子猛地向前一倾，“我们要做的。”

车子落在沙地上，车尾开始漂移，杰克庆幸自己没吃东西，肚里是空的：“你出外勤多久了？哈珀特工？”

“久到明白不能把武器交给不肯将全名告诉我的人。”

他听出了她的弦外之音：“我只是说，计划赶不上变化。”

“我也知道。但你受我的控制，因此我们按照我的方式行动。我们跟踪雇佣兵，汇报他们的位置，让特种部队对付他们。好吗？”

他苦笑了一下，只好认命：“随你便吧。”车子像儿童玩具一样猛烈颠簸着，“那么，等这些完成后，我可以要回我的装备吗？”

“一切皆有可能。”她戏谑地笑笑，“老实点，我们再说。”

杰克不知道该如何应对哈珀。在过去的两小时内，她曾两次救了自己的性命——先是制止了他对火棘营地的愚蠢而缺乏计划的攻击，然后又献出一品托自己的血，将他从鬼门关拉回来。但从另一方面看，她不讲道理，是杰克遇到过的最让他伤脑筋的司机。

可他却不由自主地开始喜欢她。她的一根筋，她的幽默感，以及她的独断，都让他想起蕾妮·沃克—— 一想到这里，他不禁黯然，他挚爱的蕾妮被一名俄罗斯狙击手射杀，死在自己怀中的那一幕又浮现出来。

他转过脸，背向哈珀，以免让她发现自己冷峻的脸上浮现出的哀伤。但她还是察觉了这一点："怎么了，伙计？"

"没什么。"他迫使自己换上一副善意的微笑，"不过请帮我个忙——"颠簸中，他的头再度撞击车顶，"如果可能的话，麻烦尽量避开坑洼吧。"

她回给他一个笑脸："这我可不敢保证，伙计。"

* * *

雷切特指挥官成为了"贝洛森林"号指挥控制中心内正上演的这场口头风暴的中心。各个岗位上的船员和军官们都将报告送到他所在的海图桌来。与此同时，安全通话线路上，他正受到美军中央司令部刻薄的副司令、海军中将奥尔巴赫的激烈训斥。

"请稍等，长官。"雷切特急切地想通过能找到的任何理由中断与海军中将的对话，"我收到了新报告。"他遮住电话听筒的受话器，严厉地盯着他的参谋官："跟我说点什么，斯巴格，随便什么都行。"

"迈尔医生刚刚对我们的登船小队进行了检查——没有辐射中毒迹象。"

他点点头，然后将手从受话器上挪开："中将，好消息。我的参谋官说，返回的登船小队没有被查出任何辐射中毒的迹象。我们躲过了一劫。"

奥尔巴赫不为所动："劫难还没过去，指挥官。不管接下来登船的是什么人，恐怕都没那么幸运了。让那艘船沉入海底，炸得越碎越好。"

"是，长官。"他遮住听筒，朝他的参谋官厉声道："斯巴格诺拉！准备两枚鱼叉式导弹，开到火力范围内，击沉'巴拉塔利亚'号——快。"

“击沉那艘破船。”斯巴格诺拉确认命令，“收到。”他转身开始向武器军官们高声下令，装填两枚“贝洛森林”号携带的火力强大的鱼叉式反舰导弹，并准备发射。

雷切特不情愿地回到同海军中将的通话中：“长官，我们正进入击沉‘巴拉塔利亚’号的战斗位置。但在下令开火前，我们不需要拖着她做进一步调查吗？那艘船上有核武器，长官。除非我们确认她——”

“我们已经确认。”奥尔巴赫打断他的话，“国家侦查局截获了澳大利亚秘密情报局和澳大利亚国防军之间的通讯。一名澳大利亚秘密情报局驻索马里的外勤特工在柏培拉附近提供了关于两枚 AGM-129 导弹的可靠情报，并请求空中打击。”

“我们要让他们来处理此事吗？”

“处理美国制造的核武器？当然不。我们正在跟美军非洲司令部协调。我已经向杨上尉下达命令，让他的海豹突击队员们随时待命。我还请国防部长在二号线等候。一旦我们确认了澳大利亚秘密情报局的报告，就立刻展开追踪。”

“明白。我的船员和我还能为这次行动做点什么吗，长官？”

“指挥官，我需要你做的只有击沉那艘船。”

“收到，长官。准备完毕。”他用手盖住听筒，扭头招呼斯巴格诺拉，“发射方案出来了吗？”

“正在做！”斯巴格诺拉倾身凑近一名战术官，和这个年轻女子紧张低语。然后，参谋官重新转向雷切特：“还要三十秒！”

雷切特清楚，中将不会容忍在如此令人窒息的氛围下，在线等候三十秒。于是，他把手挪开：“长官，我们正驶向最小安全开火距离，计算我们的发射方案。二十五秒内，我们就会准确锁定目标。”

“你的船员需要这么久才能瞄准一艘被遗弃的船吗？或许我本该召集空军。他们这会儿肯定都已经完成任务了。”

"我相信这一点，长官。当然，他们会首先击沉我的船。"他近乎绝望地看了斯巴格诺拉一眼，对方举起双手，张开十指，"还有十秒，中将。"

"我欣赏你，雷切特。你开得起玩笑。"

"谢谢，长官。还有五秒。"

斯巴格诺拉完成了最后的倒数，随即喊道："开火！"

反馈装置向指挥控制中心发出警报：两枚鱼叉式导弹已经发射。导弹在击中"巴拉塔利亚"号之前，能在军舰雷达显示屏上的时间会非常短。当两枚导弹击中货船中部引发爆炸，将船炸成两截时，显示器上亮起白光。

"两枚命中。"武器官说。

一团橙色火球升腾而起，消散在黎明前黑暗的天空中："巴拉塔利亚"号的船体一分为二，分离开来。仅仅几秒钟，它们便消失在波涛中。

"中将，'巴拉塔利亚'号已被炸毁。"

"干得好，指挥官。恢复你的正常巡逻。"

"是，长官。'贝洛森林'号开始巡逻。"雷切特挂断安全线路，"斯巴格诺拉，制定航线，回到我们既定的巡逻路线上。麦克菲尔中尉，记录'巴拉塔利亚'号被击沉。"他朝门口走去，"有人需要我的话，我在我的房间里。"

斯巴格诺拉在门边拦住他："长官？我们不留下来帮助寻找核武器吗？"

雷切特叹了口气："这不由我说了算，斯巴格。这是中央司令部直接下达的命令。"

"可是长官，我们都已经在这里了。"

"斯巴格，别跟我说你试图跟美国海军讲道理。"

参谋官不快地眨了眨眼："抱歉，长官。我不知道我刚才是怎么想的。"

* * *

哈纳达的智能电话屏幕上有两个点。移动中的那个代表乱军车队中他的这辆吉普；静止不动的那个点则是他的目标，坐标由埃尔·贾马尔提供。马尔万抵达公路一段高地时减慢了速度。车灯的光柱照亮了一大片营地周围栅栏的一角。

“一定就是这里。”哈纳达说。

“看来被遗弃了。”马尔万盯着黑压压毫无生气的营地，“可能是个圈套。”

“也许是，也许不是。”哈纳达调整了一下握枪的姿势，“找地方进去。”

马尔万重新挂挡，循着泥土道路绕过一个小弯。他指着哈纳达那边的营地：“那里。敞开的大门。”

“带我们进去，全速前进。”哈纳达拿起对讲机，按下通话按钮，“我们要进去啦。一旦进入，立刻分散开来，把车停在建筑物旁边，成散兵线。”

车辆加速，迫使哈纳达倒回座椅。SUV 的速度很快。颠簸路面造成的每次撞击都会碰到底盘，压得减震器近乎失效。

他想起埃尔·贾马尔的警告：可能会遇到激烈的抵抗。马尔万载着他们飞速穿过打开的大门，哈纳达握紧冲锋枪把手，打起精神来，准备迎接火力压制。可枪林弹雨并未如期而至。除了车胎搅起并缓慢扩散的沙尘外，没有任何事情表明了他们的到来。

在他们身后，车队的其他车辆飞速散到他的两边，左一辆右一辆，直至全部五辆车都平行排列开来。哈纳达再次拿起对讲机：“所有的车，按我的命令停下来。三、二、一。停车！”马尔万踩住刹车，一打方向盘，将车头向左停下。车队的其他车辆纷纷效仿，全都首尾相接地停了下来，摆出防御阵型。

可他们没有遭遇任何需要防御的对手。

一片灌木丛引起了哈纳达的警觉。他冲马尔万点点头。年轻司机下了车，并保持车门打开，以便哈纳达爬过换挡杆，从司机侧下来。SUV 上的其他人也都小心地从车子较为安全的一侧下车。但车队其他车辆上的人便没这么谨慎了，他们随意地从车子各侧下来。

“散开！”在沙漠夜色诡异的宁静中，哈纳达的声音显得格外刺耳，“搜索幸存者、地图、信息，以及任何能带我们找到导弹的东西。小心陷阱！”

他的人三三两两分成一组，莽撞地冲进营地内光亮全无的建筑。他们花了好几分钟挨个搜索每一间房子。对讲机里传来的回复全都一样：没什么有价值的发现。没有武器，没有弹药，没有军械。

东边的天际露出第一抹靛蓝色，预示着黎明的到来。哈纳达担心这趟匆忙的出行是浪费时间，会让他本已受损的信誉再遭打击。在他的人对他领导他们战胜敌人的能力完全失去信心前，他还能承受几次失败？那个一早醒来，发现子弹正等着射入自己脑袋的清晨还离得有多远？

一道晃动的手电光引起他的注意。他转身看到马尔万正仔细查看十几米外车队后边的一小块地面。年轻人跪下来，用电筒近距离照射夯实的泥地。

哈纳达好奇地走到他身后：“你有什么发现吗？”

对方严肃地点了点头：“我想是的。除了我们的之外，还有三种轮胎痕迹。大部分是别的 SUV 汽车。一些是大型三轴卡车。是运兵车。还有这些痕迹”，他用手电光照着两道加宽的轮胎痕迹，“来自于一辆半挂式拖车。从痕迹深度判断，这辆拖车是负重行驶的。这意味着它——以及整个车队——无法快速移动。至少在这种道路上不行。”

“这些痕迹有多久了？”

“还很新。”马尔万指着沙地上的图案，“风还来不及将它们抹平。

叫我说，这些痕迹出现还不到一小时。”

敌人还没走远。哈纳达的心里重新燃起胜利的希望。他伸手从上衣口袋里掏出一张皱巴巴的旧公路地图。他不得不小心翼翼地将它展开，以免它在手里破成碎片。他朝马尔万伸出一只手：“把电筒给我。”

马尔万将电筒递给他。哈纳达接过来照着地图：“只有一条路从这个营地离开。如果他们转向东南方，我们路上就应该碰到他们了。也就是说，他们朝柏培拉去了。我们运气真好，那里有我们的盟友。”他将电筒还给马尔万，折好地图，“回到车上去。我们得赶上那些敌人。”他们一起大步朝吉普车走去。哈纳达边走边按下对讲机的通话键：“所有人注意，我是哈纳达。回车上去。我们现在出发。”

一个名叫西加尔的年轻男子率先回复：“稍等！我们在营地的另一侧发现了一架直升机。”

“直升机？”哈纳达隐隐担忧，不觉皱起眉头。雇佣兵们怎么会在其他任何有价值的线索都没留下的情况下，抛弃一架直升机呢？

“飞机受损。尾部和机腹都有弹孔……他们留下了安装在飞机上的一挺点五零口径机关枪。古塔勒说他会把它拿上。”

哈纳达听着西加尔的话，但过了几秒才反应过来西加尔的同伴正在做什么。他拿起对讲机：“西加尔！住手！”

营地另一边响起爆炸声，那里变得比太阳还耀眼。强光过后，一个血红的火球升入空中，金属碎片被抛向建筑，在沙地上四处飞溅。

“所有人都躲到车后面！快！”哈纳达冲马尔万吼道，“清点人数！”

其他人都奔跑着撤了回来。马尔万迎上去，高呼着让他们排好队，依次报数。与此同时，营地远端大火肆虐，将黎明的微光染得通红。过了几分钟，马尔万折返回哈纳达身边：“除了西加尔和古塔勒，其余人都在。”

对敌人的憎恶和对手下士兵死去的沮丧同时折磨着哈纳达。只有马尔万听见了他的低声抱怨：“我警告过他们小心陷阱的。”

“他们舍生取义。”马尔万说，“把他们当作烈士吧，我们继续前进。”

他没法赞颂愚蠢到连如此明显的危险都看不出来的人：“随便你把他们当作什么。现在他们属于死神了。”他拉开吉普车副驾车门：“上车。我希望在太阳升起前赶到柏培拉。”他一屁股坐下去，重重地关上车门：“我们要错过晨祷，这已经够糟糕的了。现在，我们要对敌人大开杀戒了。”

* * *

灰蒙蒙的光线已勾勒出东方的地平线，但杰克单凭着双眼依然看不透前方的黑暗：“你还看得到车队吗？”

“不，他们翻过了另一个小山顶。不过他们不会离得太远。”哈珀降挡，以提升车子的爬坡能力，杰克随即感受到车子渐渐倾斜。

他瞟了一眼后排座位上放着的他的背包，就在哈珀的包旁边。他的HK冲锋枪和她的奥斯泰尔卡宾枪则交叉放在两个包的下面：“要是我们跟踪他们进入城市，一定会遭到伏击。你或许希望——”

“我是不会归还你的装备的，还是忘了这一点吧。”她严肃地斜看了他一眼，“想也别想偷偷拿你的东西。我向你保证，你不会成功。”

“你确定？你在开车，而我速度足够快。”

“确定。并且我猜，你几乎比我老二十岁。这意味着你的反应能力已过了高峰期十年，正一天天变差。相信我，伙计——别考验我。”

他确信哈珀高估了自己的能力，但也觉得没理由激怒她。至少现在他们站在一边，他宁愿节省体力对付他们共同的敌人：“到山顶时，注意控制好速度。”

“好的。”她嘴上这样说，却非但没有减速，反而继续踩下油门。

“放松点。给自己点时间来——”

车子冲上最高点，猛地一震，随即调转角度俯冲：“我说过我——”

前方黑暗中亮起的枪口火舌打断了她的话。子弹击中他们的前挡。杰克俯身躲到仪表盘下。哈珀向左猛打方向盘，同时拉起手刹。花冠轿车一个摆尾，失去控制。轻武器疯狂的射击使副驾侧的窗户统统朝里崩开。

车子刚一停稳，哈珀便解开安全带，推开车门扑了出去。杰克也解开安全带，抱头躲避枪林弹雨。又一阵火力射向丰田车，杰克翻过换挡杆，从开着的司机侧车门钻了出去。更多子弹击中车窗，在他们头顶爆裂，撒下大量碎玻璃。

哈珀匍匐在地上，伸手拉开后座门。她首先拽出了她的包和冲锋枪。接着，她又拿到了奥斯泰尔卡宾枪和杰克的单肩包。她侧躺在地上，像孩子在圣诞节清晨抱着别人的礼物不放一样，把所有东西都拢在胸前。

伴随着德语的大呼小叫声，袭击暂告一段落。杰克听了好一会才明白大意。他拽了拽哈珀的袖口："他们有火箭弹！快走！"

哈珀没有争论。她站起来，跟随他的步伐沿着来时的路朝回跑，然后躲进泥土路旁的一片灌木丛中。

他俩刚一隐蔽下来，就见两枚火箭弹击中花冠轿车，将其击毁。剧烈的爆炸撕掉了车门、引擎盖和轮胎，只在路中间残留下燃烧的底盘和车架。

汽车炼狱的另一边传来高呼的命令声，接着便是车门重重关闭和车辆引擎轰鸣的声响。杰克和哈珀抬起头时，恰好看见火棘车队中的一辆运输车在吞噬她那辆花冠轿车的火光映照下，重新加速消失在夜色的臂弯中。

她站起来，怒视着轿车残骸："这下好啦，太暴力了。"

"情况本可能更糟糕。他们可能一开始就是用火箭弹。"

她揉了揉自己的后颈："离柏培拉还有好几英里。在我们赶到那里之前，他们有时间藏身，但那里并不是个大城镇。没有那么大的地方来隐藏这种规模的武装力量。"

"没错。但他们已经伏击过我们一次，就会再来第二次。"

她朝他一转眼珠：“你的意见是？”

“我现在可以拿回我的装备了吗？”

“只要你不讨厌地说‘我告诉过你的’就行。”她把他的背包扔在他脚边，又把 HK 冲锋枪递给他，“老实点。”

“我一贯老实。”他从单肩包里取出手枪插在腰间，又别好随身刀。重新武装起来后，杰克面向仍在闷烧的花冠车残骸和更远处柏培拉港的灯光：“行动吧。给他们留出的逃跑时间越少越好。”

“等等，这里不由你说的算，伙计。”

他尊重她的勇气：“抱歉。你认为我们应该怎么做？”

笑容透露出她对杰克的赞赏：“我认为我们现在就该行动。给他们留出的时间越少，教训他们的概率越高。”

杰克与她并肩踏上公路：“听上去这个计划不错。”

【第十章】

05：00 a.m. —06：00 a.m.

吉布提莱蒙尼尔军营

凌晨五点十三分，国防部的紧急电话打来时，上尉布莱恩·杨已经醒了。他受失眠的困扰已长达十余年。再年轻些的时候，他曾尝试与之抗争。到了现在，他已将一个个无眠之夜视作礼物，视作让他保持备战和警惕状态的竞争优势。当全世界其他的人都将宝贵的时间浪费在酣睡中时，他却像谚语中的那个墙头守望者。

由于前一天没有洗澡，他的棕色短发显得头油很重。他分开指头从发间抚过，将头发从前额梳向脑后。但他身上的制服却比新开盒的第一块苏打饼干还要笔挺，脚上的鞋子油光锃亮、一尘不染，以至于他的军士们常开玩笑说，他的鞋从根本上为所有镜子定下了标准。

过去四十七分钟里，杨一直在核对从多个渠道汇集到指挥室的新情报。美国国家安全局和国家侦查局同时向他发来大量截获的外来信号，其中大部分源自澳大利亚政府和它的国家情报机构，内容都和在索马里失控的核武器有关。美军中央司令部转发了来自美国导弹巡洋舰“贝洛森林”号的报告，提到在一艘被弃的货船上侦测出核信号。国防部长刚刚转来总统令，要求展开秘密地面行动，查找并夺回那些导弹，因为据可靠情报指出，它们来源于美国。

他站在桌后，凝神望着办公室窗外渐亮的东边天空，喝完最后一点咖啡。今天注定会成为载入莱蒙尼尔军营史册的值得纪念的一天。

他听到身后有咔嗒咔嗒的脚步声，辨别出了那个节奏。

"长官，听命前来报到。"

基地指挥官转向海豹突击队五排排长。海军少校罗伯特·伯内特正是杨所期待的海豹突击队队员的缩影——不是好莱坞电影中那种肌肉僵硬的超级战士，而是肌肉结实、身体精壮、着装整洁的人，拥有洞察一切的目光和令人畏惧的自律能力。

舰长放下杯子，拿起一个任务文件夹，顺着桌面推向伯内特："我们在索马里出了涉核事故。"

伯内特拿起文件夹，翻阅起报告来："确认了吗？"

"很难说。国家侦查局截获了一名澳大利亚特工在几小时前拍下的照片。国家安全局分析后指出，它们看上去像是雷声的 AGM-129 导弹。"

海豹突击队军官浏览完文件夹上的几页报告："核弹头？"

"'贝洛森林'号上的海军陆战队在距离那个澳大利亚人拍摄照片地点约四十英里的索马里海岸一艘货船上，测出了钚元素。"

伯内特将文件夹放回到杨的桌上："还有谁知道这事？"

"某种迹象表明，基地组织与之有牵连。据我听到的最新消息，一个大本营在墨尔本，被称作火棘的民间军事组织目前控制着导弹。动机不详。"他从桌子的抽屉里拿出一沓散放的纸张，"这是雇佣兵们最后出没的位置坐标。"

排长看了看上面的数据："在柏培拉外面。"

"是的。沿着海岸线，位于港口以西约十五英里。"

"任务简报？"

"你负责。制定突入、夺取、撤回的草案，在清晨六点前放到我桌上。"

"在我做出乐观判断前，请告诉我，我们手头还有什么资料？"

杨朝办公室窗户晃了晃手："就你看到的这些了，少校。"

“收到，长官。六点之前，我会拿出完整的计划，但我现在就能告诉你的是，我需要一架加满油、准备好近距离空中支援的黑鹰直升机。”

“没问题。”

伯内特立正敬礼。杨迅速回礼，然后便将注意力转移到桌上的那些报告上。海豹突击队少校向后转身，像来时那样帅气离开。伯内特刚一走，杨的勤务兵、海军少尉劳拉·巴丹就从办公室门口探进身来：“长官？再来一杯咖啡吗？”

“好的，少尉——在我说不之前，咖啡不要断。”他疲惫地叹了口气，再次暗暗骂了一声自己的失眠，“漫长的一天正等待着我们。”

* * *

一英里后的路中央，花冠轿车还在燃烧。远远的前方，柏培拉港比一片橙色的烟雾大不了多少。杰克走在哈珀身旁，心里一直暗暗思索。哈珀表情焦虑，她正等待她的卫星电话跟上级建立起加密连接。

她眼珠一转：“我讨厌这种事。等待安全线路消耗了大部分电量。”

杰克的目光在地平线处搜索可能存在的又一次伏击。他每分钟会扭头查看两次，以确保没人从身后的公路接近他们。在这片黎明前的荒芜之地，他俩似乎是孤独的行者。东边的天空黑暗渐褪，披上蓝色光晕；他看了一眼手表，知道再有不到半小时，太阳就会升起。

他听到哈珀电话的另一端传来声音。她抬起头，睁大了双眼：“鸟笼零一，这里是红翼鸫。白天的颜色是黄色。白天的字眼是‘旅人’。”短暂的沉寂，等待验证。接着又是一阵话语，杰克听不清是什么。哈珀继续说道：“让突击队待命。我失去了目标。敌人带着奖品逃到了柏培拉人口密集区的某个地方。”另一端又是一阵嘟囔：“收到。当前坐标未知，但平民伤亡的危险在提高。”几秒钟沉默后，哈珀继续回答：“收到，鸟笼。红翼鸫出发。”她结束通话，关掉话机，塞进战术背心上的一个口袋内：“我得到的命令是重新获得目标，然后汇报。”

“你花了二十分钟等候指令，好让他们告诉你去做你已经在做的事情。”

哈珀轻声一笑：“这是政府效率低下的又一次体现。”

* * *

纽博尔德熄灭路虎车的引擎，火棘护卫队的其他车辆也缓缓停进位于柏培拉西部郊区的一处内部被清空了的货舱。安杰伊吉克下车回到入口处，指挥其他车辆停在货舱两边，以便为后面的半挂车留出位置。平板车最后一个倒进仓库，开到排放紧密的众多车子中间。车刚停稳，桑切斯便打开副驾侧车门，爬了出来，朝后面的拖车走去。

建筑的上层都是些宽大的混凝土壁板，构成顶部高耸的空间。这里已被火棘构建成当地行动出岔子的情况下，一个重新集结的后备地点，因此所有窗户都被木板钉死，以免被人看到这座厂房的内部。同时，所有门前都设置了路障，防止流浪汉之类的人将它占为己有。

雇佣兵们从其他车辆中鱼贯而出，以只有具备足够实践经验才能获得的速度与效率开始重新部署。几组两两配对的狙击手和观察手沿着摇摇晃晃的楼梯爬上建筑顶层，设下瞭望哨。步枪兵则在他们下面的中间层分散开来，透过混凝土墙面不规则的狭窄缝隙监控外面的街道。在地面层，三名爆破专家走向对着街道的门，去设置克莱莫炸药进行防御，机枪队则建立起了若干隐蔽阵地，以在必要时压制住任何针对这座建筑物的突击。

尽管行动匆忙，但这片封闭空间内却相对宁静。这些人已被训练得像城市里的秘密行动者，尽可能少地吸引注意和制造不必要的动静。没人大呼小叫地下达命令或提出问题。在少数需要得到指示的情况下，他们也是通过手势进行沟通。

纽博尔德走向半挂车的后部，他已饿得肚子咕咕直叫。集装箱的门敞开着，桑切斯在里面，正往箱顶预制的支柱上悬挂电池供电的作业灯。她的两名高级技师古兹曼下士和科尔文列兵移除了保证巡航导弹运输安全的安全挂钩。

桑切斯注意到纽博尔德正在观望："又出什么事了吗，上校？"

"还没有，但今天才刚开始。多久才能让这些鸟儿准备好？"

她在衬衣上抹了抹手："几个小时吧。我需要把这个箱子挪到一个干净的地方，才能冒险修复二号小鸟的物理系统。"

"那线塔呢？"

"一小时左右吧。"她碰了碰古兹曼，"你认为呢？"

他看看导弹，又看看纽博尔德："如果我们幸运，四十分钟就够了。"

"你自己能更换线塔吗？"

古兹曼和桑切斯的目光相交，显得有些焦虑。他的回答十分谨慎："可以。但那会花上一个多小时。"

"很好。"纽博尔德望向桑切斯，"上尉，你和科尔文列兵专心修复多余的物理系统。导弹交付之后，我们还有大计划呢。"

"明白。"她转向手下，"你听到他的话了，古兹曼，更换线塔的连接点。科尔文，帮我控制好二号小鸟，以便移除弹头。"

纽博尔德对完全处于掌控之下的局面感到满意，他留下忙碌的桑切斯和她的技师，自己从停得很挤的车辆间穿过，朝安杰伊吉克走去："情况怎样，军士长？"

"都安排好了，长官。我们监控着街道，那里很安静。没有空中干扰，没有通讯电波。"

"路上出的乱子是怎么回事？"

"不管那些人是谁，他们都没有反击。希契和他的人把他们轰成了碎片，安然无恙地追上了我们。也许本来就没什么，但小心无大错。"

"很好。要是有谁报告异常情况或是敌对迹象，马上告诉我。"

"是，长官。"

纽博尔德回到他的路虎车旁。外围安全，货物安全，客户虽然不高兴，但至少也得到了安抚。尽管“巴拉塔利亚”号上的意外攻击造成了拖延，使情况变得复杂，但任务正走向成功。他拉开前排副驾侧的车门爬了上去，随后把门关上，总算是在疯狂的行动中得以暂时一个人安静一下。

他拉低帽檐，盖住眼睛，希望抢在阿尔卡迪·马林科夫的下一次隔空训斥到来前，偷空睡上几分钟。

我本就该如此幸运，他一边沉思，一边陷入断断续续的浅睡中。

* * *

“那是什么？”哈纳达双手握紧了他的卡拉什尼科夫冲锋枪：“减速。”马尔万松开油门。哈纳达按下对讲机的通话键：“所有人注意，停车。路上有情况。”他注视着黎明前的紫色天空映衬下的那个发亮光点。是焚烧过的小轿车残骸。“马尔万，看得到里面有人吗？”

马尔万将车停在距离炽热的残骸十码开外的位置。“没有。”他又将目光扫过公路边的灌木丛，“可能是个圈套。”

他说得没错，哈纳达知道这一点。他用对讲机下达了另一道命令：“库拉姆，带你的小队搜查公路两侧。小心伏兵，注意地雷。”

“这就去。”库拉姆和他的人从哈纳达后边的那辆吉普车上下来，分成两组，各自沿着泥土公路两侧的路肩巡查前进。很快他们便走到哈纳达的车子前头去了，在灌木丛里搜索。前方的天空又亮了些，搜查小组的剪影被晨光勾勒出来。哈纳达看到库拉姆举起对讲机，随即听到他的汇报：“没有人。没有地雷。”

强烈的好奇心啃噬着哈纳达：“那辆车是怎么了？”

“像是被榴弹击中的。还有大量弹孔。”

哈纳达看了看表。此时是清晨五点四十一分。他们在这辆废弃的车上消耗了宝贵的时间。他按下通话键：“不管它了。我们得继续赶路。”

“这就回来。”库拉姆吹了声口哨，召集齐他的手下。六个人小跑着上了公路，返回他们的吉普车，依次钻了进去。

他们全都上了车后，哈纳达指了指燃烧的残骸："把它撞到路边去。"

马尔万给车挂上空挡："乐意效劳。"他一脚猛踩油门，一脚压住刹车。轮胎开始旋转，发出尖锐的啸叫声，但他却不让车子前冲。接着他突然松开离合，挂上前进挡。车子咆哮着扑向前方。路面变得模糊不清，转瞬间，路中间那堆燃烧的车架就从安全距离外的障碍物变成吉普车前阻挡哈纳达视线的屏障。

然后，碰撞发生。他不由得闭紧嘴巴，身体朝前冲，幸好被安全带紧紧束缚住。火苗如焰火般炸开，飞过引擎盖，轿车残骸打着转翻滚着，上面的火舌舔舐着风挡，最终底朝天掉进了路旁的水沟里。前方的路清理干净了，无处不在的坑洼和颠簸变得像是无关紧要的消遣。

哈纳达从开裂的后视镜中看到车队未受干扰，跟上了他们。在他们前方，晨曦中的港口城市柏培拉如海市蜃楼般闪烁着。很快，它就会在沙漠太阳无情的照耀下灼热起来。

白天会暴露这个城市所有的秘密——包括那些可恶的敌人。

城市藏不住他们，哈纳达暗暗发誓。他们逃不过死神——也逃不过我。

* * *

没有梦境困扰的喜悦被路虎车仪表台上电话的响声粉碎。

纽博尔德咕哝着伸手抓过他的智能电话。他看了一眼屏幕，然后接通。他并非想看是谁打来的电话——不看他也能猜到——而是为了看看自己被打扰前才睡了多短一会儿。时间显示五点四十九分。还不到十五分钟。

他嘟哝一声，将电话送到耳边："你想怎样？"

"你知道我想怎样，上校。"阿尔卡迪·马林科夫从不大嗓门说话，但语气里的威胁意味却一览无遗，"我的导弹在哪里？"

雇佣兵揉了揉发痒的眼睛："我们现在正在处理。"

"我们现在本该发射了。多久才能把它们准备好？"

“一小时前我就给过你大概时间了。”

“现在我需要及时更新。多久？”

纽博尔德在座椅上直起腰，气沉丹田：“两小时。拆除物理系统需要花时间。”

俄罗斯石油大王似乎很担心：“这次你确定吗？”

“是的，马林科夫先生。我们确定。”

“如果我在早上八点让发射车落在柏培拉机场，你能保证你的人到时能与它会合并交出导弹吗？”

时间很紧，在没有绝对交货把握的前提下，做出这么重要的承诺，纽博尔德有些犹豫。但接着，他想象要是自己再有另一次失败，再有另一次拖延任务的情况发生，马林科夫将作何反应。无论怎样，那都不是他想要的交流方式。

“是的，我的人和我会在八点整出现在那里，并准备好那两枚导弹。”

“很高兴听到这些。但请记住我的话，最好别再有任何拖延。要是三小时内，我的飞机不能带着导弹起飞，你和你的整支雇佣兵部队都将生不如死。我的意思你清楚了吗，上校？”

“非常清楚，先生。”

“很好。”纽博尔德听到电话那一端打火机燧石的咔嗒声和香烟燃起的噼啪声，“我的飞行员确认导弹交付后，你就会收到剩下的钱。但要是在他降落后五分钟内没有人跟他接头，他就会驾驶飞机返航，我们的交易立刻终止。”

“我明白。”

“但愿你能明白，上校。但愿如此。”他说完便挂断了电话。

纽博尔德把头朝后靠，叹了口气。如果我们无法交货，先前做出的所有牺牲都将白费。他将电话装进口袋，开门下车。

催促桑切斯和他的工程师们并不会让准备导弹的过程进展更快。他手下所有的人都忙碌着，似乎也没什么可让他发火的。纽博尔德唯愿有人会傻到袭击他们——因为他此时此刻最想做的就是朝某人开上几枪。

＊＊＊

太阳升起后不到十五分钟，它的热度便像烧红的铁锤般砸在索马里北部的沙漠上。杰克的衬衣贴在他的后背上，汗水顺着他已经湿透的头发滴落下来。他整个人只有嘴巴是干的，他感到口干舌燥，嘴里有股泥土的味道。

哈珀与他并肩跋涉，深棕色的皮肤被晒得发红：“别说啦。”

“我什么都没说。”

“我听到你在那样想。”她闭上眼，似乎不愿承认黎明的到来，“我从车上抢出了这么多装备，却偏偏忘了拿该死的水壶。”

他始终注视着路面：“我什么都没说。”

他们离柏培拉郊区已经很近。在他们右前方，稀疏排列的枯萎树木那边，三栋建筑在离主路约一百英尺处围成一个死胡同。接下来几乎半英里路途中，公路两边空无一物，直至几座被太阳晒褪色的房屋率先映入眼帘，成为这座小港口城市的外围居民区。

他的目光在荒芜的大地上游移：“看看有没有哪栋房子有车。”

“已经在看了。”

杰克估计他们搜寻新车的努力将是徒劳的。如果要用某个词来形容眼前这片居民区的话，那就是赤贫。他怀疑在这些满是灰尘的贫民区生活的人一辈子也不能拥有属于自己的车。因此，他期待能在这座城市中心找到的，最多也就是助力车或者轻型摩托。这两种交通工具都不够理想，但骑车总比走路强，尤其是在太阳越升越高，天气越来越热的情况下。

清晨的空气凝滞不动，附近海洋带来的湿度让它显得格外厚重。哪怕最小的微风，也有助于减轻空气闷热的重量，可无论杰克转向哪边，等待他的都是令人窒息的热浪。一阵遥远风声般的动静引得杰克回过头，望向他和哈珀来时的路——就在这时，他看到了半英里后隔着一排茂密矮树林的公路上腾起的沙尘。

他立刻拽着哈珀一起迅速奔向路肩："下来！我们有同伴了！"

他俩全速冲下公路，跑到一片半死不活的灌木丛中。杰克卧倒的同时卸下了身上的装备，哈珀也一样。他们屏住呼吸，并排匍匐下来，一动不动。不远处的公路上，引擎的轰鸣声和轮胎碾过布满碎石路面时的噪声变得越来越大。先于车队到来的白烟弥漫在空气里，漫过路肩。

杰克紧闭双眼，用一只胳膊掩面，对抗吞没他和哈珀的尘暴。尽管他努力阻挡，仍有细小的沙粒钻进他的耳朵、鼻子和嘴巴。他忍着不咳嗽，但很快败下阵来，不过也没关系。他的喘息声和咳嗽声都被车队的轰鸣掩盖了。

经历了被沙尘和浓烈的柴油尾气熏得什么也看不见的几秒钟后，杰克强迫自己睁开眼、抬起头，看看刚才从面前经过的那些车子。

哈珀调整成坐姿，吐了一口沙尘："我猜那些人不够友善。"

"他们看上去像索马里游击队。他们也许属于基地组织，或是某个乱军。"杰克晃掉 HK 冲锋枪上的沙子，希望枪管没有被灰尘弄脏。

哈珀取出望远镜，瞄向渐远的车队："有一点可以肯定：他们全副武装。我觉得他们朝着城里去，不会是什么巧合。"

他摇了摇头："见鬼。怕什么来什么。"

"这是我们太受欢迎需要付出的代价，人人都想与我们共舞。"她放下望远镜，"想听好消息吗？"

"随时都想。你有好消息？"

她指向公路："前面一栋房子旁有辆小货车，就在左边。"

他爬起来，拍拍身上的灰尘："小货车？"

她起身带头返回公路："我爸曾经说过，'车子对我来说只有一个用处。'"她扭头天真地笑了笑，"带我去想去的地方。"

【第十一章】

06：00 a.m. —07：00 a.m.

站在阿尔帕什大酒店高级行政套房门口的两名男子并未穿制服，而是身着西装，但格里戈尔·尼克宁认出他俩是俄罗斯特种部队的突击队员。他们轮廓分明的面孔、生硬的姿势和空洞的目光，都是俄罗斯军队精英特种部队成员的特有标志。

他们在套房双开门门口拦住了他。其中一人抬起一只手，示意尼克宁停下。另一人动作有些粗鲁地对他进行搜身。接着，第二名守卫从门边一张靠墙的桌子上拿起金属探测器，面向着尼克宁："抬起胳膊。"

尼克宁的姿势就像被钉在了一个看不见的十字架上。特种兵拿探测器顺着他的身体扫描。那东西就像一部倒置的特雷门琴，不时传出哔哔声和震动反馈。最终确认尼克宁既没有带武器，也没有隐藏着监控设备后，特种兵放下探测器，冲同伴点点头，对方随即用门卡打开套房的锁，将门推开。尼克宁从两名特种兵中间穿过去时，他们都未说话，因此他也忍着没向他俩道谢，直接进入了宽敞的套房。

四名穿黑西装戴墨镜、面无表情的年轻男子分列在客厅四周。尼克宁面向西侧那扇宽大的落地窗，从中可以看到伏尔加河，奔流的水面正闪耀着晨曦洒下的第一缕光芒，当然也倒映着这座位于阿斯特拉罕市区和河对岸的图索沃斯基村之间的绿树环绕的岛屿的翠影。

在他左手边，两名男子正坐在长条餐桌旁。一端坐的是德米特里·马尔科夫将军，大块头，留着浓密的灰色胡须，身穿俄军制服。餐桌另一端的是瓦蒂姆·扎尔斯基，身形苗条，浅褐色的头发有些稀疏。他身上的西装毫无特色，尼克宁明白是故意裁剪成这样的，以求不引起注意，让人容易遗忘。他这个人的各种名字都是假的，祖籍不详，拥有凌驾于法律之上的赦免权：他是俄罗斯军事情报局格勒乌的一名资深官员。二战之后，该组织就一直与国内的同行保持合作关系——先是克格勃，冷战结束后则变成对外情报局。

马尔科夫将军指了指长桌侧面位于他和扎尔斯基中间的一把椅子："请坐，尼克宁先生。"

在任何商务谈判中都不能显得焦虑不安，这点至关重要；三十多年来，尼克宁一直将此奉为重要信条。他在两位看上去都比自己年长十岁左右的政府代表当中坐下时，尽可能显得毫不畏怯。他不露声色地将双肘置于桌面，两手指尖相碰："先生们，感谢你们的到来。尤其在临时得到通知的情况下。"

扎尔斯基的语气听似温和："这是我们的荣幸，格里戈尔。你遇到什么问题啦？"

"我怀疑阿尔卡迪·马林科夫的野心已经超出了他的能力。"

情报头子认真地点了点头："等了很久，终究还是发生了。"

马尔科夫从外套内袋里掏出一根古巴雪茄："阿尔卡迪这回又给我们惹了什么麻烦？"他拿起雪茄剪，剪去雪茄端部，"总不会又像在洛杉矶那次一样的惨败吧？"将军拍拍口袋，一副丢了什么东西的样子。

"如果说两次行动之间不存在相似之处，那是在说谎。"尼克宁将自己的纯金打火机顺着桌面推向马尔科夫，对方一把接住。

"谢谢。"将军掀开打火机盖，激发燧石。接着，他把起伏的火舌凑近雪茄末端，将其点燃。

将军点好雪茄后，扎尔斯基双臂环抱着落在桌上："格里戈尔，能否问一下，你对阿尔卡迪的计划具体的担忧是什么？"

没必要遮掩了；既然已经到了背叛的边缘，就是时候迈出最后一步了。"我认为，他将几项关键任务外包给别人的做法是个错误。他信任一家外国私人军事公司，请他们去弄两枚美国核巡航导弹。而他们又再次将部分工作转包出去。”

马尔科夫吐了口烟圈问道：“出于什么目的呢？”

“还不清楚。也许是为了在最危险的部分降低他们自己的风险。也许是为了在万一后来受到牵连时，给自己找到推诿的理由吧。”

扎尔斯基耸耸肩：“换做我是他们，也会这样做。”

“或许吧。可是，即便最好的雇佣军，也只对薪水忠诚。而且我怀疑这些不幸的士兵是否称得上最好。在过去六小时内，他们已经两次推迟了交付导弹的时间。我想，他们恐怕遇到了棘手的麻烦。”

将军和间谍头子诡秘地交换了一下眼色。马尔科夫朝桌子喷出一口烟：“你希望我们接管，替代他们，是吗？”

“应该说——”他顿了顿，考虑合适的字眼，“要是知道这件事受到忠于俄罗斯母亲的士兵们的监控，我会更放心。”

扎尔斯基调整了一下坐姿，显示出他对此事的抗拒：“很遗憾你并未早一点来找我们，格里戈尔。如果你在行动开始前就来寻求我们的帮助，我们能帮你的就会更多。可现在……”他手掌向上，举起双臂。

“我这位受人尊敬的同事太过礼貌，他其实是说，我们不想卷入一场搞砸的行动。”

“我从未说过行动已经失败。绝非如此。我只是觉得，要是……在我的监督和你们组织的直接协助下，它能进行得更好。”

马尔科夫挑了挑浓密的眉毛：“是吗？”

扎尔斯基凝视的目光里闪过一丝戏谑：“格里戈尔，我怎么会有这种感觉，这次会议并不是为了确保行动成功，更多的是要迫使阿尔卡迪出局，并巩固你对公司的控制？”

“我不知道你在说什么，瓦蒂姆。”尼克宁撒谎道，“但如果有一天，我真能坐上董事会主席的位置，我一定会记住欠下的人情。”

马尔科夫叼着雪茄，露出黄色的牙齿：“心胸真宽广呀。”

相对而言，扎尔斯基较好地控制了自己，并没去挖苦尼克宁：“将军和我都明白，保护我们能源产业的重要成员，是符合俄罗斯国家利益的。但你要明白，格里戈尔，如果我们在这种变数巨大的时候介入并支持你，我们就期望获得与我们承担的风险相当的回报。”他站起来，迈着缓慢审慎的步子走向尼克宁那一侧。尽管他语气平缓，不露声色，但却投射出一种不难察觉的威胁的意味：“同样重要的是，如果我们允许你将我们卷入你公司的越轨行为，却又出了岔子，我们的首要任务便是保护祖国俄罗斯，其次是我们自己，最后才是你。”他俯下身，用恶魔般的语调低声说，“要是你试图欺骗或背叛我们，或者你的无能导致我们或这个国家陷入危机……你的结局不会仅仅是消失那么简单。你这辈子的踪迹都会被抹去。你的名字将从历史上擦除，无论今生还是来世，都不会再被提起。”他直起身，换上一副冷漠却难以掩饰其内心恶毒的表情。“好了，格里戈尔，在了解到这一切之后——你仍想得到我们的帮助吗？”

尼克宁强忍着内心的恐惧。他提醒自己，富贵险中求。他已决心不计风险和代价，也要让那个大言不惭的阿尔卡迪出局，进而掌握 MPN 能源公司的控制权，并在十年内使它进入世界上最大最赚钱的能源集团。他扭头抬起下巴，迎上扎尔斯基高傲的目光：“我希望得到你们的一切帮助。”

“那就如你所愿。”

间谍头子伸出手来。尼克宁起身与他握手。然后，他又转身握了握将军铁钳般有力的手。木已成舟：“我们什么时候开始？”

“很简单。”扎尔斯基说。他和马尔科夫分别在尼克宁的两边斜靠着桌子，“把你了解的关于阿尔卡迪计划的一切都告诉我们。剩下的事就交给我们了。”

* * *

柏培拉几处老旧密集的街区出现在眼前，乱军车队减缓速度，然后停了下来。金色的阳光照亮了被车子扬起的灰尘。哈纳达满嘴尘土，两眼干涩。

对讲机里传来一个气呼呼的声音：“我们为什么要停下来？”

他拿起对讲机，手下居然有人想让他解释自己的意图，这让他很是恼火：“因为我们丢掉了敌人的踪迹。要是你发现了什么就赶紧说，否则就给我闭嘴。”

马尔万扶着方向盘直打呵欠，后来才注意到哈纳达恶狠狠的目光：“对不起。”

“我不需要道歉——我需要答案。”哈纳达指了指面前的那些街道，“他们可能会上哪里去？”

“几乎哪里都有可能。我们不知道他们用了多少辆车，也不知道他们领先我们多久。我们知道的只是到了城里，他们可能会分散开。”

哈纳达心里明白马尔万说得没错。他们还需要了解太多的基本情况。除非增进对他们敌人的一些了解，否则找到敌人根本就是不可能完成的任务。他打开吉普车门，钻了出去：“留在这里。”

他关上车门，走出几步，以便更好地了解所处的环境。他们在一条狭窄的泥路上，距离这座城市的一条柏油主道不足一百英尺。在他左手边，低矮的灰白色混凝土建筑上，窗框都被百叶窗遮掩着。在他右手边，是一栋古土耳其建筑的遗迹。透过残垣断壁，哈纳达看到建筑那一面再没有什么，尽是些铺在古老沙地上的碎石堆。沿着道路穿过废墟，是一栋很长的黄色两层建筑，上层四周附带着室外平台。

黄色建筑与街面平齐的一处台阶上坐着个男孩。他衣衫不整，邋里邋遢，样子就像披着一副不合适的皮囊的骷髅。他睁着大而无神的双眼盯着地面，用一截短木棍在沙地上乱画。整座城市有成千上万这样被视作幽灵的年轻人：不受待见，没人在乎。但这个男孩却恰恰成了哈纳达想要寻找的人。

哈纳达迈着缓慢的步子走向男孩。等孩子抬头看他时，这个乱军首领举起他空无一物的双手，表明自己并无恶意。情况还算不错，男孩并没有逃跑。相反，他只是有些紧张不安地看着哈纳达到来。

“放松，孩子。我不是来伤害你的。”男孩一言不发。于是，哈纳达继续向他靠近几步：“你在这里坐了很久吗？”

对方犹疑地点了点头。

哈纳达受到鼓舞，继续靠近。“你今天有没有看到过一个车队？我说的不是我身后的这个。”又是点头，“你还记得你看到了多少辆车吗？”

男孩一愣，接着拔腿便朝路上跑去。哈纳达呼喊时，他已跑出好几码远，“站住！”他尖锐洪亮的喊声吓得孩子半道停了下来。男孩扭过头来，惊恐张望。哈纳达摊开一只手，另一只手从口袋里掏出一沓当地流通的纸币：“你饿吗？我可以给你钱。我只需要得到答案。”

但他提出的要求换来男孩惶恐的摇头。

一个男人的声音在哈纳达身后响起：“离他远点！”

他转过身，看见一个骨瘦如柴的年轻索马里人从一个门里探出身子，拿着把手枪瞄准了他。年轻人光着脚，穿着破破烂烂的裤子和脏兮兮的短袖衬衫。几乎就在哈纳达被警告声吸引注意而转过头去的同时，他手下的其他人都从车里钻了出来，并用冲锋枪瞄准了这个陌生人。

哈纳达冲他的人抬起一只手：“别开枪！放下武器！”他的人不情愿地照做。但与此同时，陌生人的贝瑞塔手枪却仍然瞄向哈纳达。哈纳达用尽可能不带威胁的口吻说：“你是那孩子的父亲吗？”

“是他叔叔。他父亲死了。”

“没人想要伤害你或那个孩子。我们只是需要一些信息。”他让男子看到手里的钞票，“我们打算为此出个好价钱。”

陌生人似乎既有些心动，又有些不信任：“什么信息？”

“你的侄子不久前看到了另一个车队从这里经过。我们想知道关于那个车队的任何事情。他看到了多少辆车，多少人，他们去了哪里诸如此类我们都想知道。”

陌生人从哈纳达身旁绕过，倒退着靠近男孩。即便在抓住侄子的手时，他的枪仍始终对准哈纳达：“要是他把你想知道的告诉了你，然后怎样？”

“我们付钱给你们，然后我们就离开。”

不难看出这对男子颇具诱惑力：“你为什么想知道这些？你们在找谁？”

“外地人。雇佣兵。石油公司雇佣的杀手。他们中的四个人在卡德侯强奸了一位母亲和她的女儿。现在，他们的同伙正保护着他们畏罪潜逃，试图离开这个国家。我们得阻止他们，让他们为自己的罪行负责。”

这虽然是个彻头彻尾的谎言，但它的情节与过去可怕的事实如此相近。哈纳达深知，他的索马里同胞会毫不迟疑地相信。

如他所料，他对敌人的控诉化解了陌生人的怀疑。陌生人将侄子拉到跟前，在他旁边跪下来，轻轻推了一把，示意男孩站回哈纳达面前：“把他们想知道的告诉他们吧。”

“有短的卡车，也有大卡车。”男孩细小的声音有些沙哑，“很多人。很多枪。”他指向公路西边，然后又指了指通往大海的北边，“他们朝那边去了，一直到清真寺后才朝右转。”

哈纳达蹲在男孩面前，盯住他的眼睛：“谢谢你。你帮了大忙，真主会赏赐你的。我能否问一下——他们是多久以前经过的？”

“在太阳升起前一小会儿。”

“谢谢你。”哈纳达将一沓钞票塞进男孩手里，然后回到吉普车上。陌生人赶紧招呼侄儿回到其实也不安全的屋里。哈纳达的人各自上车。

马尔万斜眼看了看哈纳达：“现在怎么办？”

“朝前开到寺庙，然后右转。”

年轻的下属发动吉普车，重新飞驰起来：“在那之后呢？”

“我们会知道上帝接下来要留怎样有用的线索给我们的。”哈纳达抬头望着一栋栋被抛到身后的建筑，看见窗户里有数不清的焦虑面孔正盯着他和他的圣战勇士们的车队，“一旦找到敌人，我们就召集我们的同盟。”

＊＊＊

被杰克和哈珀征用的那辆小货车没有空调，因此进入城市那不长的驾驶之旅，已渐渐把他们笼罩在清晨的炎热之中。杰克开车，这也正合哈珀的意，她更愿意盯着他，而让他盯着前方的道路。没过几分钟，他俩便在柏培拉边缘的公路上赶上了刚才超过他们的索马里人的车队。杰克赶紧驶入一条狭窄的小巷。哈珀疑惑地看了他一眼。他关闭引擎。“我不想让他们发现我们在跟踪。”

他下了货车，偷偷回到巷口，在拐角处悄悄张望，看公路上正在发生的事情。哈珀满心好奇，不耐烦地贴近他身后：“出什么事了？”

“一个家伙从前面的吉普车里下来，跟路边的一个男孩说话。现在，他正和一个拿枪指着他的当地人交谈。”

“听上去情况不错。”

杰克冷冷地皱了皱眉：“别抱太大希望。当地人退到一边去了。”他眯眼抵御强烈的光线和吹得人生疼的风尘，“现在，那个孩子指了指西边和北边。”几秒钟后，他从拐角边退开，“车队出发了。”

哈珀开始迈步返回小货车。当她察觉到杰克并未这样做时，立刻停下了脚步：“你还在等什么？难道你不打算跟上他们吗？”

“是的，我打算超过他们。”他来到小货车前，借助保险杠，两步登上引擎盖，“他们通过跟当地人交流，会找到那个车队的。”他又迈一步，踏上货车车顶，“我有个好主意。”

杰克跃向小巷旁一栋建筑二层的一个阳台。他抓住了两截栏杆，把自己拉上锻造的金属围栏，由于用力较大，他疼得浑身一颤。

哈珀想到万一他把缝针的伤口绷开会承受怎样的痛苦："慢一点，伙计。"

"我没事。"杰克一边喘息一边回答，他已经翻入阳台。他低头看看她："把你的望远镜给我。"

她从小货车里取出望远镜，扔给杰克。

他伸手接住，然后一昂头招呼她道："快来。"

她后撤一步，接着朝前猛冲，两大步便上了货车顶，第三步跃向围栏，利索地翻过栏杆进入阳台，来到杰克身边："现在怎么办？"

他朝旁边的一架梯子点点头："屋顶。"

她跟在他身后，跟着他躬身上了屋顶。他俩在边缘并排蹲下。杰克透过望远镜观察这座城市。

"你在找什么？"

"能让雇佣军藏住一个车队而不引起当地人注意的地方。"他放低望远镜，分析这个港口城市的情况："乱军迟早会找到他们。我打赌，他们要比雇佣军们更了解当地人。可他们在用复杂的方式追踪雇佣军，并根据与他们交谈过的人的话进行判断。"他又透过望远镜看了一眼，"我得说，他们问了些错误的问题。"

"那你知道正确的问题吗？"

"也许吧。"他将望远镜递给她，朝北方指了指，"看看那里。"

她调整好望远镜的焦距，看到一排排数不清的屋顶："我要找的是什么？"

"有多少建筑能容纳下雇佣兵的车队？"

"就我看来，至少五六个。"

"他们在其中的某个吗？"

她挨个观察那些建筑，看到的只有那些阳光从破烂的顶棚射向地面，内部设施已被掏空的结构。"不是我——"这时，她看到了，顿时明白杰克想让她寻找的是什么。一栋被胶合板封住所有窗户和入口，充满神秘感的多层工业建筑。过去十年来的内乱对这里破坏极大，那座建筑位于城市的荒废地带。“胶合板宫殿。”

“要是我，就会到那里去。当然，我会把它伪装得更好。”他退向楼梯，“咱们走吧。我们要抢在乱军让雇佣军意识到自己被发现前赶到那里。”

* * *

尽管已被告诫在处理过程中留在集装箱内将要面临的风险——包括辐射影响——纽博尔德仍坚持留下，他想见证桑切斯造就一项能确保火棘下个世纪的财政安全和专业化未来的奇迹。他们和她的助手都穿戴着像帐篷一样包含完整头部覆盖的防护设备，纽博尔德热得汗流浃背。

桑切斯注视着她的工程师们的双手，自己则通过触碰和记忆开展工作。“小心地线。”古兹曼顿在那里，等候桑切斯的进一步指示。尽管巡航导弹的钚燃料物理系统具有致命的特性，可她的言行举止中透着镇定和淡然，看不出一丝焦虑：“只把白色导线剪断。”

哥伦比亚军备专家复述桑切斯的指示：“剪断白线。”

“干得好。拧掉弹头外壳右侧的螺丝。千万别把它们弄丢。放进试验弹头时，每一颗我们都得用上。”

“明白。”技师继续干活，桑切斯则把手伸到弹头下一个看不到的位置：“我这就解耦触发器。”只见她向后一缩，纽博尔德不确定她的反应是出于专注还是不适。接着，她的表情放松下来，脸上露出满意的笑容：“触发器解耦成功。弹头被锁闭了。”她缩回胳膊，站起来，“螺丝拧得怎么样了？”

“差不多完事了。”古兹曼继续卸下几颗螺丝，后退一步，“搞定。”

桑切斯朝她的助理科尔文挥挥手：“和他一起把物理系统从框架里抬出来。”

科尔文和古兹曼在导弹两侧相对而立，小心调整好抓持弹头的部位。级别高一些的古兹曼发出指令："听我的命令一起抬。三，二，一。抬。"他俩用力将笨重的物理系统从导弹头锥中抬了起来。二人吃力地把它举到导弹之上，然后小心朝前移向已经准备好的托架，避免跟黑色的火箭发生碰撞。

纽博尔德弯腰注视着雇佣兵把弹头核原料缓缓放下，装在一个由铅特制的运输容器内，里面铺有一层扁平的定制毛毡，以保护钚元素芯体和附属机构。两人刚把芯体摆放到位，古兹曼便退下来，让科尔文锁上容器的铅盖。

桑切斯脱下黄色防护套装上养蜂头套般的面罩："我们安全了。"

"真不容易啊。"纽博尔德解开防护服面罩，将它卸下。尽管集装箱内闷热依旧，但比起被自身的热量包裹足足半小时，现在的感觉清新多了。"这就搞定啦？我们可以出发了？"

"我想是的。"桑切斯指了指地板上的铅盒。"我用一枚哑弹替换了二号小鸟的物理系统，同时装备好了一号小鸟。"

"很好。"纽博尔德指向导弹中段，"塔架的情况呢？"

"都准备好了。我按计划对连接进行了更改，接上了新硬件。"

"你确定它跟发射车匹配吗？"

工程师耸了耸肩："应该吧。但我可能需要在把它们弄到一起后，做一些最后的调试。"她一抬手，打断了他的下个提问，补充道："多花的时间不会超过几分钟。"

对纽博尔德来说，今天经历了太多惊险，不敢再有任何闪失。他盯着桑切斯的眼睛："在我们继续之前，还有什么需要告诉我的吗？"

"没有。我们已经准备就绪，长官。"

"最好如此，皮拉尔。"纽博尔德走到集装箱尾部，打开后门，爬了出去，回到他们在柏培拉藏身处的中庭。手下人依然警惕地层层分布在空荡荡的建筑四周，全都盯着外界，密切监视任何轻微的风吹草动。他找到自己的卫星电话，按下对应阿尔卡迪·马林科夫的快速拨号键。

马林科夫在铃声响到第四下时接起了电话："这次最好是好消息，将军。"

由于担心他们的通话有被窃听的危险，纽博尔德坚持用事先约定的隐语交流："是的。已经准备好交付货物了。"

"你确定？"

"是的。两个都已准备付运。"

"其中之一按我的要求改装好了吗？"

"是的。我监督了整个过程。一切都已准备妥当。"

"那就是时候启动第二阶段了。出发前往备用集合点。"

纽博尔德仍有戒心，担心上当："你的飞行员会把我们剩下的酬金带来，对吧？"

"当然。"

"确保他带上钱。因为如果你想耍我的话，我们就会把他撕成碎片，然后将货卖给乐于看到它落入你后院里的买主。"

"我们没理由要互相威胁。我们是伙伴，你忘了吗？"

"你只管确定你的人没有忘记这一点就行了。"纽博尔德挂断电话，看了看表。离七点还差一分钟。

如果一切都能依计划进行，那最多再过六十一分钟，他就将成为千万富豪。

【第十二章】

07：00 a.m. —08：00 a.m.

伯内特眯眼看着早晨的太阳。他正带领他的海豹突击队穿行在吉布提安波利国际机场内的柏油路面上，走向等候着的那架 UH-60 黑鹰直升机。外形像只昆虫的直升机正在预热，在闷热的空气中平添了螺旋桨转动的低沉噪声，给机身披上一层若隐若现的金色尘雾。

他冲护送他们登上黑鹰直升机的指挥官喊道："我们真的有必要在光天化日之下采取这次行动吗？"

"别无选择！"杨上尉高声回答。"执行命令。"他把一张标注过的索马里北海岸地图递给海豹突击队队长，"你们要在离岸五英里的位置跳进海里，向东游十五里，在柏培拉港登陆。"尽管只有杨一个人身上没有背负战斗装备，但他跟上这些海豹突击队员的步子仍有些吃力。"队长，注意保密。你和你的队员要去搜索那些坐标，寻找任何与核武器相关的踪迹，不管它是美国制造还是源自别的什么地方。"

"如果我们发现它们了呢？"

"不惜一切代价夺回。要是遇到抵抗，可以进行致命反击。"

"明白，长官。"伯内特几个大步朝前冲去，以确保赶在其他队员之前先到飞机旁。他推着其他人排成一列鱼贯登机。"出发！"最后一人刚上飞机，伯内特便紧跟着爬上去。出于习惯，他清点了人数，确认所有人都在机内，然后才示意飞机起飞。伯内特戴上连接驾驶舱的耳麦。"瓦尔基里，这里是熊地精。所有人都已登机，准备启航。"

"收到，熊地精。"黑鹰直升机的女驾驶员回答道。

螺旋桨发出的噪音越来越大，直升机升空，朝着斜上方飞行。留在停机坪上的杨上尉一边向后退，一边伸手替眼睛遮阳。当黑鹰直升机继续升高，超过基地周边的围栏时，螺旋桨的噪音变小了，飞机开始向位于东南方的索马里飞去。

也可以说是飞去索马里兰，或者邦特兰，或者那一周对这片争议地区别的什么称呼。东非地区含糊不清的国界和控制权归属令伯内特连连摇头。在这里，很容易引起国际争端。你无法确定需要与谁为善，也永远得不到关于这一区域内战和社会动荡波及范围的确切答复。

从法律上讲，索马里兰没有独立；它没有获得联合国的确认，但索马里官方宣称拥有北海岸线旁这些土地的主权。另一方面，索马里兰有自己的货币和签证章，尽管适用范围仅限于它和埃塞俄比亚的边界区域。

只要在进出那一区域的过程中伯内特和他的队伍不遇到麻烦，那就不会再有什么问题。可一旦要开火，要有伤亡，或是——但愿别这样——他的手下有人死在外国土地上，回到国内后就会发现人们无休无止愤怒声讨国会，寻找责任人。

与我无关，与我无关，伯内特提醒自己。

他只关注怎样让他和队员们安然无恙地进出敌对领地并顺利完成任务。他招招手，示意队员们注意。等所有人都将目光转向他，他两手摸摸双耳，告诉他们佩戴好挂在他们之间直升机舱壁上的耳麦。他看着每个人戴好耳麦后，使用脑袋旁的仪表板将所有人调整进一个单独的频道。

"先生们，事情是这样的。我们将完成一次海里跳水，在柏培拉港东部游泳。我们要在索马里陆地寻找失控的核武器。我们有可能遭遇雇佣军，都是些实战经验丰富的枪手，因此都给我放机灵点。"他扭头调整到飞行员的频道。"瓦尔基里，我是熊地精。我们抵达降落区预计还需要多久？"

"熊地精，预计抵达还需六十五分钟。建议你们抓紧时间小睡一下。"

"收到。熊地精断线。"他切断与驾驶舱的连接，看着他的队员们，

“有什么要问的吗？”

如他所料，医护兵皮尔森第一个举起手来：“我们预计将会遇到多少敌人？”

“不确定。现有情报表明，我们可能面对的是一整连的雇佣兵。”

海豹突击队所有队员对这一消息都毫无反应；他们已经受过严格训练，遇到任何情况都会保持面无表情的状态。但随之而来的死寂告诉伯内特，他的人都明白，今天大家可能没有好日子过了。他能做的唯一事情，便是开点玩笑来鼓舞士气：“先生们，振作点。海军是这样向我们保证的——不仅仅是一次工作，更是一次冒险。”

狙击手杨特挑了挑眉毛：“冒险？更像是一群——”

“安静，先生。”伯内特将他的 M4A1 撑在两膝之间，头后仰靠着机舱壁，“现在抓紧时间睡一会儿吧。可能会有一阵子不能睡了 。”

* * *

纽博尔德觉得似乎没有什么比他的军士长吆喝手下抓紧行动的声音更让他感到满足了。他坐在半挂车的副驾驶位置上，倾听安杰伊吉克训斥那些没有达到他要求的士兵。

“快点，达特莫！你屁股灌了铅还是怎样？”他一转身，又是一通大骂，“罗伊斯！堵在那里干什么？快往那辆车上装东西！我们五分钟内就要离开这里！巴库迪斯，快——”

上方传来一声尖锐的口哨声，打断安杰伊吉克的演说。他举起一个拳头，所有忙着整理装备、武器和弹药的人都原地停了下来。军士长抬起头。纽博尔德也从半挂车车厢里出来，抬头朝上看。

建筑上层的狙击手拜尔和观察手帕蒙特正在打手势发出警告：有人来了。

藏匿点不再有吼声。安杰伊吉克看懂了狙击手的报告，立即指挥其他人回到外围哨位。军械师本来刚拆除设置在被木板封闭的街面层入口附近的克莱莫地雷，又赶紧去进行重新连接。位于紧密排列的车队上方的步枪兵们全都瞄准了街道。

纽博尔德注视着地面的安杰伊吉克和顶层的狙击手和观察手之间来回比画的手势。陆军上校不需要翻译；他跟所有火棘成员一样，花过不少时间学习各种交流方式。很快，他便明白了哨兵的意思：六辆满载索马里武装分子的车正在靠近；他们排成一列从南边过来，跟他和手下几小时前前往这座安全屋时的路线一样。

我们被跟踪了。

他把安杰伊吉克叫到跟前，压低嗓门对他说："提吉，我们没时间进行防御了。要是被困在这里，就会错过约定。"

上面又传来一声短促的口哨。拜尔示意靠近的车队分开了，三辆车驶向建筑的一边，两辆驶向另一边。

"不管他们是谁，"安杰伊吉克说，"他们都在准备从侧翼包抄，以分散我们的火力。"

"也许吧。但如果他们就只有五辆车，那我们在数量上便占据优势。"

接下来打断他们谈话的，是帕蒙特的两个响指。他示意另一个狙击小组观察外围。不到半分钟，严峻的现实便已清楚展现。无声的警告表明，有更多索马里武装分子正从城市其他地方步行而来，在附近的屋顶集结。安杰伊吉克从狙击手身上收回目光，转而对纽博尔德轻声说："看来他们叫了些朋友来。"愤怒的叫喊声从远处传来，他皱起眉头，"我们不再有人数优势了。"

"保持冷静，军士长。我们还掌握着更好的武器和更有利的地形。"

安杰伊吉克深吸一口气："那我们该怎么办？"

"跟在安哥拉时一样。"纽博尔德抓起他的冲锋枪，"勇往直前。"

* * *

尽管杰克和哈珀与那座被木板封住的仓库相隔三个街区，但他们站在一栋半荒废的居民楼顶上，还是有明显的优势。居民楼前门敞开，楼梯间空无一人，因此两人上楼顶时没有被人发现。

他俩立于楼顶边，看着越来越多的索马里人包围那座设有路障的货舱。哈珀的语气有些沮丧："我想，这并不是个巧合。"

"也许不是。"杰克用哈珀的望远镜扫视现场，"我数了一下，大概有六十到七十名乱军。我猜其中大约一半是本地人。"

"你怎么知道？"

"开车的那些人拿着 AK 冲锋枪。徒步而来的那些人手中的武器五花八门，多半是从战场上弄到的——散弹枪、左轮枪、老式卡宾枪。"他把望远镜还给她，"而且，开车来的人像士兵那样保持着相互掩护的阵型。其他人则像一群乌合之众。"

她观察了一下被围困建筑旁的街区："我看到目标周围又出现了十几个乱军。"她放下望远镜，摇起头来，"真是笨蛋。难道他们不知道雇佣兵占据着有利地形吗？他们会成为活靶子的。"

"很好。"杰克卸下冲锋枪弹夹，吹掉几粒落进里面的沙子，"现在对我们来说，最好的情况便是任由他们鹬蚌相争，我们静观其变。"

哈珀注视着仓库："我们能肯定核弹在那里吗？"

"非常肯定。"

"那为什么不用激光把它标示出来，由空中打击把它拿下。"

他扭头看了她一眼。"对两枚核弹进行空中打击？那无异于投下一枚脏弹[3]。我知道这里并非纽约或者悉尼，但还是有无辜民众生活于此。他们不该这样死去。一定会有更好的解决办法。"

她点点头，被他认真的态度深深打动。不管这个人是谁，都是她见过的最优秀的逃犯。"你说得对。你如何评判乱军取胜的概率？"

3　会造成大面积放射性物质扩散的核弹——译者注

“他们完全没有机会。雇佣兵消灭他们轻而易举。”

她觉得他的预判不那么令人鼓舞：“那我们又该怎么做？”

“袖手旁观，让他们尽可能多地互相伤害。要是我们幸运的话，乱军没准能蒙对几枪——甚至有可能在半挂车能够离开这里前，把它困住。”

“要是我们没那么幸运呢？”

他脸上的表情告诉她，他对这个问题能用上百种方式进行回答：“那要看雇佣军。如果他们够自律，也许能全身而退。如果他们不够老到，就可能发生恐慌，继而引爆核弹。”

“很抱歉提这个问题。”

他眯缝着眼，应对白色屋顶上炫目的阳光，然后在围栏后边匍匐下来：“卧倒——要开始了。”

哈珀平卧在杰克身边。几秒钟后，她便听到自动武器的轰鸣声打破清晨的宁静。几百英尺外的战争已经爆发，她和杰克除了祈祷，并无他事可做。

* * *

电话刚响一声，纽博尔德便接了起来：“什么事？”

“发射车从萨那入境，”马林科夫说，“预计二十五分钟后到达。”

“我们会准时的。”纽博尔德和马林科夫没什么别的可聊，两人几乎同时掐断了电话。纽博尔德将电话放回外套内袋，走向正在半挂车旁小声商议的桑切斯和安杰伊吉克。两人注意到他的到来，都挺起胸来。“时间很紧了。我们所处的状况如何？”

桑切斯冲集装箱点点头：“运输准备已完成。我们为小鸟们和取出来的弹头配上了装甲。”

安杰伊吉克可没她那么自信：“我们被超出我们两倍的人包围着。”

“我清楚胜算几何。我们准备好出发了吗？”

“随时都是准备好的，长官。”

“那就下令吧，军士长。是时候出发了。”

“收到。”

安杰伊吉克迈步走开，无声地向其他雇佣兵传达命令。这时，桑切斯却显得有些焦虑：“长官，希望您清楚自己是在做什么。”

“我跟你一样。快上车，穿好防弹衣。到了集合点，我还需要你。”

桑切斯点头领命，快步绕到集装箱后部，由等候在那里的古兹曼下士帮她穿上防弹衣。

纽博尔德自己也穿上了防弹衣，他调整好头盔的绑带，然后抓过冲锋枪，朝通向二层的楼梯走去。没等他踏上台阶，安杰伊吉克挡在他面前：“长官，你这是要干什么？”

“找个地方做好准备。”

安杰伊吉克果断地摇了摇头：“这不是个好主意，长官。你应该留在车队那里。”

“让我错失所有乐趣？”他故意摆出要朝安杰伊吉克所站位置硬闯的架势，“让开，军士长。这是命令。”

尽管仍不情愿，安杰伊吉克还是为纽博尔德让出路来：“遵命，长官。”

“等我的命令再开火。”纽博尔德一步两级朝楼梯上走去，然后侧身横过狭窄的混凝土楼板，避开几个已部署到位的枪手，终于找到个没人占用的窗户停下，从那里亲眼评判这栋建筑外的情况。一切都跟安杰伊吉克说过的一样糟糕。

乱军占领了老仓库街对面的屋顶，火棘大本营侧翼的建筑屋顶上也有他们的人——所幸那些房屋都要低矮些。那些建筑内和货舱四周的街道上也有敌人，他们使用的车辆各式各样，从 SUV 到小型货车，再到小轿车，把街道堵得满满当当。

希望城里的这个区域已经荒废，不然我们就会造成巨大的附带损害了。

纽博尔德对于在双方交火过程中造成无辜平民死伤并没什么内疚；他之所以要尽量避免这种情况发生，跟他总是避免执行不在计划中的行动的理由一样：他不愿让自己或他的公司引起别人的注意。对与他有牵连的所有人来说，火棘最好能在神不知鬼不觉的情况下完成它的生意。在居民区发生枪战，恰恰是他们不需要的宣传方式。但令纽博尔德懊恼的是，他眼下实在没有更好的选择。

屋外，四名乱军端着 AK-47 冲锋枪从正面接近仓库。顶层传来的响指和口哨表明，有更多袭击者正同时在建筑的其他几面活动。

没必要再遮掩了。他们知道我们在里面。纽博尔德打了个响指，吸引部下们的注意："我需要往西面十字路口的车辆发射迫击炮和手榴弹，直至把它们炸烂。枪手们瞄准他们的侧翼，把他们赶向门口。听我命令。"他端起冲锋枪，透过遮住窗户参差不齐的松木板间的缺口向外瞄准。他将目标锁定在一名被遮了一半，貌似手持火箭筒的乱军。

"三，二，一。开火！"

震耳欲聋的枪声打破战斗前的宁静，在空荡荡的仓库内混凝土墙面间回响。硫黄和炽热的金属味道充斥在空气里，笼罩着纽博尔德脸上狰狞的表情——他喜欢这种弹药出膛后的新鲜气味。除了自动武器发射子弹的咔嗒声，还能听见黄铜弹壳弹落在地上的清脆声响。弹壳聚集成片，闪着微光。接着，一枚火箭弹"呼"地一声被发射出去，一道烟迹从仓库上层直奔在十字路口堵住雇佣兵撤离线路的那些车子。

街上的乱军们纷纷中弹倒下。火箭弹命中目标，路口的汽车发生爆炸。火光、弹片和剧烈的冲击波将那些不幸正处于爆炸点附近的乱军掀翻在地。灼烧的尸体像破碎的玩偶般从火球中飞出，重重地落在地上，不再动弹。少数运气好的家伙逃离了爆炸点，可衣服和头发却被点燃，一个个人体火炬披着烈焰，冒出浓浓黑烟。

雨点般的子弹向仓库正面疯狂扑来。乱军调整了他们的目标，集中火力要粉碎遮蔽门窗的木板。

安杰伊吉克处于地面层，正把守着正门。“注意隐蔽！”他扣动扳机，打光弹夹，将它退下，然后换了个新的。“打他们侧翼！把通向门口的道路留给他们！”

纽博尔德不太容易判断敌人的进程。每当他想透过窗户打探，都会被更多飞来的子弹压制住。他借着墙上的一道缝，看到手下的狙击兵已出色地完成消灭附近屋顶上乱军的任务。这时，一名观察手喊道：“他们就要到门边啦！”

地面层的雇佣兵奔向停在仓库当中的车队以寻找掩体。当纽博尔德的最后一名手下蹲到半挂车后时，乱军几乎同时闯入了各个入口——触发了克莱莫地雷。

封闭的空间内，爆炸声振聋发聩。灰色的浓烟从炸点涌出，向上翻滚。四处飞溅的弹片雨几乎没给外面街上的人留下活命的机会。一切似乎归于平静，直至纽博尔德开始在隆隆巨响和痛苦的耳鸣中开始恢复听觉。

他们给了乱军沉重的打击，可与此同时，据点的入口都已敞开。他们拥有的防守优势已大不如前。

他站起来，边往楼梯走边高声呼喝：“所有人起立！我们要抢在他们之前行动！上车！快！我们撤退！”

雇佣兵们争先恐后地行动。安杰伊吉克、默根瑟勒和希契在已被炸开的门口摆好姿势，掩护其他人鱼贯跑下狭窄的楼梯，钻进那些停进仓库时便已调好头以便快速撤离的汽车。纽博尔德清点了重新集结的手下的人头，然后冲安杰伊吉克喊道：“到齐了！发射催泪弹，撤退！”

安杰伊吉克和其他殿后的士兵藏身在掩体后，每人朝门外发射了两枚催泪弹，并且还向刺鼻的烟雾开了好几枪，然后才快步跑回车队。除了安杰伊吉克，所有人都上了车。只见他挎上冲锋枪，全速冲向仓库后部，撤掉锁闭宽敞车库门的钢制门栓，然后双臂绕圈，指引车队驶出。

尽管弹头有受损的危险，半挂车还是率先冲出了大门。车撞开门的一刹那，安杰伊吉克与之并排奔跑，一步跳上副驾驶侧的脚踏板。他左手牢牢抓住后视镜支架，右手掏出点四五口径的格洛克手枪，压制那些胆敢在街面抵抗的鲁莽乱军。即便有些人被他漏掉，后边车队在呼啸而过的同时，也会朝他们猛烈开火。忽然，一阵雨点般的子弹从一处建筑屋顶射来，但很快便被安装在一辆路虎车上的点五零口径机关枪发出的两次扫射压制住。

平板车从堆积在西面十字路口被爆炸毁坏的汽车残骸中冲过，撞得那些烧黑的框架弹向建筑物正面。攻击开始后不到五分钟，火棘车队已经摆脱了战斗的纠缠，全速穿过柏培拉市区狭窄的街道，返回主干道。

纽博尔德抓起对讲机："唤雨师，我是排炮。你收到了吗？"

桑切斯的回答随即传来："收到，排炮。请讲。"

"我们的包裹还稳当吧？"

"状态良好，排炮。可以交付。"

"收到。做好准备，一到集结点就交货。完毕。"

纽博尔德已经可以预见任务的完成了，却没有如释重负的感觉，他发现自己的危机感甚至变得更加强烈。对他而言，在达成最后目标并确认他的所有人都脱离险境之前，任务都没有结束。距离集结点越来越近，可家仍离得很远——他还不能放松警惕，直至自己和手下都平安返回家园。

* * *

"他们离开了。"杰克说着一骨碌爬起来，抓起背包便奔向楼梯。几秒钟后，他听见哈珀的脚步声从身后传来。他下楼梯时没有减速，她也快步紧追；他相信她能跟得上。

一双双紧张的眼睛透过开裂的门打量着他俩。杰克确信柏培拉的每个人都听到了雇佣兵和乱军简短的交战发出的枪炮声。要不了多久，人员匮乏、武器不足的当局就会前来调查。他清楚最好在他们赶来前离开。更重要的是，他甚至绝不能让火棘的车队脱离他的视线。

他肩膀一沉，用力撞开面前的门，冲进耀眼的阳光中。他刚一伸手拉住小货车司机侧的门把手，就被哈珀一把按住："你觉得你这是要做什么？"

"开车。"

"是吗？"

"你可是把我们开进了埋伏圈。"

"你还在为此生气？"

"还在？那都是三小时前的事了！"

她拒绝妥协："我了解这些街道。你呢？"

"好吧。"他松开门把手，绕到副驾驶侧，"那这次就尽可能别让我们被人盯上。" 上车时，两人都回避着彼此的目光。

哈珀拉紧安全带，发动引擎，然后紧盯着副驾座位上的杰克，直至他反应过来，也系上安全带："谢谢。"

"我们能出发了吗？"

"谁招惹你了吗？"她给这辆有二十多年历史的小型货车挂上挡，踩下油门。

杰克透过地板上两腿之间的一个窟窿，看着地面一晃而过。哈珀忽然一个急转弯，他赶紧抓住扶手："别上主道。"

"这我懂。"她朝左猛拉方向盘。车子摆尾转过弯，车身在狭窄的巷子墙壁上一阵刮蹭，后视镜顿时被撞掉，金属和砖块摩擦发出的尖锐噪声充斥在车厢里，这让杰克莫名地想起距离上次看牙医已经过去多久。很快，他们冲出小巷，冲上两长排带后院的屋子之后崎岖不平的道路。

"让我猜猜看：这是条近道？"

"没错。箱子太窄，雇佣兵驾驶的路虎车开不过去，更别说平板车了。”泥土路上一处高高的隆起紧连着一个深深的凹坑，他俩几乎腾空半秒。车子重重落地，杰克脚边的另一小块地板脱落了。

哈珀不好意思地冲他笑笑：“抱歉。”

索马里不需要食物，杰克暗想，这里需要道路。

若隐若现的路在前头向下倾斜，变身为城市南部边缘大路下方的一条排水沟。他们在这条地下通道疾驰，污秽的淤泥透过货车地板上的破洞飞溅而上。忽然，哈珀向右猛打方向，冲上一级较矮的台阶，驶上大路。

在他们前方几公里处，柏培拉的东面，就是火棘的车队。“好消息是，”哈珀说，“这里的路太烂，那么重的平板车时速超不过五十公里。这意味着我们有可能在道路的尽头追上他们。”

杰克眯眼打量着路虎车撤离留下的痕迹：“那坏消息呢？”

她皱皱眉：“这条路通往机场。”

* * *

这地方尽管自称柏培拉国际机场，但实在有些名不副实，至少在纽博尔德看来是这样。这里包含三栋建筑：一座几乎没有任何现代化设施、不提供任何资讯服务的狭窄航站楼；一个小型停车场兼维修车间；一座供警戒部队使用的附属房屋。还有一座敦实的控制塔与这些建筑隔离开来，早前派来的侦察兵的探查结果表明，这里几乎从不上锁。它很有可能是世界上最不安全的机场。

他的车队驶入航站楼的环形道，驱散那些似乎总在漫无目的地转悠的稀疏人流。他们中的一些呆呆地盯着半挂车，但大多数人在看到最后一辆路虎车上安装的机关枪后，都识趣地匆匆离开了。

纽博尔德乘坐的车刚一停稳，他便开门下了车。他一直等到手下全都从各自的车中钻出来后，才开始下达命令。

“提吉，封锁安保人员营房。少校，带领第一组人清理航站楼。默根瑟勒，带领第二小组戒严跑道。拜尔，跟第三和第四小组一起留在这里看好货物，保护桑切斯上尉。第五小组跟我来。”

他带领四名枪手组成的小队穿过从环形道分支出来的满是灰尘的便道，其他雇佣兵则根据各自接到的命令分散开来。

不到一分钟，安保大楼内的枪声便昭告机场的警察已被制服，恐惧的尖叫声则表明航站楼内无关的平民正大批逃离。更多零星的攻击武器射击声在附近的建筑里回荡，这是守卫车队的小组正在驱赶平民，不让他们停步，直至他们远离机场。

这些都是纽博尔德为了攻破控制塔做的准备。

事实证明，他的侦察兵早先的汇报是对的：地面层的门没有上锁。他和枪手们跳上楼梯，冲进顶层拥挤的八边形控制室。里面只有四个手无寸铁的平民。他们一看到雇佣兵手里的武器，就乖乖举起手来。其中一人系着领带。纽博尔德指了指他。“你能说英语吗？”呆若木鸡的男子急忙点头。“你是这里的负责人吗？”又是点头回应。“你或你的手下有手机吗？”

他的声音颤抖得厉害：“有。”

“交给我——快。”他伸出手。四个索马里人交出他们过时的翻盖手机。纽博尔德把它们丢在地上，用脚踩碎。“出去，然后跑，一直跑。快去！”

没人敢不听；没人需要再被提醒。四个人从座椅上一跃而起，从纽博尔德和他的手下身边冲过。奔跑的脚步声在楼道内回荡。

少顷，纽博尔德透过控制塔有角度的窗户向外打探，看到那四人正竭力狂奔，头也不回地跑远。

他拿起对讲机：“排炮呼叫所有单位。控制塔安全。准备接头。”他示意手下人坐到控制塔员工腾出的椅子上。“打开电台。警告除了我们之外的所有飞机离开。然后找到我们的人，指引他着陆。”

手下开始工作。他们曾无数次地练习过这种操作，非常清楚自己该怎么做。只用了不过几分钟，瘦长结实的小队长、巴西人萨顿下士便转过摇椅进行汇报："航线已清空，我们的鸟儿即将抵达。她会在九十秒内着陆。"

"干得好，先生。坚守好岗位。"纽博尔德走向楼梯，"我得迎接我们的客人——同时拿到我们的报酬。"

* * *

杰克和哈珀双膝双肘着地，匍匐穿过柏培拉机场跑道边缘的一排矮树。尘土飞扬的停机坪上，一小队身着沙漠迷彩服的火棘雇佣兵正胁迫一架小型商用喷气机的机长、副机长和十多名乘客从飞机上下来，逼着他们退向荒凉无尽的索马里沙漠。

这可不是他俩见到的第一批惊慌失措的平民。他们刚才接近机场时，就见识过一张张神情恐惧的面孔涌上公路。意识到雇佣兵一定已经控制了机场，他们将偷来的小货车扔在路肩，四肢着地走上了抵达机场前的最后一段路，途中利用了一切可能用上的掩体。现在，他们已经离得足够近，可以观察到小小的机场周围全部的动静。

杰克点点头："有五个人看守着跑道。"他指了指右边，"看来他们已经清空了航站楼，占领了控制塔。"

"他们一定是在等一架飞机。"她用望远镜对准地平线，可早晨的天空太过明亮，能看到的只有浮于海面之上的一片茫白，"你有何想法？这只是简单的交货，还是他们撤退策略的一部分？"

"很难讲。这取决于——"他平贴住地面，"飞机来了！"

哈珀听到喷气机引擎发出的声音正越来越近。她尽可能压低身体，一动不动，但同时也努力地将望远镜转向抵达的飞机。

她看到跑道上方扭曲热浪的薄纱后有一个幽灵般的影子。灰色的闪光点比她预料的更小，移动得更快。它冲破摇曳的热浪，机头抬起，后轮着地，飞行员让咆哮的引擎反向工作，提供着陆制动力。

这是一架具有针鼻、后掠机翼、双后尾翼和双辅助推进器的飞机。机身被涂成灰白相间的空中伪装色，唯一与国际惯例相符的，是尾翼和机翼上独特的俄罗斯军方红星标志，以及驾驶舱顶部粗体的阿拉伯数字 71。

哈珀睁大两眼望着杰克："这究竟是什么鬼东西？"

"俄罗斯苏 -34 轰炸机。"

"我不明白。他们为什么要等这架飞机？"

卡车发动机的轰鸣促使他俩转过头去。一辆路虎引领着半挂车和它拖的集装箱朝跑道驶来。杰克盯着火棘的车辆，眼中流露出一种可怕的笃定。"这不是他们撤退策略的一部分。如果他们只是想出售导弹，就应该跟一架运输机碰头。"他看着滑行的苏 -34 在那些汽车前方停了下来，不由得咬紧了牙齿，"他们不是在交付核弹。他们是要发射核武器——马上就发射。"

【第十三章】

08：00 a.m. —09：00 a.m.

一定不能出错。杰克小跑着穿过炽热的沙地，心里庆幸沙漠植被能为自己提供一些掩护。要不是苏-34 轰炸机涡轮发动机怠速运转时呜呜的啸叫，他怀疑前方的那个雇佣兵早就察觉到他在接近。事实上，他正潜伏在那个人拉长的影子里。

这是个独自一人的哨兵，就站在跑道旁。他好像是被临时想到派来这里的，似乎是源于某个想不出怎样安排他才更好的人的命令。这让杰克感到有些浪费。前方的这个雇佣兵懂得如何拿枪，站得也很稳。他作为哨兵唯一的不足，便是喜欢朝着一个方向，因而对周围情况的感知存在明显的盲区——这正是杰克要加以利用的。

在他身后几码之外，哈珀正监视着控制塔里的雇佣兵们，而他则在评估离哨兵最近的其他雇佣兵的警惕性。最近的家伙处于十几码之外。他们似乎全都被刚刚抵达的轰炸机吸引了注意。

杰克准备出击。我只需要几秒不被发现就行。

借着眼角的余光，他看到哈珀发出安全的信号。

他扑上前去，用胳膊绕过雇佣兵的喉咙，将那人的下巴朝后一拧。伴随着一声闷响，哨兵的脖子断了，身子瘫倒在杰克的怀中。杰克拖着尸体进入灌木丛，然后离开了跑道。

很快，哈珀便跟上了他。他们一起将死去的雇佣兵藏到一块硕大的红绿滑行引导标志牌后。

杰克卸下哨兵的冲锋枪，开始剥这家伙身上的衣服：“我一换好服装，就会接近平板车。”

“就这样？这就是你的计划？”

他将尸体翻过来，以便褪下他的制服外套："我会边走边计划的。"

"真是鼓舞人心。"她伸手从工装裤口袋里掏出一对入耳式收发器，将一枚塞进左耳，另一枚递给杰克，"给你。"

他将轻巧圆滑的小塑料块塞进耳内："接收范围有多大？"

"最多两公里。所以别乱走。"

"我没这个想法。"他解开哨兵靴子的鞋带，"如果你绕过那座副楼，就能奔向控制塔。"

"你在说真的吗？"

他脱下尸体脚上的靴子："这或许是擒贼先擒王的一种方式。"

她用怀疑的目光观察着环境："或者是让自己被爆头的一个机会。"

"如果你没有明确的攻击线路，没关系。但我会需要有人转移他们的注意力，好在那些导弹被卸下之前偷走半挂车。"他一把拽下尸体的裤子，算是完成了这次掠夺，"无论我们做什么，现在都得赶紧。我们没时间了。"

他在身上破烂的衣服之外套上迷彩制服，哈珀又用望远镜向周围打探了一番："你说你想要人转移他们的注意力？"她将望远镜递给他，同时指了指雇佣兵们停下的车子："一辆装满爆炸物的路虎怎么样？后面第三辆，就在运兵车前边。"

杰克接过望远镜，顺着哈珀所指看过去。雇佣兵车队中间的那辆SUV上装满了轻武器弹药、手雷和杀伤性地雷。他不由得脸上露出笑意："漂亮。"

* * *

由于是逆风飞行，又收到躲避当地雷达的命令，黑鹰直升机比预计飞行时间多花了几分钟。直到八点十八分，直升机才进入悬停状态，在翻滚的海面上空十米处停下来。西南边，在工业烟尘的遮掩下，柏培拉港巨大的起重机和集装箱货船的轮廓若隐若现。正前方是一片贫瘠空旷的沙滩，索马里北部沙漠接受着亚丁湾海浪的亲吻。

伯内特的海豹突击队员们在更换潜水服。最近的十分钟内，他们已经一遍遍检查彼此的装备，现在他们最想做的，就是潜入水底，不被发现。伯内特没有责怪他们；因为他自己也有同样的想法。

飞行员的声音透过乘客舱的耳麦平缓传来："熊地精，我是瓦尔基里。我们已就位。准备好就可以行动了。"

伯内特用手拢住麦克风："收到，瓦尔基里。待命。"他从嘴边挪开耳麦，对手下们说："准备好了吗？"四个向上举起的大拇指让他知道了需要了解的一切。他指了指直升机打开的侧门："行动，行动，行动！"

第一个跳海的是突击队的医护兵烈火皮尔森。他将呼吸器的含口放置到位，走向飞机边缘，顺着速降绳索下滑，直至消失在海浪中。接下来是狙击手夜影杨特，紧接着是核弹专家鹰纹科尔伯格。最后一个在伯内特之前跳出直升机的是最新加入突击队的队员铁叉奥特瑞。他跟伯内特一样，具有优秀的特种作战能力。

队员们刚一离开机舱，伯内特便压低麦克风，说："瓦尔基里：靴子已经入水，十秒内我就会离开。预定地点再见。"

"祝你好运，熊地精。完毕。"

他摘下耳麦，挂在机舱壁上，又检查了一下速降绳索上他的挂扣是否安全，然后咬住呼吸器含口，一只手按住潜水镜，纵身跳出舱门。眼看着海水迎面扑来，令他感到有些别扭。跟大多数海豹突击队队员一样，伯内特十分熟悉在夜幕掩护下行动，大白天跳水对他而言实在不太寻常。

海水包围着他。一停止下沉，他便反手从防水背包上解下他的蛙鞋，套在脚上。队伍的其他成员都分布在几米之外的水面下。伯内特深知，疾速跳水能让哪怕经验最丰富的潜水员迷失方向，因此，他先看了看手腕上的指南针，确定海岸所在的方向，然后一摆胳膊，向队员们作出指示。

很快，队员们便都聚到他的旁边，形成一个楔形的五人阵。在潮汐作用下，他们需要游上至少半小时才能靠岸。从那以后，他们就得冒险在没有空中支援的情况下在敌对领土公开行动，并且除非得到据说丢失于陆地某处的核弹，否则将不会有人接应他们撤离。

他内心有些希望核武器并不在恐怖分子手中，希望得到的报告是错误的，最终根本没有什么失踪的巡航导弹。

但同时，他又不想猫着腰在北索马里沙漠徒步穿越两百多英里返回吉布提海军基地。从这个意义上讲，他又真希望核弹是存在的。

* * *

纽博尔德陪着苏 -34 的机长和副机长，来到跑道尽头机库里的阴凉处。他等着手下将高耸的机库门关上，为他和两名飞行员留出一定程度的私密空间。接着，他转向两名俄罗斯人："欢迎，先生们。我是纽博尔德上校。"

机长与他握了握手："我是彼德洛维奇上尉。"他朝同伴点点头，"这是我的战斗副官，谢什科夫中尉。"他的口音非常重，几乎让人听不懂。

"你们对攻击简况有何了解？"

彼德洛维奇和谢什科夫交换了一下眼神，然后机长回答道："我们以为你会提供细节。"

"是的。"纽博尔德从上衣内袋掏出一张地图，在大家面前摊开，"你们起飞后，保持飞行高度在三百英尺以内，从而避开海岸线上的雷达。你们要沿着北偏西北的方向前进。"他用指尖划过一条已经标在地图上的记号。

彼德洛维奇接过地图研究起来："飞往沙特阿拉伯。"

"没错。你们有两个目标。要选择正确的导弹袭击各自的目标，这一点至关重要。左翼悬挂的导弹携带有核弹头。它是要落在麦加的。右翼下的另一枚是个哑弹。要保证它击中位于麦地那的那些坐标位置。"

他介绍完后，是一阵短暂的安静。彼德洛维奇盯着他的眼睛："那里至少有三百万人。"

"对此我很清楚，上尉。这有什么问题吗？"

谢什科夫和彼德洛维奇又神秘地交换了一阵眼神，机长才回答说："不，没问题。我们为什么要在麦地那投下哑弹？"

"为了它能被沙特人找到。一枚落在麦地那的完整 AGM-129 导弹，它能证明麦加的核辐射是美国人发动袭击造成的。"

俄罗斯飞行员们满意地点点头："我们何时发射？"

"一旦我们为你们的飞机装好导弹，补充上燃料就开始。"

"那还有多久？"

纽博尔德看看手表："如果一切都按计划进行，用不了——"

他的话被对讲机里的吱吱声打断："桑切斯呼叫纽博尔德。"

这不是个好迹象。从俄罗斯人眯起的眼睛来看，他们跟他一样意识到了这一点。他退开几步，举起对讲机，调低音量，然后按下通话按钮："我是纽博尔德。"

"我们遇到一个问题。替飞机做吊架插件的人没有按要求做。对接未能正确完成。"

不需要她详细解释。纽博尔德明白问题出在哪里。AGM-129 被设计成只能通过美国空军 B-52H 轰炸机的协同战略旋转发射器进行发射。为了让这两枚抢来的导弹能被激活，桑切斯和她的俄罗斯对接人要做很多复杂的调整——其中一些是针对导弹的，一些是针对苏-34 轰炸机连接点的。除非两套修改过的系统完美结合，否则武器不但不能被发射，甚至无法装载。

他竭尽所能按捺住熊熊燃烧的怒火："修正过来需要多久？"

"如果不再出现更复杂的情况，大概需要一个小时。"

"所有需要修正的都是对方的问题吗？"

“看上去是。我是按照要求做的。不清楚俄罗斯人做的情况。”

纽博尔德叹了口气：“动作快点，有情况随时告诉我。完毕。”他将对讲机放回裤子口袋，冲飞行员们换上一副汽车经销商般的笑脸：“你们或许想找个地方坐一下吧。我们过一会儿再来。”

* * *

杰克潜伏在机库一扇开裂的窗户旁，用手捂住耳朵，希望哈珀刚才给他的通讯收发器能传送他的低语：“哈珀？能听到我说话吗？”

她的语气跟他一样紧张：“听得到。他们都疯了吗？难道他们不清楚用核武器攻击麦加会发生什么？”

“我想他们非常清楚会发生什么，甚至可以引发第三次世界大战。”他略微抬起头，透过微掩的窗户偷看机库内正进行的会面，“他们正想法要让美国对此负责。”

“他们的技师说了将核弹挂上飞机需要多久吗？”

“大约一小时。在机翼挂弹连接点上似乎有要解决的问题。”

“我们是否要暂缓行动，想出更好的计划？”

杰克考虑过直接发动进攻，冲进机库干掉飞行员，但他无法确认雇佣兵中是否还有人能够驾驶苏-34轰炸机。他退回机库拐角，又朝跑道望了一眼。如果能炸掉飞机，就可确保导弹留在这里，但是半挂车和集装箱停靠得离飞机太近，任何能够破坏飞机的爆炸都足以破坏导弹，造成核原料泄露。那他就将直接面对一枚脏弹。

“我们还是抢导弹吧。”他扭头朝环形道和雇佣兵停泊的车辆望去，“分散他们注意力的事办得怎样了？”

“我正在设置一个远程起爆装置。给我六十秒钟时间跑开去寻找掩体。”

跑道上，火棘的技师们钻在机翼下，拖车和后面敞开的集装箱无人看管。杰克心里涌上一阵危险的冲动。他将包甩到背后，遮住斜挎的冲锋枪，端起他刚才抢来的 M4A1 突击步枪。然后，他绕过机库拐角，径直朝拖车走去。

“哈珀，我开始行动了。”

耳机里传来她清晰洪亮的警告：“去哪里？”

“我现在就去抢车。”他尽可能模仿那些在机场的单层建筑和控制塔之间闲逛的雇佣兵，迈着他们那种不慌不忙的步子，脸上挂着对团队凝聚力漠视的表情。正如他希望和猜测的那样，没人哪怕多看他一眼。对雇佣兵而言，他只不过是另一个穿着和他们同样的迷彩服的白人罢了。他的一切已足以让雇佣兵认为，这人是他们中的一员。

两名火棘的哨兵从机库另一端绕了过来，杰克心跳加速。他们两人也朝拖车走去。杰克已来不及改变方向，否则必然引起怀疑。他和他们的路线转瞬就会相交。杰克现在的策略只在中距离范围外才会有效，他知道雇佣兵之间极有可能都相互认识，能分辨出冒充的家伙。他必须不惜一切代价避免近距离遭遇。

“哈珀，告诉我情况。”

“准备好了。”

他尽可能拉低迷彩帽的帽檐，只做到不遮挡视线即可。“引爆汽车后，你退到环形道跟公路相交的尽头。我开出来后会在那里接上你。”

“收到。”

杰克两眼紧盯拖车，深深吸了口气：“倒数三下。三，二，一。起爆。”

半秒过后，沙漠的风吟被雇佣兵装满弹药的路虎车剧烈的爆炸声掩盖。爆炸顿时震碎了位于目标车辆前后的那些 SUV 的前挡和车窗玻璃。橘红色的火球从内而外吞没了路虎，将它烧得焦黑，连底架都被掀入空中。在那一刻，车子仿佛飞了起来；然后，它重重地砸向地面。

雇佣兵们无一例外地全都望向他们车队中央的大火。也就是说，没人注意到杰克。

他全速冲向半挂车，同时指着旁边的两名哨兵喊道：“关上车尾门！保护导弹！快！”

仍处于震惊中的两个雇佣兵都毫不犹豫地遵从了杰克的命令。他们奔向半挂车的尾部，照着杰克说的将门关紧。

跑道上的人呼喊出更多的命令，和对讲机里传出的询问交织在一起。杰克期盼的那稍纵即逝的机会就要来临。他向拖车驾驶侧的门冲去。

飞机下面的火棘技术专家们盯着他。他一步也没有停顿，挥手冲他们喊道：“我们遭到袭击了！注意隐蔽！”

他们已没什么更好的地方可藏，但杰克的命令却令他们困惑了数秒，这为他争取到了踩上拖车踏板，拉开车门，钻进车厢的宝贵时间。正如他所料，雇佣兵们百密一疏，没有拔下车钥匙。

他拧动钥匙，感受到半挂车点燃的引擎强有力的振动。他左脚踩下离合，挂上挡，右脚开始给油。

几乎十秒之后，雇佣兵们才意识到他正在他们的眼皮底下偷走拖车和上面的导弹。接着，他们开始向前挡风玻璃疯狂扫射。

杰克埋下头，将油门一踩到底。

现在只有一条路可走：从敌人中间直杀过去。

* * *

爆炸的效果甚至比哈珀预想的还要好。躲过雇佣兵，利用他们的 C-4 炸药和雷管看来是件轻而易举的事情；引爆雷管后躲避大量飞袭的弹片反而显得更困难些。

金属片和碎玻璃朝她飞来，紧接着是清晨闷热的空气中升腾蜿蜒的黑烟。她躲避爆炸扑倒在地时，一些粉末状的碎片击中了她的后颈。

几秒的肾上腺素和恐惧感激增过后，她抬起头，看到半挂车正加速从飞机旁驶离。车子在跑道上飞驰，绕过航站楼一端，一路上始终处于自动武器火力的侵袭中。

哈珀见杰克开得如此之快，知道自己没有太多时间赶到说好的环形道会合点。因此，尽管很危险，她还是从掩体后冲出来，希望爆炸后的混乱能让雇佣兵无暇顾及到她。

在离会合点还有一半路程时，有人喊她站住。她在狂奔的同时一个空中转身，端起卡宾枪，射出几发子弹。大多数子弹落在雇佣兵的防弹衣上，但有一颗幸运地射进了他的喉咙。他捂住受伤的猴头，脚步蹒跚起来。很快他便头朝下倒了下去。

哈珀继续赶路，直奔唯一一条离开机场的路。

一小队雇佣兵从航站楼内冲了出来。其中一人扛着三脚架，另一人身上挂着子弹带，第三个则托着一挺点五零口径的机关枪。这几个人经验丰富、动作迅速地在靠近航站楼拐角处，架起机枪，对准了杰克想要离开必经的狭窄道路。

拖车已经在建筑的远端拐了个弯，径直落入机关枪手的视野范围。雇佣兵给机枪装填好子弹，准备开火。杰克无处可躲，没法调转方向避开即将袭来的大口径子弹风暴。

哈珀一个急转弯，朝机枪手背后冲去，同时进行火力压制。她的第一轮射击偏差较大，奔跑的颠簸令她难以瞄准。在她调整准星的同时，对方机枪组也将武器转向了她。交叉火力中，她解决了装弹手和观察手。就在机枪手要开火反击的一刹那，她击中了他。卡宾枪的子弹打光了，对方也瘫倒下去，一命呜呼。

就在这时，子弹呼啸着从她左面飞来，击中路面，掀起一块块沥青。一名雇佣兵站在停于车队最后的路虎车后边，正用车上的点五零口径机枪向她开火。

她一边卸下空弹夹，一边扑向航站楼进行隐蔽。机枪手的火力步步紧逼。她的余光瞟到半挂车冲过了环形道，摇晃着穿过出口，撞坏了部分安全门。由于机枪手的紧追不舍，她纵身跃进一扇开着的门，进入航站楼里，用腹部贴着地砖滑行，一串威力巨大的子弹呼啸着撕碎门框。

航站楼的另一端，一名雇佣兵呼地转过身来，惊讶地注意到哈珀的出现。

他举起冲锋枪，她也掏出了手枪。他点射出的子弹从她身旁划过，而她则打中了他。

杰克的吼声通过耳塞传来："哈珀！你在哪里？"

"在航站楼。我得绕道。"外面的声音变得更大更近。雇佣兵们包围了这座建筑。她给卡宾枪换上一个新弹夹，然后跑到被她干掉的那个男人身旁蹲下，卸下他的冲锋枪和防弹衣。

进出口太多，她意识到，我的防守没法面面俱到。她赶忙躲到一张服务台后。廉价的胶合板提供不了多少保护，但至少能让她多躲上几秒钟，再去面对无法回避的悲惨结局。她检查了一下防弹背心的皮带。并不是我多想要见上帝。但至少现在杰克有机会带着核弹逃离。

外面的说话声停了下来；靴子碾过沙质地面发出的响动也告一段落。雇佣兵的反击即将展开。哈珀硬着头皮继续战斗。

忽然间，现场变得一片混乱——但却都跟她无关。

她疑惑地站起来，不明白发生了什么事。

直到听见引擎的轰鸣。

* * *

杰克看到他正前方的机枪手时，已来不及刹车了。冲破左侧的围栏会将拖车开到松软的沙地上，很快车子就会陷下去，无法再动弹。他还没有让车子具备足够的冲力去撞开航站楼的砖砌外墙，他也绝不可能把车停下，抢在机枪手把半挂车的驾驶室和他打成筛子前退出对方的射程范围。于是，他做了唯一能做的事：加速。

机枪手已瞄准他。杰克意识到自己无法成功。

接着，子弹射向机枪手和他的队友，迫使他们将枪口从杰克和拖车这边转开。短短几秒之后，杰克从他们旁边飞驰而过时，机枪组的最后一名成员倒了下去。航站楼前的整个环形道路面都覆盖着一层路虎车爆炸后遗留下的油膜。几声自动武器开火的声音传入耳朵，但似乎都不是冲着他或半挂车来的。他暗自庆幸，努力让所有车轮在全速驶入出口弯道时都贴住路面。

前面是一条废弃的公路，他从拖车后视镜里只看得到被他抛在身后的机场的混乱景象。他用手按住耳塞。“哈珀！你在哪里？”

“在航站楼。我得绕道。”

他将目光投向后视镜。透过缕缕黑烟，他看见雇佣兵在向航站楼集结。哈珀是个优秀的特工；这一点杰克十分肯定。但即便是最优秀的特工，在敌众我寡、火力悬殊的情况下被包围，也只能止步于此了。

冷漠的实用主义告诉他应该弃她而去，火棘浪费在跟哈珀战斗上的每一分钟，都意味着他可以携着导弹多逃离一英里。

道德感却促使他驶离道路，开进一片空旷的停车场，迫使拖车来了个不那么优雅的 U 形转弯，进而猛踩油门，朝机场冲了过去。

杰克娴熟地踩离合、挂高挡。他又将身体前倾，用拳头将布满蜘蛛网状纹路的挡风玻璃砸掉。开裂的白色安全玻璃顺着引擎盖滑落下去。热风裹挟着砂砾朝杰克的眼里钻。他掏出手枪，驾车穿过敞开的大门，用最高速度经由环形道开上航站楼前延伸开来的人行道。

许多枪口喷出的火舌照亮了烟尘。几颗子弹擦着他的脑袋而过，在驾驶室顶上留下一个个窟窿。杰克闯入混乱之中，同时开枪还击。接着，对手开始在拖车前倒下。随着他们的消失，车身产生一阵阵剧烈的颠簸。

离航站楼大门还有几码距离时，杰克同时踩下离合和刹车。拖车在打滑中停了下来，堵在门口。他继续朝航站楼外所有移动的目标射击：“哈珀！我在正门入口！到我这里来！”

“来了！”

他耗尽了手枪里的最后几发子弹，随手把枪扔在座位上，然后端起那把夺来的 M4A1。他俯下身来，朝任何有枪口火光闪烁和有动静的地方进行点射。

副驾驶侧的门开了。他匆匆扭头看了一眼，确定是哈珀爬了进来。等她关上门后，他将冲锋枪塞到她手中。“还剩一半子弹。在九点钟方向到十二点钟方向之间进行火力压制。”

“好的。”她端起武器，展开有控制的射击。

杰克换挡朝前冲，她继续开火。最前排的路虎车横在路上，徒劳地想拦住大它好几倍的拖车。杰克降挡加油，顷刻间便把大块头 SUV 撞到路边。路虎转起圈来，碎玻璃撒了一地。

一阵猛烈的扫射在半挂车的尾部留下密密麻麻的凹坑，一颗流弹击碎了杰克这一侧的后视镜，玻璃碴子飞溅到他的脸上。

“噢！你没事吧，伙计？”

他一把抹去脸颊和太阳穴的血迹：“我大笑的时候才会痛。”

“哦。那你会没事的。”她冲皱着眉头的杰克苦笑一下，然后露出一副奇怪的表情，“刚才你已经安全脱身，为什么还要回来？”

他耸耸肩：“为这些导弹找到合适的藏身之地还得花些时间。我觉得没准能找个同伴来开车。”

哈珀故意噘起嘴：“现在我倒觉得你开始喜欢我了。”

“一码归一码。”车子进入直道，他渐渐加速，“等你帮我活着离开索马里后，我才会开始喜欢你。”

她俏皮地看着他：“杰克先生，想成为你的朋友是件很难的事情，对吗？”

“要是你了解我大多数朋友的下场，就会明白我这是为你好。”

【第十四章】

09：00 a.m. —10：00 a.m.

伯内特把头探出水面，查看海岸线上的情况。一道模糊的倾斜烟柱将蓝天割裂开来。天空下，无边的沙漠显得格外静谧。

他示意队员们继续行动。杨特和奥特瑞从水里浮出，超过了他。他跟着他俩朝岸边靠，皮尔森和科尔伯格则跟在他身后。五名海豹突击队员呈松散的队形前进，彼此间保持的距离既能保证在遭遇袭击时相互照应，又能确保不会在一名枪手的单次扫射中全被击中。

他们在浅水区域跋涉，每个人都警惕地注视着前方。然后，他们用相同的步速呈扇形登上了海岸。

伯内特刚一看到前方内陆几十米处栅栏包围的营地，便立刻举起拳头，示意队员们停下来。接着，他掌心朝地，手往下压。所有人都匍匐到地面上。

他侧耳倾听，判断是否有其他人存在。

方圆数英里之内，唯一移动着的便是风。

伯内特通过手势命令被事先派到营地周边位置的杨特掩护科尔伯特和奥特瑞。杨特展开他的狙击步枪脚架，盯着瞄准镜，敏锐的目光始终随着小跑前进的同伴移动。皮尔森翻身过来，背靠地面，监控着突击队后方的沙滩。

他们离最近的居民区还很远，伯内特有理由相信，在这里不会遇到任何非战斗人员，但他仍不想去冒不必要的危险。如果行动造成任何附带的损害，只会令他们的撤离变得更加困难。他的海豹突击队的此次行动并未得到美军官方的认可。要是任务出差错，无论是美国海军还是美国国务院，都会矢口否认参与其中，他们只有依靠自己撤出敌对领土。

奥特瑞和科尔伯格传回确认信号。营地安全。

伯内特站起来："前进。"杨特和皮尔森收拾好装备，跟随他走向围栏，与另两名队友在那里重新集结。他让奥特瑞介绍情况："怎么样？"

"没人。"他指着营地北面，"地上有一架被人破坏的切努克直升机。从烧毁的情况看，我觉得是被当成了诡雷。"

"谁撞上了？"

科尔伯格说："我想是索马里人。两具烧焦不久的尸体，就在飞机残骸旁。"他指着南面，"正门敞开着。不管这里发生过什么，恐怕我们都已经错过了。"

"我可不会说得这么绝对。我们进去做一次辐射扫描。"

杨特看着围栏里貌似荒废的建筑："你是想从前门进入，还是由我们自己开一道门？"

"还是小心一点。切断围栏。"

"是，长官。"狙击兵放下武器，从装备包里抽出一副钢丝剪，开始对铁丝栅栏进行迅速拆解。不到一分钟，他已在围栏上切开两米长的圆弧。他退开来，收起钢丝剪。奥特瑞走上前，拉起松脱的网链，然后用身体顶住："门开了，长官。"

"干得好，中尉。"

伯内特低头从开口钻过围栏，奥特瑞则机警地注视着营地内任何可能的风吹草动。杨特第二个进入，然后是科尔伯格和皮尔森。他们一起朝那栋最大建筑的墙边走去。

"我们得确认这些建筑里没人。杨特，守在停车场。皮尔森、科尔伯格，搜索营房。奥特瑞，我们去检查指挥室。开始行动。"他们端着武器，分头走向各自的目标。

他们用几分钟挨个搜查了房间，一无所获。伯内特对着耳麦说："这里是熊地精。指挥室安全。烈火，营房那边有什么发现吗？"

皮尔森回答："没有，熊地精。除了床板，什么都没有。"

"夜影，停车场有动静吗？"

"一只耗子都没有，熊地精。这里完全空荡荡的，车轮都没有一个。"

"收到。去屋顶。要是有不速之客，我希望在他们发现我们之前先看到他们。"

"收到，熊地精。这就上去。"

"其他所有人到外面集合。鹰纹，开始扫描。"

"是，长官。"

很快，除杨特外的每个人都到了三面被营地建筑包围的空地上。科尔伯格专注地盯着手中的盖革计数器，皮尔森、奥特瑞和伯内特呈掩护队形站在他周围，每个人都凝视着一片不同的区域。几分钟后，科尔伯格对着手持辐射传感器皱起眉头。"我在分析辐射情况，但只有外面的空地上才有。刚才在营房内什么都测不出来。"

"测试结果表明强度足以达到武器级别吗？"

"嗯，是的。澳大利亚人得了一分。我们面对的是核武器。"

伯内特注意到队员们脸上严峻的表情，想用幽默缓和氛围："往好处想，至少我们不虚此行。"他将目光投向荒凉的沙漠，"现在，我们只需要想想接下来往哪里去。"

杨特的声音从耳麦中传来："或许我有个建议，长官。我看到柏培拉和它的机场方向有发生剧烈爆炸的迹象。"

"让我们乐观点，假设那并非巧合。"伯内特摊开这一区域的地图，标出从营地到机场的距离和方向。

皮尔森凑过来看了看地图："机场离这里有多远？"

"说近也近，我们可以直接跑过去；说远也远，你们不会想跑过去。"伯内特叠好地图，放回口袋，按下对讲键，"干得好，夜影。到门口集合。我们这就去机场，我们可不是按小时取酬的。"

* * *

杰克开着车，火辣辣的阳光照得他难以看清道路。前方的一切都近乎模糊。他只有眯着眼，可这样做却令他的疼痛变得更加剧烈。呼呼的风吹到他脸上，拖车柴油机排放的浓烟同样令他苦不堪言。

哈珀忙着给她的卡宾枪弹夹重新装弹："你还好吗？"

"我非常渴望有一副廉价墨镜。"这时他的肚子咕咕叫起来，响声甚至盖过了轮胎的噪音，"或是来些吃的。"

她放下卡宾枪，打开手套箱。一阵翻找之后，她拿出一根燕麦卷递给杰克："抱歉。没找到墨镜，伙计。"

"一次解决一个问题。"他用牙齿撕开包装袋，四口就把难嚼的黏糊糊的燕麦卷吞了下去，"现在我有点渴。"

"噢！你真是个可怜的家伙。"她继续往空弹夹里装子弹。她把第一个装满的弹夹放到一旁时，眯眼看了看早晨的太阳："在这里右拐。"

他知道那条岔路通向何方："我可不想。"

她停下手里的活，惊讶地望着他："你说过，你希望导弹回到美国人的手里。离得最近的美国海军基地——"

"就在吉布提机场。这我知道。但我不能去那里。"

她由惊讶变得怀疑："为什么不能？"

他放慢车速，缓缓停在岔路口。他找不到什么合适的方式向哈珀进行解释，除非说出真相。

"我的真名是杰克·鲍尔。我曾是一名反恐局的外勤特工。而现在我是一名美国逃犯，并且非常肯定俄罗斯人也想置我于死地。"他无奈地叹了口气，"我跟你说的都是真的：我想把这些导弹还给美国人。但我不想在这一过程中被捕。"

哈珀的反应异常镇定："明白。那你有何打算？"

"把它们放到某个安全的地方。然后联系海豹突击队，再躲在一个能一直监控导弹，直至海豹突击队抵达的地方。一旦他们得到导弹，我就离开。”

“就这些？”

“就这些。”

哈珀难以置信：“我猜这一定是你头一次到索马里，因为这个国家最缺少的东西就是安全的地方。”

“我指的不是那种戒备森严的场所，而是某个不起眼的地方。某个不会有人想到去那里寻找导弹的地方。”他看了看路边的标志牌，木桩上钉着一对反向的箭头，“某个不需要我把车开进美军基地自投罗网的地方。”

哈珀摇起头来：“我会为这么做后悔的，可是……不管那么多了。”她指向左边，“按标志牌的指引往加洛威开。我认识一个小子，他在那里经营卡车配件。我们可以把拖车停在他的停车场。没人会注意到的。”

这并非最完美的计划，但总比杰克能想到的要强：“听起来不错。”

她继续装填弹夹：“我一定是疯了。”

他重新挂挡给油：“加洛威，我们来啦。”

＊＊＊

早上突如其来的惊吓已经让阿尔卡迪·马林科夫的心情大坏。又一次的打击令他不由得提高了嗓门。他怒视着平板电脑屏幕上摇摇晃晃、结结巴巴、筋疲力尽的麦斯威尔·纽博尔德：“你说你把导弹弄丢了是什么意思？”

“遭到了伏击。”纽博尔德的声音在移动传输过程中有些断断续续，“是特工。不知道是谁派来的。”

马林科夫极力克制着自己，没有劈头盖脸地骂过去。现在重要的是想法找回行动中遗失的东西：“他们现在在哪里？”

“在通往布拉奥的路上，就在我们前方几英里。”

“能看到他们吗？”

纽博尔德点点头：“目前还能。”

马林科夫感受到了同行们焦虑的眼神带给他的压力：“你们能追上他们吗？”

“也许吧。在运输途中阻击他们会增加损坏导弹的风险。”

他摇了摇头：“不可以，上校。我们需要它们完好无损，并且要快。”

“他们一停下来，我们就能弄到拖车。一旦重新掌握控制权，我们就会把导弹带回机场，为飞机完成装弹。”

在雷巴科夫乡村俱乐大房间里，咖啡桌的另一侧，摄像头视角之外，德米特里·马尔科夫将军递给马林科夫一张纸条。马林科夫看了看内容：是将军希望他问纽博尔德的一个简单问题。

“上校，你有没有捕捉到那些偷导弹的特工的任何图像或视频？要是我们能确认他们的身份，或许就能帮上你。”

他的需求令纽博尔德起了戒心：“你怎么能确认他们的身份？”

马尔科夫一把从马林科夫手里抢过平板电脑，将内嵌摄像头对准自己和俄罗斯军事情报局格勒乌的瓦蒂姆·扎尔斯基：“上校，简而言之，某些俄罗斯军事情报机构对你的任务产生了兴趣——现在要介入其中，确保它能成功。”

站在将军和间谍头子身后的，是马林科夫虚伪的生意伙伴尼克宁和普勒斯科。两人都回避着马林科夫责难的目光。

纽博尔德的声音颤抖得更厉害了：“机场的安保系统也许录下了他们，但我们离开时没想到进行拷贝。”

“没关系。”马尔科夫看着扎尔斯基，只见他转身朝坐在房间另一侧椅子上操作笔记本电脑的一名格勒乌技术支持人员点点头。将军把注意力重新转移到纽博尔德身上：“他们是什么时候对机场发动袭击的？”

"大约半小时前。"

"非常好。谢谢你的报告，上校。"

马林科夫接过将军递还的平板电脑，注意到纽博尔德脸上愤愤不平的表情："这是怎么回事，阿尔卡迪？我还以为这是私人合约。"

"很抱歉，上校。只是最后做了些调整。"他又一次瞪向他的伙伴们，"多亏了我们的朋友格里戈尔和尤里。"

椅子上的格勒乌技术员朝前一探身。"接入柏培拉机场的安防网络了。现在正在获取视频。"他敲了几下触控板，又敲了几下键盘："我弄到袭击的视频了——还有一张能看清特工相貌的图片。一名白人男性和一名黑人女性。运行面部识别程序。"他注意到马尔科夫和扎尔斯基急切的目光，"这可能要花点时间。"

平板电脑中的纽博尔德爆发了："这不是我们任务的一部分。"

"我知道。"马林科夫说，"但在你拿回那些导弹前，我没有办法——也没有理由拒绝政府的帮助。你明白吗？"

"太明白了。"

技术员忽然跳起来，差点打翻他的笔记本电脑，房间里的气氛变得更加紧张："我们找到了跟男特工匹配的对象！"他快步走向马尔科夫和扎尔斯基，将电脑递给他们。

将军和间谍头子仔细盯着屏幕，接着马尔科夫把电脑还给技术员。扎尔斯基从外套内袋里掏出手机，走到屋外可以俯瞰伏尔加河的阳台上。将军指了指马林科夫："告诉你的雇佣兵们停止行动！"

纽博尔德目瞪口呆；他听到了将军的命令："出了什么事？"

"我不知道。但在我们了解更多情况前，注意保持距离。完毕。"他结束视频会议，关掉平板电脑，"将军，这是怎么回事？"

马尔科夫没有立刻回答，只是抬起一只手。扎尔斯基从阳台上走了回来。间谍头子收起手机，来到马尔科夫身边："我们将在四十五分钟内，从萨那派出一支特种部队小组。”

“很好。”将军冲马林科夫和他的同伴们露出一个可怕的微笑，“先生们，看来我们能从你们的失败中找回一点点成功。在被你们搞砸的索马里行动中，一个俄罗斯最想抓到的国际逃犯浮出水面：变节的美国刺客，杰克·鲍尔。”

＊ ＊ ＊

军阀奥桑·哈迪德·卡马尔的地堡内充斥着高甜度水袋烟令人窒息的气味。他这个阴暗隐秘的避难所里开着风扇，被一种慵懒的氛围笼罩着，为这个北索马里兰异常炎热的深秋日带来令人期待的闲适。

可事实证明，他一如既往地难以得到安宁。轻轻摇摆的吊床令他昏昏欲睡，可汗珠流淌过皮肤，让他觉得发痒，没法安然入梦。他能做的便是努力什么都不想，等待风扇又一次转到他的方向时送上阵阵清凉。

明亮的光线照在他的眼睛上。他抬起手来遮挡：“关上门！”

一个身影将临街的门掩上，刺目的阳光随之渐渐消失。重新变得阴暗的屋内，一个畏怯的声音说道：“对不起，卡马尔大人。”

他听得出这个谦卑的声音。这个男孩被他安排监听短波无线电通信，从他们的间谍那里获取信息：“怎么了，奎德？”

“有消息，卡马尔大人。有价值的消息。”

卡马尔放下遮着眼睛的前臂：“是吗？”

“有核导弹在几乎无人看防的情况下，正被汽车运出柏培拉。”

他垂下胳膊，看着骨瘦如柴的年轻人：“你是怎么知道的？”

“我们线人所在的乱军在北部地区跟人交火了。哈纳达让他的人攻击一队雇佣兵。”

“谁赢了？”

“雇佣兵。但我们的线人活了下来，并跟踪他们去了机场。他说有两人抢了一辆载有两枚核导弹的卡车。一男一女。”

卡马尔从吊床上一摆腿坐起来："就两个人？他确定吗？"

"他非常肯定，大人。他们炸毁了雇佣兵的其他车，但偷走了那辆装导弹的大车。"

卡马尔的大脑飞速运转起来："多大的卡车？"

"就是那种拖车。"

"这么说，一定又重又慢。"他站起来，搓了搓下巴上的胡楂，"车子现在在哪里？"

奎德冲着朝自己走来的卡马尔鞠了个躬。"我们路上的探子刚发现它朝南行驶，经过谢赫地区，在柏培拉的韦尔达达。"

"他们正朝这里来？他们是在赶往布拉奥？"

"是的，大人。"

这真是天赐良机，不容错过。绑架西方人质偶尔的确是有利可图的买卖。如果有钱的欧洲人愿意为了换回他们的人支付成千上万欧元的赎金，那要是为了拿回核武器，他们又该多支付多少呢？他们有没有可能为此眼都不眨，开出比基地组织支付的酬金更高的价码？过去曾有军事车队开过布拉奥，可惜他们的防备太过严密，不值得冒险动手。毕竟控制一支童子军还算容易，可面对专业部队就太难了。可要是只有一男一女开着一辆行驶缓慢的半挂车……

"叫所有人起床。"卡马尔对奎德说，"十分钟内，让他们全都带上冲锋枪上车。我们得赶在拖车抵达城镇前拦住它。"

奎德一鞠躬："是，大人。"他退向门口，"我去叫其他人。"

"快去！"

男孩被他喊得加快了速度。奎德转过身，拉开门，奔向一排棚屋，挨个砸门，叫所有人起来集合。

卡马尔两手伸过头顶，身体轮番向两侧弯曲，直至听见柔软的脊柱发出咔嗒声才满意。然后，他挠了挠裸露的胸口。门外一大笔财富正等待着他。他套上一件留着汗渍的短袖亚麻衬衫，戴上一副墨镜和一顶褪色的太阳帽，抓过他的 AK-47 冲锋枪。

我这辈子都在等一个暴富的机会。他将一个新弹夹插进卡拉什尼科夫冲锋枪。是时候结束我漫长的等待了。

* * *

伯内特和手下朝柏培拉机场匍匐前进，他们的身体压得很低，速度也很慢，尽可能减少在晨曦中扬起的灰尘。他们呈扇形散开，彼此间隔保持在两米以上。这会儿，他们正躲在一条水沟边缘，透过望远镜察看机场的情况。有五六个雇佣兵在航站楼前环形道一侧那些闷烧的车辆残骸边走来走去。

“这下我们知道刚才的浓烟是怎么回事了。”伯内特说，“是路虎车燃烧造成的。”

皮尔森注视着环形道的另一边：“有人把航站楼搞得一团糟。”

“也许就是这些家伙。”奥特瑞说，“他们看上去非常自傲。”

科尔伯格不屑地哼了声：“为什么？难道因为自己的车队被炸毁？”

伯内特笑了：“他们是雇佣兵。如果能安然无恙地活过一天，他们就会感到高兴。”他偏头望向一边：“杨特？跑道上的是什么？”

“看上去是一架苏-34 轰炸机。”杨特皱着眉回答，“飞行员和领航员都穿着俄罗斯制服。不管他们要干什么，似乎都不是太着急。”

伯内特猜不透现场的情况。“大家都再观察一下。是否发现可能装有两枚核弹的东西？”几秒钟后，无人做出新的汇报。“这里有在打发时间的雇佣兵。一个被炸毁的车队。一架怠速运转的俄罗斯轰炸机。没有核弹吗？”他放下望远镜，“有谁愿意猜一下，到底发生了什么事吗？”

“我们恐怕要遇上问题了。”杨特说，“屋顶，一点钟方向。”

伯内特微微调转方向，将望远镜对准机库屋顶。刚一对焦，他便明白狙击手为何发出警告：那上面另一名狙击手正望向他们这边。

“干掉他。”

杨特开火了。伯内特盯着望远镜，以确认敌人的狙击手已被消灭。这时，他看见对方的观察手拔腿逃跑：“开火。”杨特又射出一枚子弹，解决了观察手，可就在那家伙倒地的同时，伯内特看见一个对讲机从他手中掉了下来。

几个雇佣兵朝水沟这边转过身来，同时开枪射击。子弹呼啸着从海豹突击队队员们的脑袋上飞过，这也表明雇佣兵们还不清楚目标所在，正盲目扫射。

“我们被发现了。来让他们高兴高兴！”

整个海豹突击队一齐反击，冲锋枪既有点射，又有连发。雇佣兵们还来不及意识到发生的一切，已有半数倒在地上。剩下的敌人四下散开，为了保命，谁也顾不上什么团队了。

“分区射击。”伯内特说。

敌人的几颗子弹落在海豹突击队前方的泥土中，但都没有找准目标。伯内特对进入他的观察区的敌人进行精确射击，他的队员们也都守住了自己的战场，毫不留情地消灭任何一个不幸落入其中的雇佣兵。没多久，火拼结束，最后一名雇佣兵中弹倒地，一命呜呼。

机场上忽然响起飞机引擎发动的啸叫声。杨特举枪瞄准已在跑道上滑行的俄罗斯轰炸机。伯内特厉声道：“不准开枪！让他们走！”

“什么，长官？”

“雇佣兵是非法战斗人员，没人会管他们的死活。但是，只要在俄罗斯的飞机上留下一枚子弹，我们就都得上军事法庭。”

杨特的指头从扳机上挪开：“明白。”

半分钟后，苏-34轰炸机沿着跑道滑行起飞，渐渐成为淡蓝色天空中的一抹银色，朝着北方它的家园飞去。引擎声渐渐消失，空荡荡的机场陷入一片死寂，只留下流血的雇佣兵的尸体和支离破碎的路虎车残骸在冒着烟。

伯内特按了按自己隐隐疼痛的太阳穴。

“科尔伯格，给中央司令部打电话。”

“长官？你确定吗？我们还没有导弹的任何线索。”

“正因为如此，我们才要打电话。因为我们不知道它们在哪里。但它们不在这里。在我们找到导弹之前的每一分钟里，别人都有可能找到它们。”

【第十五章】

10：00 a.m. —11：00 a.m.

糟糕的路况加上不够平稳的车速，使得半挂车抽风般地抖个不停。杰克两手紧握方向盘，紧眯着眼对抗沙漠中强烈的白色光晕。每分钟都会有那么几颗石子或砂砾弹在引擎盖上，从没了前挡风玻璃的窗口飞入驾驶室，迫使他和哈珀左躲右闪。

她凝视着他，目光坚毅却充满疑惑："为我解释一下。"

"我尽量。"

"你看上去是个好人。"

"我是个好人。"

"那为什么有那么多人希望你死？"

她提起问来如此一本正经，令他忍不住笑了起来："你这是单刀直入，对吗？"她一眨不眨的眼神表明她绝不会让自己的问题被敷衍过去："你确定想要知道吗？因为每个知道我将要告诉你的事情的其他人要么丢了性命，要么至今隐姓埋名，再也无法重见天日。"

"我想我应付得来。"

他低头躲过又一颗飞来的公路碎石："还记得纽约的俄罗斯—卡米斯坦和平条约对话破裂的事吧？"

"你是说前年？泰勒总统辞职，洛根总统遇害的那时候？"

杰克没有回答，因为他知道她自己能回想起来。

"你也卷入其中了？关联有多深？"

"深到底。"他没有减速，直接打方向盘绕过一处凹坑，"我就是揭露洛根和萨瓦洛夫总统阴谋的小组成员之一。"

他的坦诚换来一阵沉寂。接着，哈珀睁大了眼睛："你是在纽约袭击俄罗斯领事馆的那个人！”她没等他承认或否认自己的指控，“你知道自己做了些什么吗？你几乎引发了第三次世界大战！”

“不，是俄罗斯人干的。我只是确保他们为此付出了代价。”

“你比我料想的更疯狂。”尽管她的语气有责备的意味，可她再望向杰克时，眼中几乎流露出钦佩的目光，“还有吗？”

“他们把洛杉矶古尹领事的死算在我头上。”他随即补充道，“我没有杀他。他是被他们自己人击中的，他们怪我是为了掩盖真相。”

她摇起头来：“我想，我真是交友不慎呀。”

他抓住机会把话题从自己身上拉开：“你的故事呢？你为什么最终会独自出现在索马里沙漠？”

哈珀耸肩苦笑一下：“都是老一套。一开始是我所在单位炙手可热的新特工。招募我的主管向我保证可以选择执行任务的地点。东京、巴黎、莫斯科。”

“那出了什么事？”

“拜会计师所赐。头一天，我们还在处理国际恐怖主义行动，第二天就不得不应付一项内部审计。我的老板被解雇，新的继任者把所有美差都给了他的亲信。我为此争论吵闹过——于是现在便落得如此地步，跟一名美国逃犯同坐一辆没有前挡风玻璃的卡车，讲自己的伤心往事。”

“别以为‘会哭的孩子会有糖吃’。”

“这还用说。不过看上去更像是会哭的孩子要挨揍。”她似有所思，神情缓和了些，“我还是不明白。你的国家抛弃了你，你为什么还要花这么多精力关注它呢？”

“为什么不？”

“凭你的本领，你可以转入地下，隐姓埋名，人间蒸发。”

“已经那样做过了。但我不喜欢那样。”

“我只是不明白，你为什么会愿意为一个背弃你的国家去冒生命危险？”

杰克怀疑自己能否用她理解的语言解释清楚他的处事原则：“我并不是为了得到回报才用生命报效祖国的。如果美国为了制约敌人而必须将我认定为罪犯，那我就认了。如果为了和平需要驱逐我，那我过上逃亡的生活就行了。”

“你竟然对一个置你于不顾的政府如此忠诚？”

“美国什么都不亏欠我。永远也不会。”

她思考着他的话，然后点了点头：“这让我看上去就像个只知道要求加薪的家伙。”

“嘿，爱国者也得生活呀。”

哈珀笑了，杰克的脸上也浮现出一丝好久没有过的发自肺腑的笑容。在隐瞒身份，与周遭隔绝那么长时间后，能与另一个人真正交流，这感觉好极了。

就在这时，他一眼看到前方道路上的障碍物，顿时没了好心情：“有人盯上我们了。”

两辆卡车头对头停在路中央。临时路障的两侧是两队看上去年龄在十岁至十六岁之间的索马里男孩。他们每人都扛着 AK-47 或类似的长枪。许多稍大的男孩瘦骨嶙峋的身上还挎着弹药带。一个清瘦的索马里男子站在队伍中间，一只脚踩在一辆卡车引擎盖上，他身穿一套老旧的卡其布制服，拿枪的动作十分随意，但仍摆好了攻击的姿势。

杰克几年前经历过这样的场景，当时他流亡到中非国家桑格拉：一个受到娃娃军支持的军阀，一群大多看上去似乎并不情愿为军阀效力的孩子。不堪的回忆侵袭上来，令他心生仇恨。

军阀朝天鸣了一枪，显然是警告杰克停车。

他猛踩油门，同时变挡：“坐稳！”

哈珀吓了一跳：“你该不会是要——？”

她来不及问完，赶紧俯下身，因为军阀已经朝半挂车端起枪来。

杰克低下头，始终踩紧油门。

一阵子弹从他和哈珀头顶飞过，为驾驶室后排增加了些弹孔。拖车冲过路障，金属相撞，发出刺耳的啸叫声。强烈的颠簸从杰克脚底袭来，直入脊柱。

接下来的枪声便是从身后传来的了。他抬起头，他们已冲破路障，但在拖车受损的散热器发出的蒸汽笼罩下，他很难看清前面的路："我想，我们到不了加洛威了。"

哈珀从车窗探出头，去看后面被破坏的路障。然后，她又转向他，忽然激动起来："你疯了吗？你在想些什么呢？"

"我不可能去跟一群孩子交战。但如果我们被拦下来，他们会杀了我们。这一点我可以向你保证。"他看着仪表盘上持续攀升指向红色区域的温度计指针，"引擎过热之前，我们还有大概十分钟时间。我需要建议。"

"我们应该能到下一个村子布拉奥。"她又从窗外紧张地朝后看了一眼，"但我打赌，刚才那些新朋友就是从那里来的——而且很有可能他们会紧跟在我们后面。"

"那我们就得尽快找个地方藏起来。你在布拉奥认识什么人吗？"

她捏了捏鼻头，似乎刚经历过人类历史上最糟糕的疼痛："我在布拉奥认识一个人。"

"是朋友吗？"

"苏拉？他是这个世界上最卑鄙的人渣。"

引擎里喷出的已不再是蒸汽，而是油性灰烟。

杰克皱起眉头："那就让我们祈祷他今天心情不错吧。"

也门，萨那

要是观察得不够仔细，正穿过柏油马路的四个人很容易被当作兄弟。他们拥有同样轮廓分明的脸庞、超短的平头和清瘦的体格。年龄最大的那个不到四十，最小的二十五六。他们排成一列，背着各自装得满满的黑色背包，迈着自信的步子，走向一架引擎怠速运转，发出高声轰鸣的私人飞机。

常人看不出来的是，这四人的关系比兄弟姐妹更加亲密；他们是雪域特战队的战友，隶属俄罗斯军方精英特种部队，是世界上经过最好训练的四名战士。

他们的指挥官丹科少校走在最前面，带领队伍通过飞机的折叠台阶进入机舱。正如他事先被告知的那样，一名来自大使馆的格勒乌官员已经在飞机上等候。但他没有料到的是，这人竟是伊丽娜·科列娃。几个月前，在尚未弄清楚她的真实身份时，他曾享受过与她的一段激情时光。

迷人的金发副领事右手端着一杯清澈的鸡尾酒。她将一个密封的文件夹递给丹科："你的任务，少校。"

他放下背包，从科列娃手中接过文件夹，示意手下们进入机舱后部，在各自的座位上坐下："相信你还记得我的人吧？"

"怎么可能忘记呢？"她在特战队员们从她面前经过时，一一念出他们的战果，"绍特辛上尉。你的副官，杀死过二十六个人。"

"是二十九个。"绍特辛说，"不过，这数字是谁统计的？"

她不满地扬了扬眉毛："蒂托夫中尉。在巴黎，为了躲避抓捕，领着警察完成了法国历史上最长的汽车追逐。"

"那不是我的错。路牌设置得太糟糕了。"

她不屑地看了看最后那个人："亚库宁中士。最近有没有炸什么学校？"

他淡定地没理会她的厌恶之情："你的'最近'是怎么定义的？"

丹科查看了任务文件："消息确认了吗？"

"不到两小时前发生的，在柏培拉机场。我们正在进行情报拦截，以锁定他目前所处的位置。一旦确定他的坐标，就会通知你。"说完，她起身朝舱门走去，在离门边一步之遥时，她扭过头来，“少校，请明确一点：你的任务是活捉他。我们的上级希望他在莫斯科为自己的所作所为接受审判。”

“明白。行了，离开我的飞机吧。”

她未再多做任何逗留，下了飞机。等她一离开舷梯，飞行员便收起梯口，关闭了舱门：“兄弟们，今天我们将追逐一个传奇：我们要搜捕杰克·鲍尔。”

他们毫不掩饰自己的兴奋之情。但接着，绍特辛的神情变得严肃起来：“我好像听见副领事说，我们得活捉他？”

“没错，她是这样说的。”飞机滑向跑道时，丹科脸上露出狰狞的笑容：“幸运的是，对我们来说，‘活捉’并不代表毫发无伤。我们会把一息尚存的鲍尔交给莫斯科的。但除此之外……我不记得还做过别的什么保证。”

＊＊＊

杰克转动方向盘，将半挂车驶下布拉奥狭窄的泥路时，车子已呼哧呼哧地快变成一堆废物。在杰克看来，周围与其说是个村镇，还不如说是座露天垃圾场。灰色的烟雾不断地从拖车的进气栅冒出，笼罩着引擎盖，进入驾驶室，阻挡他的视线，刺得他眼睛发疼。杰克用袖子抹去额头上的油污，比先前只需要为尘土和阳光的侵扰而烦恼时更加怀念拖车的挡风玻璃。

他希望在他降低车速分辨方向时，车子不会抛锚：“哪一边？”

“在这里右转，然后在第一个路口左转。”哈珀用手擦拭着脸上附着的引擎油雾，“我说不清我们这是在布下烟幕，还是在发出烟雾信号。”

“我想兼而有之吧。”他按照她的指引拐过两个弯，“现在呢？”

“第二个路口右转，然后第四个路口左转。”

一双双好奇的目光从他们经过的棚屋中投向他们。衣衫褴褛、形容消瘦的索马里人注视着过客，仿佛这是他们多年以来见证过的最重要的时刻。据杰克所知，或许的确如此：“这和在雷达监视下行驶没什么区别。”

“你没办法。现在整个城市都知道我们在这里了。”

半挂车受损的引擎发出的呼哧声，让杰克开始考虑，万一卡车在户外抛锚，该如何调整他的策略。但他能想到的所有方案结局都不够好。他紧握着方向盘，将意志透过引擎盖，投入车子的心脏。在我们藏好之前，别在我面前抛锚，你这堆废铁。听到我说话了吗？别抛锚！

他们绕过城镇中央的一个大广场。广场四周尽是由垃圾和废弃物堆砌而成的摇摇欲坠的建筑。车子绕了一半时，哈珀指着他的左边说：“在那里。”

她无需多说什么。那边的路旁只有一个开着门的车库，足以让他停下拖车。他放松油门，轻踩刹车，转为低挡，驾着拖车驶入由波纹板和旧木材建成的阴暗车库。半挂车刚一停稳，引擎便抖动着发出一声可怕的金属磨擦声，吓了杰克一跳。

他和哈珀注意到，她那一侧的后视镜中有个身影。她看了杰克一眼，示意他耐心些：“让我来处理。”她下了拖车。直至她走开几步后，杰克才注意到她没带上武器。

让哈珀处于无人掩护的状态，这与他受过的训练指引相左，但这是她的地盘。即便多年的经验告诉他，应该拿上手枪，下车做好准备，可他还是选择相信哈珀对局势的把握，没有掏枪跟着她下车朝车尾走去。在那里，一个肥胖邋遢的索马里人正等候着他们。

胖男人端一把散弹枪指向哈珀：“我告诉过你，永远不要回来。”

哈珀举起摊开的双手朝他靠近：“我别无选择，苏拉。我们需要你的帮助。我们为此准备了好价钱。”

“有多好？”

“足以让你一劳永逸地离开这个国家。”

苏拉压低散弹枪："你有那么多钱吗？"

"我能弄到。"

他抬起枪管，指着哈珀的胸口："别再耍我了，间谍女士。"

"在柏培拉机场东面一英里的地方，有一间红色的房子。房子旁的灌木丛中藏着一辆灰色小货车。小货车后箱中的袋子里装着六万多欧元现金。"

"你想怎么说都行。去拿袋子，然后再回来。我可以等。"

杰克真想告诉他你会死的，但他保持着冷静，让哈珀来应付。

"钻石怎么样，苏拉？你喜欢钻石吗？"

索马里人耸了耸肩："有谁会不喜欢钻石呢？"

哈珀笑了。"我将用一只手掀起我的衬衫，动作会很慢。"她始终盯着苏拉的眼睛，同时掀开衬衫的下半截，露出裹在上腹部的一条宽宽的绑带。哈珀的动作慢而精准，注意让苏拉看清她所做的一切。她解下那条细长的绑带，然后将它举起来。带子有黏性的一面上，数百个小点闪闪发光。"价值五十万的未切割钻石。如果你关上前门，让我们藏在这里，直到我们想出办法离开，这些就是你的。"

他伸出一只手，但仍未放下枪。

"把钻石扔给我，我就关门。"

哈珀低手将粘有珍贵石头的灰色绑带扔给她那个满身汗臭的胖联系人。那家伙咧嘴一笑，露出黄色的牙齿，然后迅速走向控制他宽敞车库入口卷帘门的链条。他松开链条，沉重的门落了下来，砰的一声砸在地上。一时间，车库内几乎陷入一片漆黑。只有几缕光线透过墙上和屋顶的缝隙渗进来。

几秒钟后，杰克的眼睛适应了环境，他辨别出了站在旁边阴暗中的哈珀和苏拉。他对哈珀说："这能为我们争取点时间，但不会太多。我们需要另一辆半挂车来拖集装箱。"

苏拉笑出声来：“另一辆这样的半挂车？在布拉奥？绝不可能。”

杰克将哈珀带到一边，压低声音说：“要是我们不转移导弹，我们就死定了。那个浑蛋和他的娃娃兵用不了多久就能找到我们。”

“如果苏拉说布拉奥再也没有这种半挂车，那就真的没有。不管你愿不愿意，我们都得守在这里，直至有人来把导弹拿走。”她掏出一个卫星电话，按下几个键。电话毫无反应。她皱起眉头：“该死。没电了。”她对苏拉喊道：“我估计你这里没有电吧？”

“当然有电。每隔一周的星期二，从早上六点到八点。你等得了一个礼拜吗？”

“我开始讨厌他了。”杰克小声说。

哈珀耸耸肩：“算了吧。换成别人也一样。”她从杰克身旁走向苏拉：“你还在用周围这些箱子收集垃圾吗？”

“说不准有什么东西哪天就能用得上。”

“介意我四处看看吗？”

苏拉举起钻石绑带：“为了这个，你想要什么就随便拿。”

“谢谢！”

哈珀打开一个盒子，胡乱翻找起来。她注意到杰克关注的目光，于是冲他微微一笑：“少安毋躁，伙计。我曾经用我的旧连裤袜修好过一辆车，用一截山药引爆了一架塞斯纳飞机。我非常有把握能给手机充上电。”

* * *

一定有人看到了什么；卡马尔对此深信不疑。那两个闯入者和他们破破烂烂的卡车到达布拉奥的时间，比他和年轻手下们早不了几分钟。南边刮来的狂风吹散了半挂车穿孔的引擎冒出的烟迹，因此无法再跟随它行驶在布拉奥垃圾遍布的道路上。

“奎德，停车。”

车还没停稳，卡马尔便打开车门跳了下去。他的车和紧随其后的车都停了下来。童子军们从车上涌下，端着枪聚集在一起，等候他下达命令。

“踹开每扇门。把所有的人都带到外面来。如有抵抗，格杀勿论。”

年轻人们四散开去，冲向排列在路旁的破败房屋。他们将怯懦的居民们从避难所里赶出来，用枪驱使他们聚集到早晨刺眼的光线下。现场响起一片恐惧与痛苦混杂的哭喊声。无需呼喝，可怜的居民们便都跪了下去。在过去一年的大多数时间里，卡马尔都将布拉奥作为自己的领地加以统治。光是他的名字，就足以把民众吓得服服帖帖。那些胆敢表达对他的憎恶的人，早已在广场上被处死。只有对他充满畏惧，懂得保持沉默，以及对他有用的人，才能得以苟且偷生。

他手持点四五口径半自动手枪，在跪成一排的人前走动着。人们眼神茫然，瑟瑟发抖。女人们无声地流着眼泪。孩子们低下头，闭紧双眼，都在祈祷获得一次不可能出现的解救。

他随机地停在一个秃顶的老头面前，将枪口顶在这人的鼻梁上：“你看到从这里经过的卡车了吗？”

“是的，卡马尔大人。”

“它去了哪里？”

骨瘦如柴的老人望向他的左边：“朝那里去了。他们在红色的小屋左转。”

卡马尔将枪口从老人转向在他旁边轻声啜泣的小女孩，但眼睛仍盯着老人：“如果我去那条街，住在那里的人们会说他们见过卡车吗？还是我得回到这里来，好好教训你一下？”

“我在真主面前向你保证：他们真的在红色小屋前左转了。”

他收起枪，面朝他的童子军：“直走，在红色小屋左转。”童子军赶紧回到车上，卡马尔登上头车，坐到副驾位置上。开车很快就能到红色小屋。用不了多久，他和他的战士们就又得重复这一幕，召集新的一排目击者。

这是达到目的地需要采取的一种冗长乏味的手段，好在布拉奥是个小城镇。

他们迟早都会找到半挂车的。到那时，车上的财富都将归他所有，闯入者将因当着他手下的面冒犯他的权威而付出生命的代价。

＊＊＊

“他们正挨家挨户砸门。他们是干什么的？推销员吗？”

要不是全部身家性命都指望着沙漠中这场突如其来的意外的最终结果，纽博尔德或许会为安杰伊吉克的冷笑话笑出声来：“我不管他们是干什么的，提吉。这是他们的城镇。让他们用自己的方式搜索吧。”

他身后，是从运兵车上下来的十二名雇佣兵——这是遭遇两个狡猾的特工偷袭后，车队剩下的最后一批有生力量。他们正等着消息，想知道在模糊的远方，在布拉奥上方海市蜃楼般的光亮后面正发生着什么。希钦斯列兵、默根瑟勒下士分列萨兰德少校两侧，三人手中都端着冲锋枪。萨兰德一扬下巴，吸引了纽博尔德的注意：“有什么情况？”

“索马里军阀和他的杂牌童子军正一个街区一个街区地搜。”

“你不是在开玩笑吧？”少校用手抹了一把满是灰尘的脸，“我们可能会在这里耽误上一整天。”

“我不这样认为。”安杰伊吉克说，“不管这些家伙是谁，他们无需开枪打任何人的事实告诉我们，他们控制着这座城镇。如果我们的卡车在这里，那他们就能找到它。”

默根瑟勒似乎不那么赞同：“这对我们有什么帮助吗？”

纽博尔德瞪了他一眼。“你从来没打过猎，对吗，下士？当你的猎物逃入洞穴后，你暴露自己就不会找到它。你会放出一条狗，让喧闹的狗把它赶出来。接着，当你的猎物再次出现时……你开枪射击。”

他复杂的描述似乎令希钦斯有些困惑：“要是那群孩子碍我们的事怎么办？”

他不屑地耸耸肩："那不是我们的问题。又不是我们让他们出现在这里的。"纽博尔德能察觉出手下对自己铁石心肠的话有所抵触，"我跟你们一样不愿如此，但我们没时间了。我希望抢在俄罗斯人破坏我们的生意之前找回导弹。"

安杰伊吉克放下望远镜，扭头看看纽博尔德："万一他们得逞了呢？要是花的时间比我们预料的更长，而俄罗斯人却……到那时该怎么办？"

这也是纽博尔德从柏培拉驱车而来时起就在考虑的问题。

"要是我们与俄罗斯人为敌，我们就更需要导弹。"他的目光越过沙漠，望着布拉奥狭窄的街道上缓缓蔓延的暴力事件，"对我们来说，幸运的是，总会有人愿意为核弹头买单。"

【第十六章】

11：00 a.m. —12：00 a.m.

如果一个人意愿强烈，竭力在旧箱子里翻找，她能找到的东西真的会令人感到惊讶。如哈珀所料，她从苏拉车库中的硬纸箱里翻到的大部分东西的确没用。不过，她还是找到了满足她需要的一串旧圣诞彩灯，还有一把小钢丝剪。

她拿着这些走向半挂车，杰克已经使车头抬起并前倾，以便暴露出引擎。他正利用从一堆法国色情杂志上找到的工具，努力维修弹孔密布的引擎。他斜着身子弓着背，哈珀觉得那个姿势肯定很不舒服。

“怎么样？”

他站起来，用袖子擦了擦前额的汗，小心地不让裹满油脂的手蹭到脸。“他们打烂了散热器和主要部件。”他满脸愁容，“报废了。”

“那我们就只能守在这里了。”她从他旁边探过身，瞥了一眼满目疮痍的引擎，“如果你确定它已经报废，是否介意让我拔掉电池？”

“不介意。那差不多是唯一没被他们击中的部件了。”

她走上前，拆掉电池导线，松开固定电池的螺丝。这是由金属和酸性液组成的一大块铅灰色物体，她颇费了一些力气才把它从引擎中抬出来。杰克跟在她身后，朝旁边的工作台走去。

“用电池给手机充电。”他点点头，“聪明。我猜你打算拿圣诞彩灯来做稳流器？”

“完全正确，伙计。”她用钢丝剪剪断彩灯插头，然后取掉延长插座，并剪掉最后一部分。接着，她剥去包裹两截电线两端的绝缘层，将带有彩灯的一截缠绕在电池的阳极，没有灯的另一截缠在阴极。然后，她掏出卫星电话，卸下电池，平放在卡车电池上。她得意地冲杰克笑了笑：“见证奇迹的时刻到了。”

她用第一根线的端部触碰手机电池标有加号的金属触点，用另一根线连接旁边标有减号的触点。线上的彩灯发出微微的光亮：“瞧，”哈珀说，“电流从手机电池中通过，但必须先经过彩灯稳流。”

“干得漂亮。”杰克说，“充电需要多长时间？”

她脸上的表情由兴奋变得有些尴尬：“大约一小时。”

“那么久？”

“我可以剪短电线来降低电阻，但这有可能充爆电池。”

他摇着头，“不能冒这个险。”

他走向卡车，收拾所剩不多的武器：他的冲锋枪和她的卡宾枪，以及他们的手枪。枪里都已没有子弹，能供手枪、冲锋枪和卡宾枪用的弹药都在他们各自身上。其余弹药被落在了先前那辆小货车上。

杰克把奥斯泰尔卡宾枪递给她：“随身携带。我去附近侦察一下，看看能否找到用来进行防御的制扼点。”

“有机会的话，最好也找一条逃跑路线。”

他边走边回答道：“放心吧。我从来都不会进入一个不知道如何脱身的地方。我也没打算死在索马里。”

* * *

马林科夫、普勒斯科和尼克宁像三个犯了错的学生一样，走进阿尔帕什大酒店楼上的餐厅。这里已被包场用于这场私密事务。三人并排站在一张宴会桌一端，他们的老板们正坐在桌旁享用午餐，并透过窗户欣赏郁郁葱葱的乡村景色和蜿蜒流淌的伏尔加河。没人邀请马林科夫和他的同事们就座，因此他们只能站着。马尔科夫将军和扎尔斯基局长没有理会他们。与此同时，身着便服的格勒乌特工和雪域特战队队员们退了出去，堵住他们身后的楼道。

马尔科夫吃了一大口鱼子酱，放下勺子，用餐巾轻拂灰色的胡须：

“先生们，感谢你们的到来。局长和我有重要的消息。”

扎尔斯基抿了一口香槟，接过马尔科夫的话：“你们在索马里的行动已经失败。我们支持的本该是一项可行的任务，但现在已经无望。”

马林科夫走上前：“你在说什么？我没听说——”

“你的大部分雇佣兵已经死了。”马尔科夫打断他，“我们的飞机正在返航——但没有带上导弹。你的计划现在彻头彻尾地失败了。”

“除了一点，”扎尔斯基说，“它带来了一个意想不到的好处，那就是暴露出了一名逃避国家司法正义的逃犯。尽管这绝不是你们计划的一部分，但我们还是要表示感谢。”

“太客气了吧。”马林科夫说。

尼克宁挤过来，站到他旁边：“先生们，我无意冒犯，但我不打算终止行动，至少现在还不。我们在这件事上投入巨大。”

间谍头子不以为然地凝视着尼克宁：“我们充分意识到了你们投入的情况。举个例子吧，我就要为你们的设计喝彩。没有多少人能构筑这么多环环相套的空壳公司，而目的只是为了全力收购并确保在一家美国核武器处理公司中处于控制地位。要是你们的其余计划也能如此隐秘、执行得如此顺利，我们之间现在的这场谈话或许就不存在了。”

普勒斯科抹了把光秃秃的脑袋上的汗：“那我们的损失怎么办？”

马林科夫觉得将军似乎真的很喜欢看到他们窘迫的样子。浓密的胡须遮掩不住马尔科夫的笑容：“人们应该愿赌服输，普勒斯科先生。我想你刚以一种痛苦的方式学了一课。”他吮吸出龙虾螯趾里的肉，进一步宣示出他的不屑。

扎尔斯基举起酒杯，似乎要跟三名高管干杯：“你应该感谢你的同事向我们求助，阿尔卡迪。依我们之见，你的行动注定失败。至少现在有德米特里和我打算帮你们收拾烂摊子。”他接着换上更强硬的腔调说，“但前提是你们能好自为之，在还来得及时乖乖走开。”

马林科夫心跳加速；他感到无比羞耻，整个脸火辣辣的：“你是要我谢谢你们？”

“不，”马尔科夫一边嚼龙虾，一边说，“我们是要你们离开。”

格勒乌局长起身，站到三人面前：“我的人会抹去你们的数字记录。通讯、金融往来，所有一切。不出几小时，你们的行动就会像从未发生过一样。”他一只手落在马林科夫的肩头，“对你们的损失，我并非毫不同情。要是我们派的队伍能成功将被你们暴露出的逃犯带回来，或许我们可以……补偿你们的一些损失。”

尼克宁小声对马林科夫说：“听起来挺合理。”一旁的普勒斯科畏惧地点头附和。

马林科夫已别无他法，只能保留一点颜面告辞：“实在是太慷慨了，局长大人。我代表我们三个祝你们好运。”

“谢谢你，阿尔卡迪。”他朝楼梯方向比画了一下，“相信你们知道离开的路吧。”他转身朝桌子走去，俨然三个生意人已经离开了似的。

马林科夫带领他的同事们走下楼梯，出餐厅后搭乘电梯，再穿过大厅走向出口。他们并肩走下酒店前陡峭的弧形台阶时，彼此间的沉默中都充满了无言的愤恨。抵达街面时，一辆豪华轿车已在等着他们。司机为走近的他们拉开后门。

“去哪里，先生们？”

“雷巴科夫俱乐部。”马林科夫边上车边说。

门刚一关上，马林科夫便冲同伴们咆哮起来：“你们俩要是敢在我们回到圣彼得堡之前跟我说哪怕一个字，我就用双手杀了你们，再付钱请司机把你们的尸体抛弃在西伯利亚的某条泥路上。”

* * *

丹科正全神贯注地思考飞机一着陆他应该做什么。他将带领雪域特战队离开飞机，进入索马里这片荒漠，寻找交通工具，开始针对美国逃犯杰克·鲍尔的追捕。一切顺利的话，他们会抓住他，并在两小时内把他带回飞机，踏上返回祖国俄罗斯的旅程。他们会获得表彰，得到尚好的伏特加，没准还能尝尝好好睡上一夜的感觉。

这时，他注意到飞机的姿态发生了改变。机头抬了起来，飞机在爬升。

"这是怎么了？"他站起来，从队员们中间朝前走向驾驶舱门。门虚掩着，于是他把门拉开，在飞行员和副驾驶员之间探出身子："出什么事了？我们为什么不降落？"

"新命令。"飞行员说，"我们得到报告，柏培拉有美国海豹突击队。我们改变方向，飞往哈尔格萨。"

丹科顿时火冒三丈："不，那里离目标太远。"

"别无选择。"副驾驶员说，"是领事的命令。'不得尝试在柏培拉降落，'他们是这样说的。"他无奈地耸了耸肩，"好在他们会在我们抵达哈尔格萨后，为你们提供一辆 SUV。"

也没别的办法了。军令如山。丹科深吸一口气，提醒自己专注于自己的任务："我们会因此延误多久？"

飞行员扭头回答："最多二十分钟。现在晴空万里，因此我们会让你们在十二点过五分时降落在哈尔格萨。"

"好吧。要是还有别的变化，立刻告诉我。"

丹科离开驾驶舱，转向手下们："谁有地图？"

绍特辛将一张地图在两个座位间的折叠桌上铺开："我们要找哪里？"

"柏培拉太炙手可热。我们将在哈尔格萨着陆。"他刚在地图一侧的空座位上坐下，智能电话便响了起来。他从外套口袋里掏出手机，看了看传入的信息，"新的情报说，鲍尔在布拉奥某处。找到那里。"

蒂托夫顺着一条几乎位于哈尔格萨正东的道路寻找，穿过一片空旷的沙漠，在索马里和埃塞俄比亚边界以北约八十公里的地方找到了一座小镇："就是这里。在古里吉·哈吉高速公路另一端。那里有个机场。为何不在那里降落？”

“那个机场正关闭翻修。从哈尔格萨开车过去要多久？”

“是指在老百姓安全驾驶的状态下吗？三个多小时。我可以在两小时内让我们抵达那里。”

“最好如此。”丹科说，“因为我们得在鲍尔仍在布拉奥前赶到那里。”

＊＊＊

尽管想在苏拉车库角落堆积的板条箱上站稳实在很难，但这里却是杰克能够找到的最佳位置，从这里可以尽早发现他和哈珀在柏培拉的韦尔达达强行闯过路障时遭遇的军阀来临时的情况。透过波纹金属板墙面上一道狭窄的缝隙，他发现缓缓移动的烟尘和尾气正穿越街道，循着他们到达这个藏身之处使用过的同样路线靠近。

他眼睛紧盯目标，向哈珀发出警告：“他们越来越近了。”

“嗯。”她坐在工作台旁的凳子上，使两条从圣诞彩灯上剥开的电线保持与卫星电话电池触点的接触，“有人朝我们开枪吗？或者踹我们的门？”

“还没有，但这只是时间问题。”

“任何事都是时间问题，伙计。生存、死亡、灭绝、太阳燃尽、宇宙变冷。任何情形只要经历的时间足够长，最终的结局都很惨。”

她的预测如此冷酷，令他差点笑出声来：“得了吧，哈珀。你就是一缕阳光，对吗？”

“只是为了看得长远些。”

“外面有的是人想置我们于死地，我们自己就别再帮他们的忙了吧。”

她对他的批评不以为然：“如果你觉得我令人沮丧，那是你的事，伙计。当我思考人生苦短时，我把它视作一个应当珍惜每一秒钟的理由。我们的时间有限，容不得虚度。”

杰克没心情讨论哲理，他改变了话题：“电池充得怎么样了？”

“快好啦。再有一分钟就差不多了。”

他的耐心比额头的汗珠还要蒸发得快：“已经够久的了。试试看吧。”

哈珀移开导线，将电池塞回电话，打开电源。屏幕亮了。哈珀按下接入码，然后开始等待。

杰克离她太远，听不清电话那端的谈话。他只能听到她的声音：“鸟笼零一一，这里是红翼鸫。今日颜色是黄色。今日词汇是‘旅人’。这是优先级阿尔法通讯。”短暂停顿：“等待中。”她冲杰克一转眼珠。几秒后，她继续通话：“包裹在手中，处于隐藏状态，但我们被当地敌对势力跟踪。我们需要立刻撤离。”她在电话上输入了什么，然后接着讲：“读取我的坐标，派出回收小组。快。”她认真听了几秒钟，“情报局，收到。留在原地。红翼鸫退出。”

她关掉电话，转向杰克：“澳大利亚秘密情报局说，索马里地面已经有海豹突击队出现。他们将我们的请求转给了美军中央司令部，正派海豹突击队赶往这里。”思考了一阵后，哈珀说：“要是海豹突击队发现你在这里，他们也许会把你和导弹一起弄走。”

“那是我的事，让我来操心吧。”他把注意力重新转移到外界，投向布拉奥街道上升起的烟尘。敌人离找到他们又近了一步——他完全有理由相信，他们会比海豹突击队早很多发现他和哈珀。

哈珀凭直觉已猜到他的想法：“不愿意朝孩子们开枪，是吗？”

“我不会那样做的。”

“恐怕他们不会同样怜悯你。”

“问题不在这里。”他的指头很想扣住冲锋枪的扳机，“我曾对付过这种被称为军阀的恶棍。我从中学到，他是肿瘤。把他从组织中切除，其他疾病也会随他而去。”

“你认为有那么简单？擒贼先擒王，剩下的就会鸟兽散？”

杰克眯着眼，注视着弱不禁风的避难所外边被太阳晒黑的人间地狱：“希望如此吧。”每到这种时候，长久以往的道德妥协记忆就会困扰他，“我曾经干过……值得怀疑的事情。可怕的事情。有些我至今仍感到后悔。但有一样是我从未干过的，就是朝孩子开枪。在越过那条底线前，我会先进入坟墓。”

哈珀握着她的卡宾枪，在朝着街道的另一个角落设立起观察哨：“那我希望你能有一个完美的藏身妙计，伙计。因为我打赌，那个下流的军阀会很乐意帮你守住那个承诺。”

“关键是要拔掉那个领头的。我见过他那种人。他通过欺凌威胁，迫使那些孩子完全听命于他。但恐惧不等于忠诚。干掉他，他的童子军就不存在了。”

“好吧，”哈珀说，“也许你是对的。如果他的行事方式跟我见过的其他索马里军阀差不多，他会派出他年轻的部下们充当敢死队，自己躲在危险之外。你打算怎样干掉他？我的意思是说，你根本无法接近他。我无意冒犯——你能力突出，这看得出来。可这里是索马里，你面对的是凶猛的对手。”

“没错。要是我能有一个可以融入当地的伙伴就好了。”他不再说话，而她则在揣测他面无表情的话语中蕴含的意味。

几秒过后，他的耐心得到了回馈。哈珀恼怒而无奈地重重叹了口气：“我恨你，鲍尔。”

“很好。这说明你将逃过此劫的机会增大了一倍。现在赶紧行动起来，去换衣服。在情况变得无法收拾前，我们大概还有十五分钟时间。”

【第十七章】

12：00 a.m. —01：00 p.m.

哈尔格萨正午时分。飞机外面的一切都亮得耀眼，空气炽热，令人难以呼吸。这让丹科再次想起为什么自己会将索马里视为地球上最糟糕的地方之一。我们越快抓住鲍尔并离开这座风暴之城越好。

他走下飞机舷梯，踏上柏油路面。队员们按照军衔高低，依次跟在他身后：绍特辛、蒂托夫、亚库宁。包括丹科在内的每个人胳膊上都挎着一个黑色背包、武器弹药和特殊装备，他们全都戴着统一的黑色太阳镜。

等待他们的是一个四十多岁、皮肤黝黑的瘦高男子。他留着那种以外交身份做掩护的格勒乌外勤特工的短发，穿一条浅色亚麻裤和一件薄得透明的棉衬衫，一副超大太阳镜令他的脸看上去具备了昆虫的特征。他的左胳膊下夹着一个厚文件夹，身后停了一辆褐色悍马 H2 汽车，引擎正怠速运转，但声音很小。

瘦子走上前，迎接到来的雪域特战队："丹科少校？欢迎来到索马里。我是雷弗尔・纳扎勒夫，领事馆的文化专员。"他跟丹科握了握手，将文件袋交给少校。

"谢谢，纳扎勒夫先生。"丹科冲着悍马车点点头，"打开后门。"

"是开着的。"纳扎勒夫注视着丹科的人从他身后缓步经过。亚库宁走过时，接过少校的背包，使他腾出手打开纳扎勒夫交给他的文件夹。

丹科快速浏览文件："我们听到的最新说法是，鲍尔在布拉奥。他转移了吗？"

"没有。但就在你们降落前几分钟，我们截获了新的信号。我们已进一步确定，他的位置在城镇中部两个街区的范围内。"

在纳扎勒夫身后，其他雪域特战队的战士们将背包放进悍马车里。丹科又看了一遍位于大使馆的情报拦截办公室提供的文字资料：“这个消息是从一名澳大利亚特工那里拦截到的。一个女人，阿比盖尔·哈珀。”

“我们有她和鲍尔在柏培拉机场一起行动的视频。”

丹科翻看当天更早时候的报告，画面变得更加清楚起来：“明白了。”他翻到首页，注意到一个让人不安的细节，“他们携带两枚核导弹消失，并且已经召唤美国海豹突击队。”

“是的，我们的时间不多。海豹突击队已经——”

“已经出现在柏培拉。我们知道了。因此我们才转移到这里来。”他合上文件夹，“离他们抵达布拉奥还有多久？”

“他们在吉布提的基地已派出一架黑鹰直升机去接应他们。预计还需一小时即可抵达柏培拉。在那之后，他们能在三十多分钟内赶到布拉奥。”

“悍马车里还有别的什么人吗？”

“只有司机。”

“我们不需要他。让他下车。”丹科察觉到纳扎勒夫有些犹豫，于是提高了嗓门，“快点。”

瘦子转身走向悍马车，伸手比画了一下。车里的圆脸年轻人降下车窗。窗户刚打开一半，纳扎勒夫便说：“把车子交给他们。别争论。快下车。”

娃娃脸男子照做。他一下车，蒂托夫便坐到了他的位子上。他查看了仪表盘的显示情况，然后转身冲丹科点点头：“油是满的，后面还有备用油桶。随时可以出发。”

丹科拉开前排副驾驶侧车门，钻进车里，绍特辛和亚库宁从后门登车，坐在他和蒂托夫身后。待所有人坐定，丹科随意地向纳扎勒夫敬了个礼：“谢谢你的车。我们会尽可能完璧归赵的。”丹科摇起车窗。蒂托夫一踩油门，他们便呼啸而去，把领事馆的联络人和他倒霉的司机留在一阵砂砾和尾气混合成的烟尘中。

“我们将展开一场竞赛。”丹科告诉他的人，“一支海豹突击队将比我们早几分钟抵达布拉奥。”

绍特辛关切地挑了挑眉毛：“万一他们比我们先抓到鲍尔怎么办？”

“那我们的余生要么就是看守劳改营，要么就是住在劳改营里。”

* * *

如果让卡马尔在索马里的正午时分选择一个地方，那他绝不会选择布拉奥满是灰尘、烈日暴晒、无处遮阴的街道中央。然而战争却提出了难以抗拒的要求。他更愿意在自己的藏身处一边吹着吊扇，一边挨到日落，躲避一天最热的这个时间段，可现在他却有活要干。

有无价的导弹等待他去寻找。有外国人等待他去消灭。

他斜靠在车上，用一块皱巴巴的棉布擦拭额前的汗水。手下挨家挨户地将人们惊起，狂呼乱叫地吵醒他们。在布拉奥别的居住区，这个时候总是很忙碌——大多数情况下，受到悦耳的宣礼声的召唤，穆斯林们会去城镇数不胜数的清真寺中的某一间做正午祷告。但布拉奥为数不多的这几个街区是敌人的聚居地，是懒人和无信仰者的避难所。城镇的这一部分属于一个叫苏拉的毒贩子。

污秽的汗珠顺着卡马尔的脸颊淌下。他本想点一根烟，可还是放弃了。太热了，连烟都不想抽。能呼吸上来就不错了。更别提再增加热量。

他再次从胡楂中抹掉汗水，只觉得手帕的棉纤维在胡须上摩擦。他暗暗诅咒，然后把棉布收进口袋，任由汗珠肆意流淌。

他的右侧有动静。他伸手拿枪，很快又放松下来。原来是奎德正揪着一个饿得皮包骨的小男孩的领子，把他朝卡马尔这边拉。两人刚到卡马尔身旁，奎德便将男孩朝前一推：“告诉他。”

男孩面带饥色，眼神惊恐：“我看到卡车了。”

这个消息让卡马尔站了起来。他低头看着瘦骨嶙峋的男孩：“在哪里？”

“我的家人需要食物和水。”

“告诉我我想知道的事情，你就会得到吃都吃不完的东西。”

男孩吃力地抬起颤抖的胳膊，指向公路：“苏拉。”

我就知道是这样！过去十年已多次证明，苏拉是卡马尔在控制布拉奥的人民和经济时遭遇的唯一真正的对手。当然，他们采用的方式不同。卡马尔通过恐吓控制人们，苏拉却通过以物易物和奢侈品的诱惑来操控他们。相对于卡马尔的大棒政策而言，他用的就是怀柔手段。

不过这次，他玩得太过了，卡马尔要让他付出代价。

“回家去，孩子。等事情结束，你会得到奖赏的。”他狠狠瞪了男孩一眼，“走！”

孩子挣开奎德的控制，摇摇晃晃地逃命去了。

卡马尔做了个深呼吸，感觉是在火炉里吸气。

“集合士兵，奎德。我有新的命令。”他笑起来，“我们要包围苏拉的破垃圾金属屋，把他找出来，杀了他。然后，我们将挖出他的客人们的内脏，拖着他们的尸体游街。接着，我们会拥有那些导弹，使自己成为索马里最富有的的人。”

* * *

蹲在四周都被布拉奥低层建筑环绕的屋顶上，纽博尔德很没有安全感。萨兰德单膝跪地，在他左侧待命。安杰伊吉克俯卧在他右边，他在尽可能节省体力的同时，也努力降低万一有人朝这边张望时看到他们的可能性——不过目前还没有迹象表明有谁注意到了他们的出现。

屋顶边缘，默根瑟勒平躺在那里，暗中观察下面的街道上发生的一切。他没有扭头看一眼其他十二名火棘雇佣兵，只是抬手示意他们靠近。纽博尔德点头应允，然后跟其他人一起匍匐前进，来到德国狙击手的旁边。

街道表面看来并无异样。一切似乎都很平静。可当纽博尔德分辨出细节后，另一幅画面出现在他眼前。年轻的索马里男孩们蹲伏在沿下方道路停泊的小汽车和卡车之间。其他人正沿着街对面的一条小巷潜行，溜到一座由破金属和废木头搭成的建筑后边。暂时还没有人开枪，但所有孩子都拿着包括冲锋枪、卡宾枪和手枪在内的各式武器。

纽博尔德用手势询问默根瑟勒：下面是谁在指挥？

他的狙击手指了指通向下个十字路口的道路。一名穿着卡其布作战服、四肢细长的高个子索马里男子躲在一辆运兵车旁，身后背着一把新的AK-47冲锋枪。纽博尔德确信，这就是那个曾在柏培拉的韦尔达达试图拦截半挂车，但没有得手的军阀。让我们瞧瞧他对付固定目标的表现会不会好些。

萨兰德推了推纽博尔德："我们怎么做？伏击、诱捕，还是正面战？"

"还是先看看未成年恐怖分子俱乐部怎么做吧。"

街上的气氛更加紧张。军阀狂乱地打着手势，派出更多男孩进入对垃圾仓库的攻击位置。就在这时，一个女人正从街区那边的一座建筑中急匆匆地跑出来，迈着快而紧张的步子，逃离一触即发的攻击现场。几个男孩被从眼前经过的女人惊得一愣，军阀猛地挥舞双臂，催促女人赶紧离开。

街上所有人都紧张地等待战斗打响。

纽博尔德感到心跳加速。我们开始吧。

随着两声突如其来的闷响，他扭过头去，正好看到军阀歪向卡车，血溅车门，然后倒在人行道上。那个女人走回军阀身边，又用装了消音器的手枪朝他后脑勺补了一颗子弹。接着，她伸手从身上的长袍下取出一枚手雷，扔进卡车。

就在女刺客飞奔寻找掩体时，伴随着断断续续的冲锋枪响，子弹射向雇佣兵下方停泊的车辆，吓坏了不少刚刚目睹主人被暗杀的童子军。运兵卡车的车头发生爆炸，碎玻璃和金属片四处飞散。一团红色火球翻腾着冲向天空，紧接着便是一片漆黑浓烟形成的蘑菇云。

等街道上别的孩子们意识到发生了什么后，烟已散去，女人亦消失无踪。垃圾仓库内的射击也停了下来。

建筑里传来一个男人粗哑的声音。

“我们不需要跟你们交战！”他用平淡的美国口音呼喊道，“你们也不需要跟我们交战。那个把你们当奴隶的人已经死了。快走吧，已经结束了。”

远处的角落里，另一个索马里成年男子冲到倒下的军阀身边，花了点时间想救活他，接着捡起军阀的冲锋枪。他朝茫然的童子军高呼道：“别傻站在那里！进攻！报仇！”

一名十多岁的男孩调转枪头，朝主动接替军阀的男子开火，把他打死，直至子弹打光。然后，他扔掉枪，拔腿便跑。整条街上其余的孩子们也都四散开去。一些人丢掉了武器；大部分人还是带走了枪。不到一分钟，街道又变得空无一人。

萨兰德看了纽博尔德一眼，似乎不太开心：“猎狗参与捕猎到此结束。你有 B 计划吗，还是我们冲上去？”

“都不是。”纽博尔德的眼睛始终注视着街道，他拍拍默根瑟勒的肩膀，示意他观察那个正穿过街道，返回她和她的同伙藏匿导弹的破金属屋的女人，“我们要使敌人的数量减少一半。下士，干掉她。”

默根瑟勒眯眼凑近瞄准镜：“是，长官。”

纽博尔德正暗自高兴，几发自动武器子弹穿过街道，落在他和默根瑟勒前边的屋顶边缘。碎水泥块四下飞溅，击中他的前额。他双手掩面，赶紧后撤，远离边缘。手下其他人也跟着他一起撤退。待尘土散尽，他和雇佣军们全都像聚集的海马一般，挤在屋顶中央。

希钦斯拍打着身上的灰尘：“恐怕我们已经错过惊喜了。”

“我们还没输。”纽博尔德稍稍定了定神，单膝跪地，直起身子，“默根瑟勒，去旁边屋顶，盯着那栋建筑。其余人到街上去包围建筑，直到我们找到进去的路。”

安杰伊吉克考虑得更多：“我们有如何突入的计划吗？”

“只能用闪光弹。”纽博尔德说，“不准用高爆弹。我们不能冒着导弹被损坏的危险。进入以后开枪也要小心。”

萨兰德一挑眉毛：“你打算对某个目标发动攻击，却不清楚它的内部构造，不了解敌人的情况，还得采取低伤亡战术。”

“是的，而且我希望在一小时内解决问题。”

“噢，我们有一小时时间？真是太不寻常了。”少校站起来，朝屋顶背后走去，准备爬下街道，“我认为你想干蠢事。”

* * *

哈珀换回自己的衣服，感觉好多了。刚才的袭击中，她打扮成当地妇女，成功地瞒过了敌人。她把枪还给鲍尔。

“欢迎随时再来。”他把枪插回自己腰上的枪套。

哈珀整理着黑色短袖衬衫：“我穿过街道时，听见你开了几枪。童子军没听招呼吗？”

“不是，我们遇到了新麻烦。我想，柏培拉的那些雇佣兵跟踪了我们。”

“他们当然会。换做我弄丢了两枚核弹，也会这样做的。”她不再开玩笑，“你觉得有多少人？”

“不确定。也许十几个吧。够麻烦了。”

她透过墙上的一道缝隙探看：“尤其当我们被困在这里时。”

“没错。”他指了指车库四周，“我让苏拉把侧门都堵上了。”

“能管用吗？”

“堵得很严实。至少需要半块 C-4 炸药才能炸开。雇佣军不可能在离导弹这么近的位置使用炸弹。”他又指向他们杂乱据点的后部，“我担心的是后门和顶门。”

“我在靴子后跟里藏了几米引线和一枚雷管。”她注意到了他惊讶的表情，“这是澳大利亚秘密情报局标准的外勤规则。未雨绸缪，不是吗？总之，我可以把它们塞进一个金属容器，配上一些钉子和钢丝，或许再弄一点汽油。只要有人打开顶门，都会被我的简易炸弹炸飞。”

“我喜欢。”他盯着卡车，哈珀几乎能猜到杰克此时的想法，“后门是朝里开的。如果我们把半挂车挪到中间，将它跟拖车分离开，再利用苏拉的铲车推动它，就可以使它停在门边。这样，留给雇佣兵的除了街道一侧的门，就再没有路了——要是我们再把这些垃圾和废物整理一下，就能把车库的整个前部区域变成一片杀戮空间。”

这是个了不起的构想：“太棒了，伙计。这样一来，我们就只需要等着瓮中捉鳖了。”

“还需要更多的弹药。”

* * *

直升机飞转的旋翼搅起一片金色的沙尘，遮住了蓝天和荒芜的土地。伯内特和他的队员们蹲在地上，松散地聚集在一起，低着头拉下帽檐，以保护眼睛免受强风和砂砾的冲击。黑鹰直升机送出最后一阵狂风，终于落定在距离他们十几码的跑道上。

直升机的侧门滑开。伯内特冲上前去，队员们跟在他后边。他在门口停下，挥手招呼队员们先登机。等最后一人爬上飞机后，他才进入客舱坐下，戴好耳麦，跟飞行员通话：“悬狗，我是熊地精。所有人都已登机。我们出发！”

“收到，熊地精。”

伯内特关上侧门。引擎的嗡嗡声逐渐尖锐，螺旋桨转速加快，黑鹰直升机飞离地面。然后，机头朝前倾斜，飞机急剧加速。很快，机身恢复水平。透过舷窗，下方不足一百英尺处的索马里北部沙漠渐渐成为一片肉色的模糊景象。伯内特打开耳机的麦克风："悬狗，我们预计多久抵达布拉奥？"

"正常情况下，三十五分钟。但如果你觉得没问题的话，我们打算尝试打破某些记录，少校。"

"好啊，中尉。再快一点。"

"收到。坐稳啦。"

他关掉麦克风，在嘈杂的机舱内冲手下们喊道："快点准备弹药！看来我们的飞行员一心想要在吉尼斯世界纪录上留下一笔。"

奥特瑞从黑鹰直升机的机上储藏箱里拿出一个装满的新弹夹："我们在那里会遇到多少抵抗？"

"不清楚。"伯内特回答，"但我们很急。如果有人——我是指不管是谁——挡在我们和那些导弹之间的话，格杀勿论。"

【第十八章】

01：00 p.m. —02：00 p.m.

当强大的火力扫过苏拉车库的前部时，杰克两侧的波纹金属板都响了起来，宛如教堂的钟声。几颗子弹钻透了金属板。一些跳弹击中拖车，一些落在杰克身后。杰克警惕地透过墙上狭小的缝隙观察着外面，不放过任何穿过街道的动静。

突然，从另一个方向射来子弹，引起杰克的警觉。他意识到有新的情况发生。他转身调整视角。一名雇佣兵正沿着与车库正面平行的人行道接近，恰好在杰克的火力范围之外："右边有情况，"他的声音不大，但能让哈珀听见，"注意左边！"

哈珀在车库前部另一侧的墙边换了个姿势，以便看清左边的情况："有同伙！就一个人，进入了小巷。"

"我的也一样。他们是要去侧门。"他稳稳地端着冲锋枪，将装了消音器的枪口对准墙上一个面朝街道的孔隙。金属墙上出现了一道参差不齐的裂口，长达半米，仿佛是被魔鬼凿出来的。他的子弹即将用尽，因此他把冲锋枪调整到单发模式。每一枪都要开得值得。

汗水顺着他的脖子留下："他们会竭力把我们从前面引开。留在原地。"

"可侧面的入口——"

"能守住的。"他紧张地看了看每扇门前堆得高高的垃圾。南面的门用两台旧冰箱、一张倒放的桌子和几个用胶带封口的装着硬皮书的箱子堵住了。而北面的门边则是一张沙发和一台卧式冷柜，端部都跟停着的铲车顶在一起。最好能守住。

敌情不清，弹药匮乏，这让杰克想起自己曾经多么频繁而又习以为常地享用朋友克洛伊·奥布莱恩提供的战术支持。要是现在我跟克洛伊保持联系就好了，他暗想，那样的话，至少我能清楚面对的有多少敌人。可那些日子已一去不返。杰克听到的关于克洛伊最近的消息是，她成了联邦囚犯，但具体下落不明。

哈珀握紧卡宾枪，盯着街道。她没有扭头看侧门，甚至没去瞥上一眼。杰克敬佩她这种素质。

然后，她浑身一紧："他们来了！"

建筑两边同时响起雷鸣般的爆炸声。侧门朝内凹陷。火光和浓烟在临时堆起的路障间涌动，但没能冲破壁垒。

这时，两名身穿防弹衣的雇佣兵从车库正面街道那边的一辆卡车后现身。在其他仍躲在暗处的雇佣兵更强大的火力掩护下，他俩向车库大门猛冲过来。子弹在杰克的射击孔周围激起阵阵火花。他不禁缩了一下，但训练素养帮助他克服了这种身体的本能反应。然后，他在弹幕中认真观察，仔细瞄准。

他的食指绕过扳机。HK 冲锋枪无声地射出一发子弹。

雇佣兵的头朝后一甩，随即倒在街上。

哈珀的奥斯泰尔卡宾枪也发出清脆的响声，在车库里回荡。第二名冲锋的雇佣兵在子弹的步步紧逼之下赶紧后撤。就在他快要躲避起来时，她一枪射中了他。

又一次爆炸撼动车库，这回是在后面。烟雾和火光散去后，杰克看到后门碎成了几块，但仍然松散地连在一起。正如他希望的那样，半挂车的车头纹丝不动，苏拉帮忙推到车头下方的几卷刀片刺网也没有挪移，这是为了防止后门万一被炸开，有足够聪明的雇佣兵从车子下面钻进来而设置的："后门没问题。"他对继续朝街那边停放的车辆开火的哈珀说，"接下来，他们会尝试顶门。"

"你能守住前门吗？"

他的几颗子弹射穿了对面车辆的玻璃，碎片落在人行道上："是的，我没问题。退到后面去，准备对付任何想从上面进来的敌人。"

哈珀离开前门，朝后退去，寻找靠近铲车的狙击点。她把枪架在铲车安全框的横梁上，做好准备点杀胆敢突破顶门的任何人——要是他们能在她设置的简易炸弹爆炸后还能幸存的话。

周围忽然静了下来。街道那边不再有子弹袭来。没人再测试门里防御的强度，也没有敌人进一步行动的动静。

沉寂在继续。杰克看了看表。已经过去几分钟。

车库那边，哈珀小声发问："这是怎么回事？"

"不知道。但我不喜欢这样。"他抬头凝听，想判断是否有雇佣兵在屋顶。几乎可以肯定，只要有成年人在上面走动，松散的塑料板和波纹金属板必然发出声音。但现在万籁俱寂。

"这很糟糕。"哈珀说，"要是他们放弃强攻，就意味着他们在考虑别的方式。"

"同意。我们得注意——"

伴随着刺耳的啸叫，炫目的光线涌进屋内——一辆车在车库后方的墙面上撞出个洞，碰到这座建筑的一根埋入水泥地面的支柱后才停了下来。蒸汽从撞坏的汽车引擎喷薄而出，喇叭像突击号角般响个不停。

杰克本能地朝挡风玻璃连开三枪，才意识到驾驶室里没人："关掉喇叭！小心狙击手！"

哈珀猫腰跑到撞坏的旧福特车前，猛地露头，在极短的时间内开枪打断了电池连接线。被压紧的喇叭不再鸣叫。然后，她潜回掩体后，盯着被撞破的墙面那一侧。

"我想，我们的防线恐怕有了道缝隙。"

杰克佩服她这时还能用轻描淡写的口气："守好后面。我负责前面。"

"好的！"

子弹呼啸着从后墙上的大洞飞进来。杰克和哈珀扑倒在地，躲避到处乱飞、在各种坚硬表面间反复弹射、寻找柔软目标的跳弹。忽然，他听到哈珀发出痛苦的叫喊声，顿时紧张起来。但几乎同时，一颗流弹猛地射入他的右肩。短短几秒钟内，模糊的冲击感便化作灼热的痛楚，温润的鲜血覆盖整条胳膊。他奋力单膝着地，直起身来，以提防来自街道的危险："哈珀！你还好吗？"

"只要没人请我跳舞就行。"她朝车库后墙外开了几枪，威慑雇佣兵们，"你呢？"

"一点擦伤。"他撒了谎，但为了士气，他不能告诉她自己的右手指头正在变得麻木，这意味着子弹破坏了三角肌内的腋神经。他换为左手开枪，右手扶枪管，在射击孔前调整好姿势，坚守阵地。

越来越多的子弹从后面飞来，越过他的脑袋，射中头顶上方的墙面。与此同时，街道那边也发起了又一次袭击，在另一堵墙上留下密密麻麻的弹孔。杰克接受过的所有训练都驱使他趴到地上去，寻找掩体，但他强迫自己保持静止不动，透过粗糙的缺口盯住街道。

外面停放的车辆后有一闪而过的动静。杰克透过破碎的车窗，看到一名大胡子光头雇佣兵拔下一枚手雷保险栓，正要用力甩向车库。杰克本能地瞄准，在那人开始投掷前开了枪。子弹穿过毁坏的车子，恰好高出防弹衣，击中对方的腋窝。雇佣兵踉跄后退，丢下手雷。另一个在杰克射击范围之外的人从被击中的雇佣兵旁边挤过来，扑向还没爆炸的手雷——就在这时，手雷炸了。

紧接着，停放的车辆处陷入浓烟的包围之中。烟不断喷涌出来，形成绿色和红色的烟障，渐渐汇集成一堵灰色的墙。

杰克原地不动，直至烟雾开始消散。街道那头似乎不再有有人发起攻击的迹象。他弓着身子，退到铲车后面哈珀的身边："他们正在我们后边重新集结。"

“你确定？”

“他们投掷烟幕弹近五分钟，却没有从前门攻进来。”

“为什么不？”

“我不知道。也许手雷用完了吧。但直觉告诉我，他们是借助烟幕弹的掩护，跑进巷子里。”他的目光扫过被撞开的墙外面冒烟的车子。

“你觉得外面有多少人？”

“从目前为止我们遭到的攻击来判断吗？八九个吧。很难确定。”

哈珀的心情为之好转：“这么说，我们有机会了。”

他不想许下无法办到的诺言：“我可没这么说。他们只需要一枪幸运的射击，我们就完了。”他将冲锋枪架在铲车引擎上，以掩盖他已经难以再用越来越麻木的右手端稳武器的事实。

墙面缺口那边响起砰砰声。浓密的绿色、黄色和红色烟雾混合在一起，在他们和车库外的世界之间形成一道不透明的屏障。汗水顺着哈珀的脸颊淌下：“他们来了。”

“是的。”杰克打起精神，准备迎接随时可能到来的进攻。他扭头盯着哈珀的眼睛：“你是能成功脱身的。”

她严肃地回望着他：“你也一样。”

“不，我不能。我不会把这些导弹交到恐怖分子的手中。除非我死去。”

哈珀随意地耸了耸肩：“那他们就得把咱俩都杀了，伙计。”

他们肩并肩，等待寂静的结束和死亡的开始。

* * *

“再多制造些烟雾，等我的信号。”纽博尔德蹲在一堆空油桶中间，萨兰德和安杰伊吉克又向车库后墙上的大缺口扔出两枚烟幕弹。紫色的烟和深黄色的气体从罐体里喷出，混合成为炫目的多彩烟雾。指挥三人组两侧的六名火棘士兵早已迫不及待地想要发起进攻。

纽博尔德确信，在下达攻击命令前，他还有些时间，于是掏出卫星电话，按下按键。萨兰德生气地瞪着他：“你这是在做什么？”

“给客户打个电话。”

“现在？”

他们肩并着肩，等待寂静的结束和死亡的开始。

* * *

电话那头传来响铃声，纽博尔德抬手示意他安静。铃刚响了两下，马林科夫便接通了电话：“什么事？”

“我们马上就要夺回导弹了。我们仍能扭转任务的败局。”

“任务已经结束。”

这话令纽博尔德一愣：“结束是什么意思？”

“你在柏培拉的人已经丧命，苏-34已被召回。俄罗斯人不再管这次行动，也不再管你们。”

“马林科夫先生，我劝您重新考虑一下。我们可以——”

“一支美国海豹突击队已经抵达。你要是聪明的话，就应该让开。”

纽博尔德按捺住冲着电话咆哮的冲动：“让开？一无所获地让开？”

“少校，至少还能保住性命，如果你还在乎你的性命的话。”他的叹息声在长途通话中哔啵作响，“你下一次拨打这个号码，就不会再接通了。别再跟我们联系。从现在起……你要靠自己了。”

马林科夫“咔嗒”一声挂断电话。纽博尔德关闭电源，强忍着愤怒，将电话塞进裤腿上的口袋。

俄罗斯人退出了又怎么样？一旦我们掌握了弹头，就可以将钚卖到黑市，换一大笔钱。我们要做的就是得到它们。

他看看左边的萨兰德，又看看右边的安杰伊吉克：“先生们，俄罗斯人退出了。也就是说，如果我们攻下这座建筑，那些弹头和我们能从中榨取的所有利益，将全部归我们。行了……准备好发财了吗？”

即便说他的手下中有谁对继续发动攻击心存怀疑，他们眼里闪烁出的贪婪也表明他们愿意将疑虑抛到一边。两个人都点了点头，他们和其他士兵都对武器进行了最后检查。

纽博尔德深吸一口气，准备下达攻击命令。

就在这时，他听到了可怕的轰鸣声。毫无疑问，这是一架即将飞抵的黑鹰直升机。他突然意识到，他已经没有时间了。

* * *

黑鹰直升机一个急转弯，伯内特和他的海豹突击队员们不由自主地紧紧拽住座椅安全带。一道道多彩的烟柱从目标位置升起，使飞行员轻而易举地确定了布拉奥中部这次行动的位置。

UH-60 黑鹰直升机完成最后一次绕场动作后，伯内特清楚地看到了地面的情况。这可不是他喜欢看到的场景。

一栋破旧的金属仓库旁的街道上，尸体横陈，车辆燃烧，紫色的风帘和黄绿色的烟幕正在飘散。

建筑的另一边，九个人——全都端着美制武器，但都未佩戴美国国徽——从一处堆放五十五加仑油桶的地方跑开，冲向那栋后部已被攻破，似乎随时都会坍塌的简陋建筑。

伯内特按下耳麦按钮：“悬狗，我是熊地精。下面有九个敌人。再带我们绕几圈。”

“收到，熊地精。”

飞行员驾驶直升机又来了一次急转弯。伯内特向负责操作安装在黑鹰直升机左侧的 M134 轻机枪的杨特点点头：“消灭他们！”

轻机枪喷射出火舌，轰鸣声甚至覆盖了螺旋桨的噪音。速射铅弹暴风骤雨般地飞入战场，扫向地面武装人员，将他们一个个撕碎，深红色示踪剂宛如地狱之火熊熊燃烧。

泛红的血雾和液化的脏器洒在满是尘土的地面上，旧金属桶裂成碎片，在轻机枪的催化下四处横飞。

战斗打响半分钟后，一切宣告结束。轻机枪停止设计，归于平静。

直升机下方，除了在风中蜿蜒的缕缕青烟，再没有任何动静。

伯内特用手拢住耳麦：“悬狗，放我们下去。”

“收到。这就下去。”

黑鹰直升机飞向刚才被杨特用轻机枪扫过的空油桶残骸后边的一片空地。飞机刚一触地，伯内特和他的人便从侧门一跃而出，奔向建筑物。

他用手势指挥奥特瑞和皮尔森去右边，他则带领杨特和科尔伯格去左边。他们在金属板防线后墙缺口两侧集结后，伯内特凑近开口边缘，冲着里面喊话。

“注意！屋子里的人！表明你们的身份！”

一个澳大利亚口音的女人用粗哑的嗓音做出回应：“澳大利亚秘密情报局阿比盖尔·哈珀特工。你们是谁？”

“女士，我是美国海军少校罗伯特·伯内特。去建筑内部安全吗？”

“是的。安全。”

“我们要进来了。不要开枪。”

“你们不开我就不开。”

伯内特带领队员们进入。他们沿着角落散开，分布在建筑内部的周边位置，两两一组，始终保持交叉掩护队形。一人查看角落时，另一人会注意他们的侧面和后方。手下确认现场安全后，伯内特压低枪口，朝女人声音传来的方向走去：“女士，据我们所知，你获得了两枚美制核武器。是真的吗？”

“是的。我要站起来了，我就在铲车后面。不要开枪。”

伯内特首先看到的是女人摊开的双手。然后，她缓慢小心地站了起来。她具有非洲血统，年龄二十八九或三十出头——她脸上覆盖的血迹和尘土令伯内特很难做出清晰判断。她一头短发，汗水使她健硕的身体露出倦态。

她指了指那辆车头被用来堵住建筑后门的半挂车拖车："导弹在里面。"

"收到。"伯内特看了看位于建筑前端的队员们。四人都向他表示危险排除。他再度转向哈珀："女士，你是单独行动的吗？"

对方微微点头："就我自己。能见到你们这些小伙子我真的高兴死了。"

伯内特回想刚才在外面街道上看到的破坏情况，以及她胜利的概率，冲她报以微笑："很高兴你站在我们这一边。"他转向他的人："科尔伯格，做好转移弹头的准备。奥特瑞，对拖车里的导弹和其他所有东西进行处理，准备销毁。杨特，在我们点燃导火索前，确认周围的建筑里都没有人。皮尔森，到这里来。哈珀特工受了伤。"

"皮肉伤而已。"

"但我们还是欠你情。皮尔森中尉是我们的医护兵。他会帮你包扎的。"

女人心怀感激，腼腆地笑了笑："谢谢，伙计。"

海豹突击队的队员们分头行动，利索地完成各自的任务。伯内特回到后墙上锯齿状的缺口，按下对讲机的通话按钮："悬狗，我是熊地精。准备好热干扰系统，请美军中央司令部派战斗机护航。我们要带一些弹头回家。"

* * *

海豹突击队的医疗兵拉紧盖在哈珀左边大腿上的纱布，疼得她一缩："轻点，伙计。这是绷带还是止血带啊？"

"紧一点好。"皮尔森说，"你很幸运——子弹穿透大腿，但没有击中骨头或动脉。你会瘸上一阵子，但没有生命危险。"

"是个小奇迹。处理完了吗？"见他点头，她站起来，开始收拾自己的东西，"告诉你那些海豹突击队的兄弟们，我要拆除在顶门设置的简易炸弹。"

皮尔森想要阻止她："你真的不该再用那条腿攀爬。"

"我没事。你只要确保我在上面时，你的兄弟们不向我开枪就行了。"她将最后一件个人装备塞进背包，背到背上，斜挎着奥斯泰尔卡宾枪，一瘸一拐地朝通往屋顶舱口下的便道楼梯走去。正如医护兵告诫过的那样，尝试爬楼梯令她的大腿剧痛起来，疼痛顺着臀部传到后背。她只有咬着牙，强忍痛楚。

爬楼的速度很慢也很困难，但登上顶时，绷带和自尊心都完好无损。她依靠没受伤的那条腿，拖着身子穿过便道，动手拆除先前设置在顶门旁简易致命诡雷时，她一直保持身体重心在那条腿上。不到一分钟，她便移除了雷管，使炸药失去了活性。她将炸药放在脚边的便道上，然后打开舱口，爬上通往屋顶的短梯。

在苏拉的车库变堡垒的阴暗室内待了一个多小时后，哈珀不得不遮住眼睛抵御午后强烈的光线。她花了点时间适应环境，一次几度地转身环顾四周。

在苏拉的车库前方，杨特已完成对周围建筑进行清场的任务，正朝回走。大多数小街小巷都已荒废，寂寥无声，但在远处这座城市更加繁荣些的地方，动静还真不算少。

每个方向都有很多可看的东西，但只有一样东西—— 一个人——是哈珀在寻觅的。然后，她发现了他。

一个人披着一件流浪汉风格的沙漠斗篷，正躬身从距离苏拉车库几个街区远的一栋住宅里出来，朝街上走去。当他扭头朝哈珀的方向回望时，她立刻认出了那张脸。是杰克。

他刚一听到黑鹰直升机的轻机枪扫射声，便立刻从车库撤离。趁着后门外浓烟依旧，街上的敌人已被清除，杰克立即退到前门，撤离出去。他没有要求哈珀向海豹突击队撒谎。她觉得他肯定也知道这无需明说。

她冲他挥了挥手，算作道别。

他微笑着点了点头，很高兴能神不知鬼不觉地消失。

一辆米黄色悍马 H2 从拐角蹿出来，冲上杰克面前的路沿。他还来不及闪避，车子后门便猛地朝外推开，撞在他身上。

杰克倒在人行道上。悍马车一个急转，挡住了哈珀的视线。片刻之后，她又看到了杰克——他起身就跑——但接着被从身后抓住。三名留着军人短发、体格健壮的高加索人用拳头和电击枪向杰克发起攻击。哈珀伸手去拿她的卡宾枪，试图找到射击位置。

一个黑色头套罩到杰克的脑袋上，他刚被拖进悍马车，车子便加速转过另一个弯，留下沙尘滚滚，没了影踪。

就这样，杰克消失了。

【第十九章】

02：00 p.m. —03：00 p.m.

没时间思考，甚至连采取行动的时间也没有。但哈珀的脚甚至在她的大脑运转前已开始挪动。现在要争分夺秒。她钻进舱口，回到车库顶上的便道上。

走楼梯来不及了。她低头钻过便道的扶栏，跳到拖车顶上，一名海豹突击队员们正在那里拆除导弹。他抬头看着她从敞开的拖车后沿一个翻身进入里面。没等他提高嗓门表示抗议，她便跳了出去，一瘸一拐地穿过车库，尽量减少伤腿的受力。她抓起背包，跛脚向门边走去。

皮尔森在身后冲她喊道："嘿！你要去哪里？"

"有个约会！"她不等他回应，便冲出了前门。

停在苏拉的车库所在街区的所有车辆都已被毁，车窗和风挡玻璃粉碎，轮胎爆裂，半数车辆仍在燃烧。

哈珀快步前行，每一步都让她的腿部刺痛难忍。她需要一辆车，随便什么车都行，只要还能跑。为此，她必须脱离战斗造成破坏的范围。她花了一分多钟才瘸着腿慢跑过两个街区，来到一排未受损伤的汽车前。她没挑离得最近的那辆盖满沙尘的雪维特，显然它已经很久没有挪动过，或许是因为没油。她又经过一辆后胎没气的尤格，然后在一辆雪铁龙三佳旁停下脚步。这辆车至少有十五年车龄，但看上去完好无损——油箱盖上似乎还有新鲜手印。就它啦。

门没有锁。是个好兆头。她把卡宾枪和背包扔在乘客位上，然后钻进车里。她检查了一下遮阳板，那里没有留下车钥匙，于是她拉开背包拉链，取出剪线钳，抽出方向盘下那捆点火线缆。借助在澳大利亚秘密情报局学到的技巧，她转眼间便通过短路点火发动了汽车。

雪铁龙的引擎启动。哈珀大致查看了一下仪表盘的读数。正如她希望的那样，油箱是满的。目前一切顺利。

她放下剪线钳，在背包里一阵乱翻，直至找到卫星电话的移动充电器。她把插头插入车上的点烟器口，然后将另一端插进电话。伴随着嘀的一声，电话进入充电状态。她按下为澳大利亚秘密情报局设置的快速拨号键，打开扬声器，然后把电话放到副驾驶座上。

通话音响起的同时，她挂上挡，一踩油门，迅速地从路边开出。车子强劲的加速能力让她颇为惊讶地意识到，这一定是辆三升 V6 引擎的新款三佳。她沿着道路飞速直行。这时，传来了指挥中心的应答："塔兹·迪商业解决方案公司。您要哪里？"

"鸟笼零一一，这里是红翼鸫。白天的颜色是黄色。白天的字眼是'旅人'。我需要跟虎眼建立一条安全线路。"

"等待安全验证，红翼鸫。"

电话里传出三声咔嗒响后，她的通话被转到了总部战术协调官，她的朋友吉洛·舒那里。她听得出他回话时语气里的担忧："红翼鸫，我是虎眼。你没事吧？"

"没事。但我需要你的帮助，并且是私下的。"

他明显感觉出她遇到了问题："哈珀？你在做什么？"

她一打方向盘，向右急转弯，蹿入一长串满面疑惑的行人中间，直至那些人反应过来，纷纷避让："我在找一辆正驶离布拉奥的悍马 H2。请告诉我，我们在这一区域仍有一颗卫星在运转。"

"稍等。我查一下。"她听到指尖敲击键盘的声音，"是的，我们接入了一颗军用卫星。我会让它朝向你。"

哈珀降下挡位，以使雪铁龙有更多动力拐过一个急转弯，驶上一条主路。前方行人车辆并不多，但她还是得左闪右避，在对向车道上时进时出，同时努力想看到任何与那辆逃跑的悍马相关的信息。

舒似乎有些激动，提高了音调："有所发现！看上去够大，跟你的悍马相符。正向西，朝古里吉·哈吉高速公路驶去。"

"古里吉？他们一定是想去哈尔格萨。"

哈珀朝左猛打方向，发现她的路被一群跟在牧羊人身后，行走在路中间的羊挡住了。她开上人行道，不停地按着喇叭开了三十多米，只想从迷惑不解的行人中径直碾过去。一超过羊群，在沿路停放的小货车间找到一个空隙，她便驾车回到主路上。身后响起一片金属嘎扎声和暴风骤雨般的索马里语诅咒声，这说明她刚才应急的行为足够引人注目。

道路在前方出现分岔。她拐向右边，这是通往高速公路的方向。她大声问道："他们为什么要去哈尔格萨？"

"要是你让我知道他们是谁，你又为什么要跟踪他们，没准我能猜一猜。"

他的询问让她意识到，她自己对正在发生的一切也知之甚少。她不想向舒提起鲍尔。他将会责无旁贷地将此事向上汇报，而在跟鲍尔共同经历了这一天后，她已不愿把他交给任何人。可另一方面，如果绑架杰克的那些人被证明是他的同胞，哈珀几乎无能为力。她要小心谨慎地处理这件事。稍有差池，就可能葬送她的职业生涯——或者鲍尔的性命。

"我不知道驾驶悍马的是谁。"她告诉舒，"但他们抢走了我的一个联络人，一个很重要的人。我希望他能活着回来。"在驶入高速公路的支线上，她放慢了速度。远远的前方，几个弯道那边，她看到这条坑洼不平、未铺柏油的所谓高速公路上有白色的烟雾腾起："我看见悍马了。我不会跟得太近，以免被他们发现。但我需要你用卫星锁定他们。"

"已经锁定。我给它做的标记是'恐怖分子物资可疑运送'。"

"干得好。"她瞟了一眼电话屏幕，查看她和悍马车之间的距离：只有不到五公里。这应该没问题。她的目光回到公路上，心里有了个主意：

“吉洛，你能对悍马车的通讯信号进行窃听吗？”

“也许我能试试卫星监听。只要办公室里那些讨厌的家伙不到处打听。”

“那就去做吧。我们得知道要对付的是谁——趁还不太晚。”

* * *

一辆豪华轿车在雷巴科夫乡村俱乐部外停下。阿尔卡迪·马林科夫从套房窗边向下张望，注意到了那辆车的出现。与此同时，他从耳边的手机里听到行政助理米拉向他确认指令完成。

“所有跟吉尔伽美什计划相关的文件都已从公司服务器上删除。”米拉说，“您的员工正在对最后一批复印件进行粉碎。”

“谢谢你，米拉。你记得检查存档的备份了吗？”

“是的，先生。我让我们在 IT 部门的朋友把它们找出来。按照您的要求，所有加密的备份已清除，我已经确认没有脱机拷贝。”

“干得好。尼克宁先生和普勒斯科先生那里有什么消息吗？”

“我在进行每一步时，都与他们的助理做了沟通协调。所有数据都已删除。”

“我们都很感谢你，米拉。事情一完，就定一辆车，今晚在普尔科沃接我们。我们一抵达纳里马诺沃机场，就乘坐公司的飞机返回。”

“车已经准备好了，先生。我会跟运营部确定您抵达的时间。”

“谢谢你，米拉。你真是个天赐福星。回来后我就见你。”

“一路平安，先生。”

米拉挂断电话。马林科夫把手机放回外套口袋。他离开窗边。拉杆箱已经收拾完毕，上锁的公文包就在它旁边。他已经很久没有自己打包行李了。通常，他会带着米拉同行，处理旅途中的细节问题，但他与尼克宁和普勒斯科这个计划的隐秘性，使得带上她变得不大可能。

可能这样才是最好的，他暗想。要是她看到了扎尔斯基或马尔科夫，或许就会被作为不必要的“麻烦”而被灭口。他为自己的理性点了点头。这样做更好。

他左手拿起公文包，右手拖着行李箱。从他的套房到楼梯的距离很短，但要依靠自己的力量携带行李下台阶，让他进一步感受到现在所处的这种年老体衰的状态。岁月不饶人呀。

在主楼梯底部，生意伙伴们已带着各自的行李在等候他。谁都没有开口说话，但尼克宁这个衣着时髦的浑蛋却微微挑了挑左边的眉毛，像是质问马林科夫。他们早已相互了解，马林科夫能读懂这位老朋友无声的疑问。

“是的，你可以开口。怎么了？”

“我们安全了吗？”

他又能说什么别的呢？“对，我想是的。所有文件都已销毁。”

普勒斯科一如既往地紧张不安：“你确定吗？”

“米拉说，她亲自见证了整个过程。我相信她。事情结束了。”

肥胖秃顶的普勒斯科和消瘦短小的尼克宁都轻轻地松了口气。这段经历几乎让尼克宁变得谦卑起来。

“我觉得我们应当心存感激，对吗，阿尔卡迪？”

“这也是看待这个问题的一种方式。”他拖着行李朝门口走去，“我们回家吧。”

三人背负着各自的行李离开雷巴科夫乡村俱乐部，沿着长长的楼梯下去，走到停车道上的豪华轿车旁。他们高得离谱的司机安特克帮助他们把行李放到宽敞的后备箱里：“先生们，去哪里？”

“纳里马诺沃机场。”马林科夫说，“走私人入口。”

“这就出发，先生。”

司机小心恭敬地为三位主管拉开后门。他们钻进轿车。马林科夫最后一个上车，门在他身后轻轻关闭。在加长轿车洞穴般的后部区域，附带的酒吧已经备好大量冰块、伏特加和雕花水晶杯。

尼克宁挑了一瓶红牌伏特加："我需要喝一杯。还有人要吗？"

普勒斯科和马林科夫都点了点头。司机在前部上车，驶离雷巴科夫乡村俱乐部。离开这个度假胜地的路上，尼克宁倒了满满三杯伏特加加冰："为了未来的企业，和未来的财富！"

普勒斯科跟尼克宁碰了碰杯："为了丰满的女人和更加丰满的银行存款。"

马林科夫没有说祝酒词，举杯便饮，希望借此忘却今天的失败带来的痛楚。

转瞬之后，他的眼前变成一片茫白，他什么都感觉不到了。

* * *

曼蒂看着从豪华轿车破碎的底盘滚滚升起的火球。她的目光中透出一丝抱歉，或许是因为不得不将司机作为"附带伤害"，随那三个目标一道杀害的缘故。但只要关乎工作，她从不会感情用事。杀人是她的工作。她觉得没必要去为谁该死，谁不该死划定界限。

这个身材娇小的黑发刺客坐在树林里，花了五分钟看着轿车扭曲的残骸燃烧。她已经确信没人会再从大火中爬出来。这颇具讽刺意味——火焰中死去的高管们曾经参与了几年前让她遭遇反恐局的那个阴谋。现在清理掉这些人，感觉像是得到了迟来的公正。她掏出卫星电话，接通那个留给她一次性使用的安全线路。铃响两次之后，她最新的客户接起电话。

"喂？"

"搞定了。螺丝散了一地。"她停顿了一会儿，接着说，"我的钱。"

"正在转账。"

她拿起自己的智能电话，查看她在开曼群岛的账户。实时显示的余额提升了五十万美元，这与说好的数额相吻合。

"很高兴与你合作，扎尔斯基局长。"

她挂断电话，扔在地上，并且用她的格洛克 G22 冲电话开了一枪。

她的活已干完，暗影在向她召唤。

是时候回家了。

* * *

黑鹰直升机的螺旋桨搅动着伯内特头顶上方的空气。他清点了人数。皮尔森、奥特瑞和杨特重新集合，依次登上飞机。科尔伯格在他之后爬进黑鹰，负责看护第二个装有从车库里的导弹中移出的物理系统的抗辐射箱。

“先生们，把东西放好！该出发了！”伯内特扭头去看科尔伯格。他正调整绑在弹头包装箱上的带子，“它们准备好飞行了吗？”

“是的，长官。”

“这正是我要的回答。”其他队员分别走向指定的座位。伯内特拿过耳麦：“悬狗，我是熊地精。所有人都已登机。”

“收到，熊地精。准备起飞。”

伯内特和其他人系好安全带，螺旋桨转动得越来越快。不到半分钟，直升机摇晃着离地，接着划出一道弧线，疾速朝西北方飞去，前往吉布提国际机场的莱蒙尼尔军营。

“奥特瑞！听我命令引爆炸药！”

“准备好了！”

地面，成群的深色建筑伤痕累累，直升机绕过由波纹金属板和木头建成的车库。伯内特一直等到飞机离开爆炸能够波及的范围，再最后一次查看了街道的情况，以确认没有无辜群众误入爆炸区：“引爆！”

奥特瑞按下遥控起爆器的按钮。

一阵白光葬送了垃圾堡垒。

木块和破碎的金属飞入空中，橙色的火柱和漆黑的浓烟滚滚升腾。冲击波震塌了先前的车库两侧的砖混建筑。街上那些汽车残骸在剧烈的爆炸中翻滚着。坍塌的旧建筑变成闷烧的大坑。接着，一团烟尘形成的蘑菇云从坑中升起，遮蔽了地面。

伯内特通过望远镜看到现场的最后一眼表明，那里不再有导弹，不再有卡车，不再有任何完好无损的东西。在他看来，整个现场已经在尽可能减少额外破坏的情况下被巧妙地蒸发掉。

他冲奥特瑞点点头："我们成功了。"他又用手捂住耳麦的麦克风："悬狗，目标地点已经安全。我们的护航机到了吗？"

"收到，熊地精。两只尖叫的老鹰已准备带我们回家。它们是超音速飞机。只要你下达命令，我们就去赴约。"

"命令已经下达。带我们回家。"

"是，长官。坐好啦，享受飞行吧。"

伯内特感受到一种稳定而持续的加速使直升机变得更有活力，他放松下来。奥特瑞和杨特关上侧门，减少传入机舱的空气噪音。当黑鹰直升机有了足够的高度和速度后，每个人的呼吸都变得顺畅了些，尽管有好几公斤的武器级钚元素就放在他们脚下。

在伯内特脑海深处，AGM-129 导弹是如何来到索马里的这个问题一直困扰着他。更严重的是，它们怎么会落入一队雇佣兵之手?

他抛开这些问题。它们与他无关。细节上的东西该由情报分析师去处理。对伯内特而言，重要的是完成任务，以及带领所有队员活着回家。这一切使得今天成为一个好日子。

做他这一行的，这才是真正要紧的事。

＊＊＊

古里吉·哈吉高速公路曲折迂回，是在沙漠中劈出的一条蜿蜒道路。哈珀对雪铁龙稳固的操控性和牢靠的 V6 引擎很是感激。即便在危险行驶速度下，车子仍能灵巧转弯。她之所以要开这么快，是为了不被悍马落下太远，她没有料到悍马车在如此颠簸的路况下居然能开得那么快。

一阵尖锐的电话铃声交织进隆隆的路面噪声和引擎的咆哮声中。她按下触摸屏，接进电话：“我是哈珀！”

“哈珀，我是舒。我们监听到了悍马车的谈话。”

“哦？”她尽可能在碾过土路上的一道深沟时，使车子保持直行：“快告诉我，吉洛！我们了解到了什么？”

“搞不清他们在唠叨些什么，但我们截获的信息足以表明，他们使用的是俄罗斯军事密码。这对你有帮助吗？”

“是的，有一点。”她回忆杰克跟她提到过的他在纽约市俄罗斯领事馆陷入的纷争，以及俄罗斯人多么想让他为他的行动付出代价。可她没有理由把这一情报跟澳大利亚秘密情报局分享——将他们牵扯进来只会迫使他们通知美国人，使杰克的处境更加困难：“我们假定这些家伙是俄罗斯特种兵吧。他们为什么要去哈尔格萨？”

舒疯狂敲击键盘的噼啪声传过来：“根据情报拦截的情况，一架持有俄罗斯外交文书的里尔喷气飞机在数小时前，降落在哈尔格萨国际机场。飞机从也门飞来，飞行员刚提交了一份经第比利斯飞往莫斯科的飞行计划。”

哈珀整理出记忆里的一个事实：“当然！布拉奥机场处于关闭中！可为什么他们不在柏培拉降落？”

“难道你不知道世界上每一个情报部门都得到了一条消息：海豹突击队刚在柏培拉机场的跑道上杀死了六名火棘的雇佣兵？”

明知他看不见，哈珀还是赶紧点了点头：“呃，是的。是这个原因。”她绕开路上一具动物尸体，车子一摆尾，激起路肩的碎石，然后才在S弯的另一端稳定下来，“这样一来，我们清楚要对付的是俄罗斯人，他们计划从哈尔格萨离开。我得请你再帮个忙，吉洛。”

“我们已经引起了总部的注意。”舒说，“你还需要别的什么吗？”

“让那架飞机留在哈尔格萨机场跑道上。毁坏它，偷走它，吸光油箱里的燃油。舒，要不惜代价做到。在哈尔格萨找个联络人，破坏那该死的飞机！”

他的声音听上去显得前所未有的疲倦：“你清楚自己在提什么要求吧？这会严重破坏协议。要是我们被抓，可能我俩余生都得在内地黑木干巡逻了。”

“要是无关紧要，我是不会提这个要求的。”

舒听上去已由疲倦变得疲惫不堪：“我会看看能做些什么。”

“你真是个王子，吉洛。一搞定就联系我。”她轻按电话触摸屏，结束通话，专心驾车。

哈珀对舒能否找到一个愿意并且有能力破坏那架飞机的人毫无把握。即使他真能办到，俄罗斯人撤离的进程也只是被拖延而已，她不知道该怎样在他们的监管下救出杰克。她能做的只是行驶在公路上，确保跟住悍马车，并且希望在她最终找到杰克前，能有奇迹发生，让他依然活着。

坚持住，伙计。你曾为我回来。我也会为你而去。

【第二十章】

03：00 p.m. —04：00 p.m.

一阵噪音充斥在杰克脑袋里。他觉得自己像被困在漆黑的海底，正被沉重的铁链向下拽，无法预计接下来会遇到什么。粗哑的声音打破了嗡嗡的鸣叫——是一些词语的片段，全是俄语。

他努力集中精神去听那些声音和词汇。只听清楚一小部分。

飞机。莫斯科。今晚。然后，他听到了自己的名字：鲍尔。

意识在渐渐恢复。他的思维向后回溯，搜索最近的清晰记忆。火与烟的画面。光与影的景象。刺眼的非洲阳光炙烤着尘土飞扬的街道。

他想起从布拉奥的那间车库逃走。想起朝哈珀点头。

一阵突如其来的冲击：一辆车的车门撞在他胸口。他仰面重重地倒下，喘不过气来。三个男人冲向他，拳打脚踢，每一下都凶狠无情，像野蛮的舞蹈。他曾打着滚挣脱开来，试图逃跑。有人放倒了他。

接着，他感到一阵电击造成的疼痛—— 一把泰瑟枪抵在了他的后颈上。

在他丧失意识之前，一切便已化作黑暗。他感觉自己吃力地喘出的热气喷在自己的脸上，意识到自己被戴上了头套。

又一次电击震颤逾越了杰克的承受极限，他投入黑暗的怀抱之中。

他心里一阵阵作呕。他感到脑袋轻飘飘的，但从颈部往下却如同灌了铅。他使出全身力气抬起眼皮。眼睛如愿睁开，却不住地颤动。

想集中精神还很难。周围的一切在影影绰绰中显得乌七八糟。他很担心自己就要吐出来，于是强迫自己保持静止，不发出任何声音。他最不愿意做的，就是引起抓住他的那些人的注意。

肠道的不适令他的意识稍稍清醒了点。他的头套已被摘掉。他试着用半眯着的眼睛去看仪表盘上的时间。经过努力，他看清时钟的读数是三点零七分。他已经失去意识超过一小时。

杰克通过观察周围的具体情况——车子的内部风格、仪表盘特征、变速杆顶部雕刻的标志——推断出自己正在一辆悍马 H2 里。他看到自己的手腕被铐在身前腰部位置。他微微动了动左脚，证实脚踝也被捆上了。即便有奇迹发生，他能逃离这辆车，也不可能跑到安全的地方。

车辆的颠簸告诉他，他们正在一条起伏不平的路上以极快的速度行驶。很难透过深色车窗玻璃判断太阳的位置，但几分钟后，他还是确定了他们正向西方驶去。在那个方向上，离得最近的主要城市是哈尔格萨，位于古里吉·哈吉高速公路另一端。他设法看了一眼车窗外的景象，可进入眼中的只是一幅模糊的风光。

他的努力被坐在他左边的金发男子发现了："瞧瞧谁终于醒来啦！"男子的俄罗斯口音让杰克猜测此人可能来自于伏尔加格勒地区。

他想要回应，但嘴巴却说不出话来。俄罗斯人开始窃笑。领头的家伙呵呵两声："有点头晕吗？这就对了——给你用了药。如果剂量正确的话，等我们要把你转移到飞机上时，你应该刚刚能够走路，但没力气反抗。你真的很喜欢反抗，对吗？"

没等杰克回复，领头的俄罗斯人便一拳击中他的心窝。

杰克弯下腰，无法呼吸，竭力强迫自己让横膈膜放松。

杰克右侧的男子抓住他的衬衫后领，拖着他直起腰——然后固定住他，让他迎接副驾驶位置上扭过头来的那个人朝他脸上猛击的一拳。第四个俄罗斯人冲他哈哈大笑。

殴打持续了好几分钟，杰克能做的只有封闭自己，退入意志力构建的堡垒。他知道他们不会杀他。要是他们此行的目的是要他的命，他们在街道上便已能得手，轻装逃离。不，这是他们自己设置的娱乐项目。等一切结束后，他们会确认他仍然活着。

他发誓，让他活下去是所有这些人犯下的最后一个错误。

攻击停止时，杰克偷瞟了一眼仪表盘上的钟。三点二十。

现在他身体的每一部分都很疼。俄罗斯人的殴打没有停。他上气不接下气，一心不去想自己的伤。生命没有受到威胁。流血只是表象。他会很痛苦，但会活下去。因此，这种痛苦无关紧要。他专注地调整呼吸，直至能够掌控自己的痛苦。

现在，他已占据主动。他能忽视痛苦，或者驾驭痛苦。现在，痛苦在为他效劳。

他放慢呼吸，抬起头来，恶狠狠地瞪了左边那个人一眼："这里由你负责。"

金色短发男子露出掠食者般的残酷笑容："丹科少校。我本应该说很高兴遇见你，鲍尔先生——但我想即使那样，我们也只是在传递礼貌的谎言。你说呢？"

"我会杀了你的，少校。如果有必要，我会徒手杀了你。"

"我确信你会在白日梦里做到的——在你接受审判的过程中。"他注意到杰克深邃的目光带着胁迫，"是的，你听到的没错。我们接到命令，要带你回莫斯科，让你在公众面前为你犯下的罪行接受审判。"他轻蔑地转了转眼珠，"我知道，这很可笑。但那是为你准备的政治活动。要是由我决定的话，我会停下车，把你拖进沙漠，朝你脑袋开一枪，将尸体留给秃鹫。"

"那是什么阻止你这样做呢？"

"作为一名军人的责任心。"丹科回答，"显然，当你成为无赖，在纽约谋杀我们的领事官员时，你已经背弃了这一点。"

在这个世界上，杰克欠许多人一声道歉，但他没有将俄罗斯人算在其中。他变得更加不屑："他们罪有应得。我只遗憾没能完成工作，干掉萨瓦洛夫。"

丹科眯起双眼，端详起杰克来："鲍尔先生，从字面上理解，你的遗憾为时已晚。你很快就会得到教训——只需等我把你交给我的长官。"

＊ ＊ ＊

雪铁龙和悍马车之间的距离在缩短。根据电话上提供的追踪数据，哈珀此时只落后于前车不到三公里。她觉得全靠雪铁龙猛兽般的 V6 引擎，才让她得以缩短了跟踪距离。

她瞟了一眼追踪数据。按照目前的速度，他们离哈尔格萨还有不到一小时车程。最糟糕的情节出现在她的脑海中。正如杰克担心万一导弹被装上飞机，他们就会失去它们一样，哈珀明白，要是俄罗斯人带着杰克登机，她便再也没有机会营救他。

放松点，她提醒自己。她不想跟得太近。不超过三公里就行，她能借着悍马扬起的沙尘躲避俄罗斯人的视线，同时又能在有所消散的尘埃中看清道路。最重要的是，既不能过于接近，以免看不到前方的路，又不能离得太远，以至于她自己车子的扬尘跟他们的可以明显地区分开来。

最后，哈珀终究被焦虑和急躁击败。她再次拨出澳大利亚秘密情报局的号码。她报出呼号，背诵白天的颜色和字眼，要求跟舒进行安全连线。然后，她开始等待。

九十秒后，他接了电话，似乎有些不安："哈珀？你还好吗？"

"目前还行。你那边有进展吗？"

她甚至能感到他耸了耸肩："有一点吧。"

"拜托，舒！哈尔格萨那里的情况如何？我们已经破坏那架飞机了吗？"

"还没有。我们遇到了一些障碍。"

"例如什么？"

"例如找一个能接近飞机的联络人。"

哈珀心里一惊，不由得张大了嘴："你是在告诉我，我们甚至还没有一个联络人在现场吗？究竟为什么会没有？”

“机场这几天提升了安保等级。这你也知道。”

“那只在文明国家才这样。我们谈论的是索马里。”

“严格说来，是索马里兰，它自认为在政治上独立于——”

“这不重要，舒！他们想把它叫作什么都行——他们安保上的疏漏仍然多得像筛子上的孔。”她控制住脾气，“不必弄得像要做脑部手术一样，吉洛。我不管是否敏感。如果有必要，找个狙击手打爆起落架的轮胎。”

“你是想破坏飞机，还是困住它？”

“回答我能还是不能，舒。我们可不可以不让飞机起飞？”

“我们会努力的。”

这并非正面回应，但哈珀不想再去争论。她转到下一个事项：“我们先假设答案是肯定的吧。”

“我可没这样说。”

“我知道。我正保持着乐观。”

“这可是个转变。”

“安静。假设我们想出办法不让他们带着我的联络人离开，那我一到哈尔格萨就需要拿到一些装备和补给。你准备好记录下来了吗？”

“我在做电话录音。”

“我需要十个装满的弹夹供我的 F88 卡宾枪使用。三公斤 C-4 炸药和一百码引信，以及一个多通道遥控起爆器。一包烟幕弹，六枚催泪弹。我需要一把装了消音器的九毫米口径手枪。顺便给我的 F88 也带一支消音器。再来两副防毒面具。还有防弹衣。”

“就这些？你确定不需要一辆配备双火箭喷射装置的阿斯顿·马丁轿车？或许是一架能变成潜水艇的直升飞机？或者一块具备激光功能的腕表？”

“舒，我能在一千八百米之外射中敌人的眉心，而我今天过得已经糟糕透顶。你确定要在这时候取笑我吗？”

“哈珀，你听到自己刚才说的话了吗？听上去你就像要去参加一场战争。一个索马里联络人值得你做这一切吗？”

“我从来没说他是索马里人。”

“那他是哪里人？”

“非常重要，必须营救。你能提供我需要的装备吗？”

他似乎仍持怀疑态度：“如果你真的想要爆破，我将不得不找一些渠道。我之前说我们已经引起总部注意，那可不是开玩笑。人们在不断地询问。我可不会指望上级认同你的要求。”

“那就别去问。我们肯定在哈尔格萨的某个地方有一间安全屋或者武器藏匿处。找到它，然后告诉我。”她注意到跟俄罗斯人的距离又在拉开，于是在他们的尾迹后微微加速，“还有，舒？”

“什么？”

“别让飞机起飞。”

一声无奈的叹息：“我会看看我能做些什么的。”

* * *

萨布塔路公墓中心区域那些布满坟头的山丘笼罩在一种诡异神圣的寂静氛围中。公墓坐落在第比利斯市区以西几公里处，这里林木环绕，除了供死人栖息外，完全一片荒凉。几条柏油路在陵墓层叠的陡峭山坡间蜿蜒，这些毫无生气的混凝土结构，让卡尔·拉斯克想起苏联时期民用建筑的种种缺陷与不足。

他坐在一条由粗糙的石头雕琢而成的长凳上，两眼微闭着，直至一片云朵遮住午后的太阳。他来此接见的那个人就像追逐树荫似的，在同一时刻出现在他身后，并在他左边坐了下来：“拉斯克先生，你还是一如既往地守时呀。”

拉斯克看也没看这位基地组织的使者一眼：“埃尔·贾马尔先生。”

接下来是令人不安的沉默。一阵凉风拂过，令拉斯克裸露的双手感到寒意。他想将手插进外套口袋取暖，但随即觉得最好不那样做。他和埃尔·贾马尔彼此心照不宣：他们都在对方隐藏的狙击手的瞄准镜中。一个错误，甚至哪怕一次用词不当，都可能足以在眨眼之间要了他俩的命。

拉斯克清了清嗓子："我没有退钱的习惯。但情况特殊。我从不曾失去过整船的货物。尤其是如此贵重的货物。"他的目光转向长凳上他事先放在他俩之间的一次性手机。等埃尔·贾马尔刚一注意到电话，拉斯克便说："把它拿起来。"

"为什么？"

"这是部一次性手机。不会被追踪。你开机后，它会加载一个银行应用软件，事先已预设好了向你转账退款。你执行时，我就在这里等候。"

"你本可以不安排这次见面，就把钱还给我的。"

"是的。但电话上交谈对我们都不安全，而且我还有些事想说。"

埃尔·贾马尔打开一次性手机："例如呢？"

"首先，我要道歉。过去，我的行动从未遭受过这样的挫折。很遗憾浪费了你们的时间，并且因此承受了不必要的曝光。"

"还有别的吗？"埃尔·贾马尔激活退款转账功能。

"再就是，我保证这种事情再也不会发生。"如他所料，埃尔·贾马尔对他的承诺流露出满脸怀疑。拉斯克举起一只手，"埃尔·贾马尔先生，我向你保证。我已经采取了措施。希望你和你的组织能将这笔退款视为一种善意的体现，让我们在未来继续开展合作。"

转账完成时，电话发出嗡鸣："我们将它视为一种补偿。仅此而已。"他的手机发出轻柔的滴答声。他看了看屏幕，然后点点头："转账完成。"他将一次性电话扔在地上，一脚踩烂，"至于我们的未来，拉斯克先生……是否有你的一席之地还不得而知。如果我的老板还打算跟你合作，我会联系你的。”说罢，他站起身，抹平裤子上的褶皱：“再见。”

按照会面之前达成的共识，埃尔·贾马尔离去时，拉斯克依然坐在原处。他一直等到狙击手通过耳机告诉他“他们走了。你已安全”后，才站起来。

他搓着双手，沿小路下山，朝他的车走去。他的保镖奥拉夫和司机格奥尔格站在车外。跟往常一样，格奥尔格穿得像个殡仪员，奥拉夫的打扮则像个盗墓者。

奥拉夫为走近的拉斯克打开后排车门，等他上车后再把门关上。格奥尔格钻进驾驶侧，奥拉夫从车尾绕到副驾位一侧，坐进车里。他们坐定之后，格奥尔格发动汽车，通过后视镜注视着拉斯克：“上哪里去，先生？”

“问得好。我要回我的酒店。但你不去。”

“先生？”

奥拉夫用左手死死捂住格奥尔格的嘴，右手将一把猎刀扎进司机的胸膛。格奥尔格挣扎起来，接着抽搐几下，便没了力气。

拉斯克面无表情地看着格奥尔格在眼前渐渐死去：“格奥尔格，我知道，是你向雇佣兵透露了消息。我甚至知道你为什么要那样做。你爱你的妻子，跟癌症斗争需要花钱。我不会撒谎说你本可以开口向我要钱。我是不会给你的。但我真希望你能聪明点，去抢抢别的什么人。”他下了车，车里响起难听的音乐。奥拉夫最后确认自己的工作已经完成。

奥拉夫钻出汽车，摘下被血浸透的皮手套，扔到格奥尔格的尸体旁。他一挥手，招来另一辆车，司机明智地将目光避开旁边车里的杀戮现场。拉斯克坐进新坐驾的后排。奥拉夫从头一辆车的后备箱里取出一些燃烧剂，在上面设置好定时器，放在格奥尔格的膝盖上，然后钻进新车，在拉斯克身旁坐下。

“出发。”拉斯克对新司机说，“去丽笙酒店。”

“是，先生。”

他们速度平稳地行驶在墓地安静的道路上，直至开出大门。刚一驶上返回第比利斯市区的大路，远处便传来一声爆炸，在午后的天空中形成一道橙红色的光柱。拉斯克心想，新司机值得表扬，因为他的两眼从未离开过路面：“司机，你叫什么名字？”

“克里斯托夫，先生。”

“你想了解拥有长久幸福的生活的秘密吗，克里斯托夫？”

“当然，先生。”

拉斯克欣赏着远方渐渐消散的火球。

“忠诚，克里斯托夫。完全在于忠诚。”

* * *

俄罗斯人给杰克注射的镇静剂仍让他感到有些恶心，他清楚，光凭自己是不可能战胜四名雪域特战队队员的。可当奔驰的悍马车窗外闪过哈尔格萨古朴的风貌时，他知道时间已不够他恢复战斗能力了。机场就在前方，这意味着再过几分钟他就会被拖上飞机，去面对审判。

前排副驾驶座上的男子正在手机上拨号。尽管他小声地说着俄语，但还是足够杰克听清，并将他的话翻译出来：他刚刚命令飞行员开始做飞行前的检查，准备起飞。

不妙。

杰克的鼻子一阵抽痛，脸上的血已经凝固，形成易碎的外壳。他很难通过鼻腔呼吸，但用嘴呼吸又感到燥热难耐。他的所有肋骨都很疼，他试图握紧右手时，发现指头没有知觉，这是在布拉奥跟雇佣兵交火时受伤的腋神经未及时处理造成的后果。

尽管如此，他仍确信只要能够让双手摆脱铐得太紧的金属手铐，或是使双脚脱离短链脚镣，他就能造成足够的破坏，进而逃离。

我只需要一个机会。就一个机会。

他知道，雪域特战队不大可能给他这个机会。他们是职业特种兵，跟他一样接受过良好的训练，更加年轻、强壮，而且还全副武装，优势明显。此外，他们是四对一。

他唯一的优势在于，他知道一些他们不知道的事情。

他挤在后排座位中央，能够轻易地看到后视镜。早在一小时前，他已注意到后边一段距离外一辆汽车前挡风玻璃的微微反光。他本来打算将这当作一个巧合——但半小时后，他再次发现了它。尽管把希望寄托在如此微不足道的迹象上十分荒谬，但他愿意相信是哈珀在跟着他们。

为了确定司机没有观察到同样的情况，杰克尽可能保持固定姿势，坐得笔直。尽管他很想耷拉下脑袋，陷入无意识的松弛状态中，但仍强迫自己保持清醒，高昂着头。俄罗斯人把他的这种表现看作愚蠢的自傲，殊不知他一心只为遮挡住司机观察后边道路的视线。

他们在通往哈尔格萨国际机场跑道的大门边停下。伴随着电动马达声，司机一侧的深色车窗徐徐降下。他们遇到一名身穿皱巴巴的制服，屁股上挂着把玩具枪的守卫。丹科递给司机一摞足有一万欧元的钞票，司机像传接力棒一样递给守卫。一脸严肃的索马里人用拇指扫过整叠现钞，露出笑容，挥手示意悍马车通过。他坐在岗亭里的同胞随即打开双闸门，司机立刻加速驶上停机坪。

他们停在一架里尔喷气式飞机旁边。洁白无瑕的机身闪耀着光芒，宛如又一个太阳。飞机反光面上唯一的缺口是它打开的舷梯舱，旁边站着个四十多岁、头发花白卷曲、穿着整洁的短袖飞行员制服的人。他鼻梁上架着一副琥珀色雷朋太阳镜，遮住了他的双眼，但还是有鱼尾纹从飞行员风格的眼镜两侧露了出来。

悍马车上的行动按照军事速度和精度展开。前排的两人率先下车，然后打开后排车门。他俩掏出手枪，挡住杰克，同时让杰克两侧的人下车。然后，丹科转过头，把杰克拖下车。尽管脚上穿着鞋，杰克仍能感受到跑道传递上来的热度——接着，他察觉出一把俄罗斯制造 GSh-18 半自动手枪的枪口抵在他后背上。

丹科拽着杰克朝飞机走去："快走。"

"你要是把我腿上的脚镣拿开，我会走得更快些。"

"闭嘴。继续走。"丹科领着他踏上飞机舷梯的台阶，用俄语向飞行员喊道："带我们起飞——快。"

飞行员跟随他们一边上舷梯，一边跟雪域特战队的指挥官争了起来："我们还不能起飞。我们还在等待塔台的通知。"

"我才不管什么塔台。只要我的人上了飞机，就关闭舱门，带我们起飞。因为要是你做不到，我会很乐意把你的尸体留在跑道上，然后让我的人把飞机开回家。我表达清楚了吗？"

飞行员没有再反驳，显然他已经听明白。

杰克被推搡着前进，在机舱中间的通道上蹒跚而行，直到丹科将他推倒在一张豪华座椅上。另两名雪域特战队队员也上了飞机，每个人都拖着两个巨大的黑色背包。他们放好装备，在机舱尾部找到位子坐下来。最后一名特战队队员收起舷梯，将它折叠起来关牢。

丹科坐到杰克旁边，一把抓住他的后颈，咧嘴而笑："最后再看一眼太阳吧，鲍尔。因为等我把你带回莫斯科，你就再也见不到光明了。"

【第二十一章】

04：00 p.m. —05：00 p.m.

随着涡轮风扇发动机功率持续提升，飞机一度与之产生共振；紧接着，高频的啸叫变成一种持续减弱的声波漩涡。飞行员和副驾驶含糊的诅咒声跟飞机后舱里雪域特战队更为粗鲁的俄罗斯脏话混杂在一起。飞机外部似乎并无异样，这让杰克疑惑是哪里出了问题。

丹科解开安全带，大步走向驾驶舱。杰克转过头，闭上眼，想更好地偷听到俄罗斯人的争论，但他这样做其实毫无必要。驾驶舱里的三个人并没有刻意压低音量，杰克能很容易地在脑海中理解他们的对话。

“我们为什么没有起飞？”

“飞行控制系统出了问题。”飞行员回答。

“什么问题？”

副驾驶说：“襟翼和稳定器没有响应。这种情况下我们没法飞。”

他们的汇报无疑是对丹科火上浇油：“为什么做起飞前的准备时没有发现？”

飞行员一脸困惑：“做起飞准备的过程中，一切都很正常。可我们刚一起步准备滑行上跑道，姿态控制系统就陷入混乱状态。”

“修好它得多久？”

“现在原因不明，因此谁也说不清。”

“跟塔台联系。把他们的所有技师都叫来。我要现在就把它修好。”丹科转身回到客舱，冲着手下厉声道：“把他弄起来，拿好你们的装备。我们得下飞机，到地面去。”

两名雪域特战队队员从机尾储物柜里取出他们的包，第三名队员却走到丹科面前，悄声问道：“你确定这是明智之举吗，长官？也许那只是个小故障。没准几分钟就能修好。”

“小故障，绍特辛？发生在现在？你相信自己说的话吗？”

绍特辛控制好语气，确保不包含挑战的意味：“我同意，长官。需要多久的确非常难讲。但转移鲍尔的过程会让我们承担风险。”

“傻站着留在飞机里的风险更大。快准备好，我们这就离开。”

“是，长官。”

丹科把他的背包递给一名手下。然后，他解开杰克的安全带，拉着他站起来：“享受一下审判暂缓吧，鲍尔先生。我向你保证，这个过程会很短。”

雪域特战队队员们用与登机时同样的谨慎态度簇拥着杰克下机。两人先于他离开飞机，站定后再掏出手枪，瞄准沿着伸长的舱口梯走向跑道的他。尽管没在飞机上逗留几分钟，他已开始怀念机上空调提供的新鲜冷气和那不受此刻正渐渐西沉的非洲烈日灼晒的庇护所。

跟刚才一样，他被强行塞进悍马。丹科和被他称作绍特辛的手下分别坐到他两边。另外两名雪域特战队队员把背包放进车子后备箱，然后钻进前排。司机回头望着丹科：“去哪里？”

“我们有一座安全屋。阿布迪哈桑大街 10 号，就在瓦达达·柏林旁边。把它输入 GPS。”司机将地址输入导航系统。丹科警惕地环顾悍马四周，“要小心点。也许有人跟踪我们。”

司机再次点头，然后挂挡。他拐了个 U 形弯，加速返回安全门，略作停留，以便再给守卫一沓钞票：“我们很快回来，到那时，我们会很赶时间。明白了吗？”守卫随便敬了个礼，表示接受他的指令，然后打开门。

杰克看着丹科，扮了个鬼脸：“这次不戴头套啦？”

“有什么必要呢？你看到或者听到什么都不再重要。你终究也活不到有机会再告诉任何人。”

* * *

哈珀透过望远镜中摇晃的画面，看到四名平头俄罗斯人押着杰克离开飞机。悍马车就停在飞机旁通向主跑道的补给线上，距离一道四米高、顶部有带刺铁丝网的围栏大约几十米远。她刚刚才发现悍马车，直到见着俄罗斯人把杰克带下飞机前，她都在担心自己来得太迟，已经救不了他。

副驾驶座位上的电话铃声响了起来。她轻触屏幕，接通电话："舒，你这个了不起的浑蛋。你安排人绕过了安保。"

"不止呢。我在这里黑进了飞机的远程控制系统，利用的是机场控制塔台一条未经加密的线路。起作用了吗？"

她继续注视着俄罗斯人将杰克塞进汽车："是的。他们刚把我的人带下飞机，扔回了悍马。"

"太好了。你这下又打算怎么做？"

"不知道。但把他拖在地面，并保持在视线之内，还仅只成功了一半。"

"不幸的是，成功的另一半会把你害死。"

俄罗斯人加速朝古里吉·哈吉高速公路尽头的机场安全门驶去，哈珀继续追踪："你能拖延他们多久？"

"很难说。只要塔台不把线路关闭，总部的那帮家伙不把我的插头拔了，我应该就能无限期地拖住他们。"

一段时间后，两名机场安保人员为悍马车打开跑道大门，车子一溜烟地驶离机场。哈珀也挂上挡，重新开上公路："吉洛，你还在盯着俄罗斯人吧。"

"正在古里吉·哈吉高速公路上向北行驶，进入市中心。"

"告诉我他们去哪里。可能飞机故障惊扰到了他们。但千万不能让他们发现我在跟踪。"她拐向右边，进入高速公路。正如许多沙漠城市的典型特征一样，几乎所有哈尔格萨的汽车都是白色，车型也较小。她的乳白色雪铁龙在浅色车流中并不起眼，可俄罗斯人硕大的褐色悍马简直就像一座移动的小山，即便隔着三公里远也十分醒目。

沿着高速公路行驶几分钟后，悍马朝左转去："吉洛，他们要去哪里？"

"目前仍在大路上。它减速向左行驶，然后直行进入瓦恩高速。"

"这是另一条宽土路的醉人名字吗？"

"是的，非常醉人。路很短，不到半公里。最大的问号是，他们到了路的尽头后会怎么做。"

"有情况随时通知我。我现在离得太靠后，看不到他们。"车流速度慢而混乱，一块块金属在没有铺砌的道路上艰难前行。仅仅因为这有助于进行伪装，哈珀才稍有耐心，否则她一定会路怒症发作。

"在瓦恩高速的尽头右转，进入第一大道。"

"收到。"她按照舒的指引，用了不到一分钟时间，便根据英文指示牌，拐入了第一大道，远远地看到了前方俄罗斯人的车，"看到他们了。他们离开飞机后，跟哪里联系过吗？"

"没有。"

哈珀透过两辆车之间腾起的热浪，看见悍马向左驶离主路。她加速追上去："他们在哪里？"

"阿布迪哈桑大街。"电话中传来敲击键盘的声音，"他们停车了，在两栋建筑间的一块空地上。我正在放大画面。查看你的手机视频。"

车流渐行渐慢，然后停滞了一会儿，哈珀正好趁机望向手机屏幕。画面有些失真，但还是很容易分辨：俄罗斯人把杰克从悍马车里拖出来，推搡着他进入空地背面的建筑。

"我们该如何判断？安全屋？"

"我猜是的。俄罗斯人似乎并不太爱即兴发挥。就我的经验来看，他们更喜欢为各种各样的情况提前制定好应急方案。”

她在车流中穿梭迂回，终于驶上阿布迪哈桑大街，然后在转弯时放慢了速度：“我会开车缓缓经过那所屋子，然后找个地方停车。”

“千万要小心，哈珀。”

她朝俄罗斯人藏身的那所破败屋子瞟了一眼，但没有看出什么名堂。它跟城市这一区域其他那些破旧的房屋毫无二致。但仍有些地方让她感到奇怪。她经过的其他每间商铺和民房都门窗大开，以防止房屋变成一座座金属板太阳能烤箱。但俄罗斯人进入的小屋却宛如一个高压锅，门窗都紧紧地关着。

她沿着街道开出一小段距离后停下来。如果带着卡宾枪跟当地人擦肩而过，势必会引起恐慌；于是，她将武器平放在后排座前的地板上。这只是侦察，不是袭击。她从汽车点烟器插口上取下手机，并与耳机完成配对：“吉洛，还能听到我说话吗？”

他的声音传进她的耳朵，听起来怪怪的：“没问题。”

“我要四处看看。跟我保持连线。”

“随时都在。”

哈珀下了车。她随身只带了藏在裤子口袋里的电话和拿在手里也不显眼的微型望远镜：“前往阿布迪哈桑大街北面。”

“我看到你了。那所屋子四周还是没有动静。”

“热成像情况呢？”

“稍等……没有。一定屏蔽了红外线。”

她缓步行走在街道对面，观察着这座奇怪的建筑。从外表来看，屋子跟这一地区所有别的廉价混凝土浇灌的建筑一模一样。

屋子的前门敞开着。哈珀没有扭头，继续前行。据她所知，俄罗斯人在布拉奥没有看见过她；没有理由认为他们能认出她，或者从大量进出附近市场、一晃而过的当地人中分辨出她。她溜到一辆装着水果的货车后边，从货车顶部打蔫的商品上方看过去，以便更清晰地观察俄罗斯人的藏身之地。

一名俄罗斯人小跑向停放的悍马车，他的一名同事守卫着打开的门。前门本身看上去就十分厚重，贯穿边缘中部的金属条表明门经过了加强处理，能抵御超出子弹攻击力的攻击——可用来对抗严重的爆炸。如果只强化房门而让建筑其他部位易被攻破，这从道理上说不通。因此，哈珀假定整座房屋的构造都能抵挡持续的进攻。

她看着车边的俄罗斯人提着从车上取下的两个黑色背包迅速返回屋子。他刚一进门，他的战友便重重地关上了前门。

哈珀没再回头看屋子一眼，继续沿街而行："吉洛，我们遇到个麻烦。这是个堡垒。"

"有这么糟？"

"还记得我要三公斤 C-4 炸药吗？对这里来说，那还不够。"她有些沮丧，士气低落下去，"我不可能冲进去救出我的人。除非在火力和人力上都得到大幅度提升。"

舒立刻谨慎地问道："哪种提升？"

"尽快提供一支完整的突击队。最好还能有空中支援——"她被电话安全线路另一端啪的一声打断，"吉洛！你没事吧？"

"我没事。我只是一把拍在了自己的额头上。"他的语气愈发愤怒起来，"你疯了吗，哈珀？一支突击队？醒醒吧，行动注定会失败。"

"不，不会的。为我提供战术支持，我可以扭转局面。"

"我该怎么去为一次不该存在的行动安排那些呢？"

"跟你让卫星工作一样。就把它称为一次反恐行动。"

"毫无机会。偷用军事卫星是一回事。派军队参与营救一个你甚至连名字都不肯告诉我的联络人，就完全不同了。"

"我没时间听这些借口，吉洛。"她抵达拐角加油站后，折返回去，

“一定有办法为我提供战术支持。”

“除非得到总部那帮人的批准。”

她沿着原路朝自己的车走去：“那就想办法获得批准。”

“可我怎么可能做得到呢？”

舒能清楚地听出她的愤怒：“我不知道。但我们没时间了，因此你最好快点想出办法来。”她轻按耳机，结束通话。

她一边走过俄罗斯人的安全屋，一边告诉自己一定有办法将杰克活着带离这里。可当她移开视线，渐渐远离那难以形容的堡垒时，不由得怀疑舒说得没错。安全屋牢不可破。

营救杰克开始看起来毫无希望。

不。别这样想。哈珀与自己的绝望抗争。她钻进雪铁龙车，拿起卡宾枪，振作精神，准备投入战斗。

事在人为。无论付出多大代价，我都会办到的。

* * *

无论格勒乌的外勤军官曾多少次告诉过丹科安全屋绝对安全，他还是不放心。即便他已确认窗户安装的是防弹玻璃，门和墙面能抵御爆炸，窗帘使用了卡夫拉尔纤维以应对子弹和弹片，他仍然怀疑会有漏掉的细节。

绝不要把命运托付在并非你亲手搭建的城堡中。

虽然忘了这具体是谁说的，但他一直记得这条在一本布满灰尘的俄罗斯历史大书里读到的忠告。也许是某位十九世纪的沙皇或别的什么人吧。这倒不重要。

他透过铅灰色的窗帘向外看。街上并无异样。只有成群的索马里人像四处流淌的污水一般，在过着他们悲惨困苦的生活。

感谢亲爱的祖国，否则没准我也会变成这样。

房间中央，绍特辛和亚库宁把鲍尔固定在一张铝合金椅子上。绍特辛曾反对用布基胶带将鲍尔缠绕起来，认为这样是小题大做，何况鲍尔的手腕和脚踝仍被铐住，但丹科坚持不能冒险。

丹科手中的电话传来轻柔的嗡鸣，让他想起自己已经用了足足十分钟等对方接听。他将电话拿到耳边，却听到马尔科夫将军的咆哮："说话，该死的！"

"将军，我是丹科少校。"

将军的语气缓和下来："少校！你预计需要多久？"

"不确定。飞机遇到了技术问题。至少我得到的消息是这样。"

他提供的信息令将军提高了嗓门："你现在在哪里？"

"格勒乌的安全屋，位于一号公路北面。"他继续观察着外面街道上来往的人流。

对方嘟囔了一下："遇到什么抵抗了吗？"

"暂时还没有。"在他身后，亚库宁正给犯人重新注射一支镇静剂，"鲍尔在我们的控制之下。"

"很好。"

"并不太好。我想，任务受到了攻击。"

马尔科夫回答的语气蕴含着怀疑的意味："有什么证据吗？"

"我们的飞机出故障的时间。以及关于鲍尔还有一个同伙的报告。一名来自澳大利亚的黑皮肤女特工。"

"我看过那份报告。你在周围见到过她吗？"

"还没有。"他将视线从窗外转移到下巴耷拉在胸前的鲍尔身上，"但如果她在跟踪我们的话，最好现在就杀死鲍尔，然后前往位于埃塞俄比亚的后备撤离点。"

马尔科夫的语气变得十分强硬："绝对不行！莫斯科要活捉那个人，少校。萨瓦洛夫总统打算让对鲍尔的审判持续数月。这是一场政治盛会中最重要的环节，会令美国人在未来的数十年乖乖听话。因此，让我再把话说得更清楚些：要是没等我们把杰克·鲍尔送上审判台，他就在你的监护之下死去，我会动用俄罗斯政府和军事机构的所有力量，确保你的余生都在困顿、痛苦和耻辱中度过。”

丹科深知这并不是口头上的威胁。但他仍沉着应对。

“那如果我录一段鲍尔认罪的视频呢？如果我能让他说出自己对俄罗斯犯下的罪行，并且供认不讳，那能让萨瓦洛夫总统满意吗？”

对于这一提议，电话那头沉默了很久。

“那取决于认罪的情况。告诉我你的进展，我会看看能做些什么。”马尔科夫挂断了电话。

丹科放下电话，转向鲍尔。手下们都扭头看着他。

“蒂托夫？把他弄醒。”他啪啪掰着指关节，“我要跟鲍尔先生谈谈。”

* * *

转眼几分钟过去了。哈珀独坐在雪铁龙车内，用望远镜监视着俄罗斯人的安全屋。影子渐渐拉长，东边地平线的天空染上一层紫罗兰的色泽。屋子周围没有任何动静。她只有一次看到里面的窗帘晃了一下，像是有人从一扇窗走向另一扇窗，在小心观察外界可能带去的任何麻烦。街上的人流开始减少。太阳就要下山，人们纷纷回到家中准备开始晚餐。

副驾驶座上的电话响了起来。屏幕显示是舒的安全线路——她等的就是这个电话。哈珀接起来：“把好消息告诉我。”

“真希望我能做到。”

她掩饰不住心里的厌倦：“让我猜猜看，没有战术支持。”

“比这更糟。总部有人察觉了。你被要求终止未经授权的行动，在晚上七点半之前，赶到你在柏培拉外围的执勤点。”

尽管哈珀努力克制，想要保持冷静，但却发觉双手仍不听使唤地握成了拳头。澳大利亚秘密情报局目光短浅的官僚做派从来都让她怒不可遏：“我不能就这样把我的联络人丢给俄罗斯人。”

“总部不同意。他们已经切断了我跟卫星的连接，我的系统也被堪培拉的某位副主管远程关闭。一切都结束了，哈珀。”

“我可不这样认为，事情还没完。”她想发火。该死的，这不公平！可管事的人都不会听她的，因此她将自怨自艾藏在心里，想起应该像战士那样思考问题。要是她无法向她的敌人发起战斗，那她就得让敌人——并且带着杰克——主动投入对她的战斗，“让战术小组见鬼去吧。对方的人数优势也并不是那么大。我只需要一个公平竞争的环境。我是否够运气找到一间安全屋或是武器库？”

“就知道你可能会问我。你运气够好，总部没法远程清除我口袋里的纸片。准备好记录下来了吗？”

“说吧。”

“瓦达达·卡利·班法斯大街29号，离萨利班公路大约三个街区。”

她拿过汽车仪表台上的一支笔，迅速记下地址：“收到。那是什么地方？”

“澳大利亚秘密情报局的一间安全屋，储存着你需要的一切。”

“我怎样才能进去？”

“进门密码是九、七、一、五、一、八、‘#’号。”

她在地址下面记录好密码：“我怎样向看房子的人做自我介绍？”

“如果你动作够快，就不需要介绍。大约十分钟前，总部还没来得及关闭我的系统，我用一条紧急撤离指令把他调开了。”

“真棒。我的外勤密码能打开安全屋里的武器储存柜吗？”

“应该可以。但还是那句话，要快。如果总部发现你去了那里，他们会盯死你的。”

她发动汽车，缓缓驶入公路，小心地经过俄罗斯人的藏身场所：“吉洛，你还在控制他们的飞机吗？”

“是的。我是用自己的笔记本黑进系统的。我没法再帮你进行追踪了，但还能不让他们的飞机起飞——至少可以坚持一段时间。”

“很好。尽力而为吧。我已经在去澳大利亚秘密情报局安全屋取装备的路上了。”

“小心点，哈珀。”

“舒，我有提到过，你是男人中的男神吗？”

“别送命就算是感谢我了。”

“这也是我最希望的事。有任何变化随时联系我。我先挂电话了。”

她结束了通话，右拐上一号公路，加入拥挤的交通。按喇叭也于事无补。哈尔格萨的司机们早已习惯了对主干道上的喇叭声充耳不闻。于是，哈珀只能驾驶着雪铁龙在汽车连成的围墙中见缝插针。她这种解决哈尔格萨交通拥堵问题的暴力方式，引发一阵阵金属碰撞的响声。

她从后视镜里看到的，尽是那些被她挤到一边的司机们挥舞的拳头和诅咒的手势，而前方却只有需要继续越过的障碍。

哈尔格萨是个小城市。虽然澳大利亚秘密情报局的安全屋位于城市的另一头，但抵达那里也花不了十至十五分钟。可现在她失去了舒和他对俄罗斯人藏身地点的非法卫星监控反馈，没法一直盯住杰克所在的最后确切位置。她再赶回去之前，他随时可能被转移。

她又将挡在前方的两辆行动缓慢的汽车撞开，然后右转弯，驶上萨伊德高速公路，以每小时一百六十公里的速度在车道间向北飞驰而去。

对她和杰克来说，都快没有时间了。

* * *

意识猛地涌入大脑。杰克的脉搏跳得很快，呼吸又快又浅。他知道这种感觉——大剂量肾上腺素，用以抵消之前被注射的镇静剂的作用。

他的心脏在胸腔内剧烈跳动，仿佛要挣脱出来。尽管他忽然间有了知觉，但在那几秒钟内，他仍然毫无判断力，直至神志渐渐清晰起来。他被仰面绑在一张木凳上，双手铐在凳子底下。他在一个小房间里，没有别的家具。除了天花板中央垂下来的那根破旧电线上连着的灯泡外，再无其他光源。丹科站在他面前。另外三名雪域特战队队员潜伏在窗户边负责警戒。

丹科逼近他："你醒了。很好。"

"我猜这不是莫斯科吧。"

"我们的行程有些耽搁。正如萨瓦洛夫总统希望看到你在俄罗斯接受审判一样，你的供述真的非常重要。如果我能通过录像拿到它，你就可以留下来。"

杰克知道不该专注于丹科所说的话，而要注意他没说出来的意思："我会活着留下来吗？"

丹科眼露凶光，咧嘴而笑："你反应很快，鲍尔。我承认这一点。"

"那到底想让我供述什么？"

"你谋杀了我们的外交部长，米哈伊尔·诺瓦科维奇。"

"就这个？"

"你还杀害了他的几名外交工作人员——"

"我想，你指的是他的雪域特战队保镖。"

丹科继续道："你密谋暗杀我们的总统。"

"我上次确认时，他好像还活着。"

丹科一拳打在杰克肚子上。杰克腹内一阵翻腾，努力克制着干呕。丹科在他旁边蹲了下来："但那不是你的功劳，鲍尔先生。"他捏住杰克的下巴，扭着他的头面对自己，"我只会礼貌地问你一次：你会供认对俄罗斯联邦犯下的罪行吗？"

"诺瓦科维奇罪有应得。"

丹科故作失望——他刻意皱起眉，缓缓摇了摇头："我早该料到，你不会选择这条体面的出路的。随你便吧。"他站起来，走向他那已经打开的背包，从包里取出一个看上去像是迷你版医用旅行手术箱的小包和一把折叠警棍。他把它们放在杰克面前的地板上："过一会儿有用。"他啪啪掰着指关节。

他的两名手下从刚才守望的窗边走开，退入一间里屋。很快，他俩便回来了，其中一人拿着个空的金属洗手盆，另一人拖着一条浇水用的橡胶软管，肩上还搭了一条毛巾。

杰克对这些酷刑工具不屑一顾："水刑？这就是你们能想出的最厉害的啦？我还以为会更具想象力呢。"

"我希望从传统的开始。用来确定底线和评判你的对抗水平。"丹科走到杰克的脚边站定，他的一名队员把盆子放在杰克脑袋的下方。在特战队员用折叠的毛巾盖住他的脸之前，他深深吸了口气。

尽管他已经对从软管里出来的水有了心理准备，但当水冲进他的嘴里，拍打他的鼻梁，流过他的脑袋时，他除了控制身体本能的恐惧感外，也做不了别的什么。他试着将储存在体内的空气一点点呼出，以带走一些涌入上呼吸道的水，但跟他担心的一样，这并没有用。

他曾经受过这种酷刑，清楚它的残忍与无情。他的头向后仰着，他阻止不了水进入鼻窦和咽喉。很快他便喘不上气了，窒息感导致的每次下意识的咳嗽，都会让更多的水进入他的肺部。他的思维被原始恐惧侵袭，肌肉徒劳地抽动着。

脸上的毛巾被挪开，拿着软管的队员也松开了管口。丹科按住凳子，再次使杰克的头与身体水平。杰克剧烈地干咳着，水星飞溅。他将头扭向一侧，尽可能吐出口腔和呼吸道里的水。尽管空气重新流入肺部，但可怕的窒息感依然残留。

丹科狰狞地笑着："准备好讲话了吗，鲍尔先生？"

他绝不会向俄罗斯人求饶："我有点渴。有水吗？"

湿毛巾重新盖在他脸上。当丹科抬起凳子腿时，杰克回想起自己是三角洲特种部队成员的日子，以及经受过的强制训练——生存、躲闪、抵抗、逃离。其中一些经历的目的就在于使他在对抗诸如水刑这类刑罚时，意志力更加坚定。尽管如此，他记住的非常重要的一点是：没有人能长时间对抗这种形式野蛮的折磨。即便是他知道的那些最坚韧、意志力最强大的人，在面对水刑时，用不了二十六秒，便会屈服于它带来的恐惧。水刑给人的感受是一种必死无疑的淹溺感。总而言之，这一酷刑相当于对犯人进行了一次模拟行刑。

水透过毛巾冲击着杰克的面部。他又一次想要克制身体本能的反应，但那种反应太强烈了。他的胳膊在凳子下面抽搐，用力如此之大，他都怀疑会不会弄断自己的骨头。他一直希望俄罗斯人会稍稍温和一点，能在继续用刑前给他几次拼命喘息的机会，但折磨仿佛无休无止。他徒劳地抗争着，面对俄罗斯人，面对水流，面对自己疯狂的抽搐，他的思绪回到过去，记忆中浮现出女儿金姆和她的孩子，以及那段不受过去十六年来定义他生活的争吵和忧伤袭扰的好日子……

痛苦和光照打断了杰克对已经抛开的生活的幻想。一名突击队员按住他的横膈膜部位，将水从他的呼吸道里压出来。随后，杰克又有了反应。当他像一条落到岸上的鱼一般大口吞咽空气时，肺里感觉有火在熊熊燃烧。

丹科再度逼近："你可以让这一切停下来，鲍尔。只需要认罪就行，我保证让你死得痛快。"

"我唯一的罪行，就是没有在本有机会的时候杀了萨瓦洛夫。"

雪域特战队的指挥官不快地用力叹了口气："有关你的材料里说，你很顽固。但它忘了记录你同样很愚蠢。没人会来救你的，鲍尔。也没人能无限期地在水刑中活下去——哪怕是你。记住我的话：对你来说，已是死路一条。"

杰克深吸一口气："那就闭上嘴，继续来呀。我讨厌婆婆妈妈。"

这是在逞强，是自尊与愤怒的产物。可当丹科抬起凳子，让杰克的头朝后仰，当湿毛巾在他脸上绷紧时，杰克知道，丹科说的是事实。没人能永远扛住这种折磨。每个人迟早都会屈服的。

水灌满了杰克的鼻子和嘴巴，他明白自己即将抵达临界点。

那只是个时间问题。

【第二十二章】

05：00 p.m. —09：00 p.m.

正如舒说的那样，哈珀抵达了澳大利亚秘密情报局位于卡利·班法斯的安全屋，找到了外表看似荒废的T形大房子。房子附近没有其他车辆，于是她将车停在建筑后面，并且在冒险进入室内前，小心地透过几扇窗户朝里打探。她瞥见的几个房间似乎都是空的。于是，她回到由台阶相连，带有拱顶门廊的前门。

门边的墙上有一个锈迹斑驳的黑色邮箱。她从左边推邮箱，邮箱以其顶部边缘居中的位置为轴心转动，露出一块嵌入式隐藏数字键盘。她输入舒给她的密码。随着一阵沉闷的声响，那道门上防止外人侵入的磁性栓缩了回去。她打开门，闪身而入。

屋内是一段狭窄的走廊。她尽量轻手轻脚地朝深处走去。身后的前门伴随着轻轻的咔嗒声锁闭，磁性安全栓也随即重新归位。她脚步轻快地在安全屋内走动起来，检查每个房间，以确定没有其他人。现在她最不希望的，便是跟某个澳大利亚秘密情报局外勤特工不期而遇。

她来到最后一个房间，也是管家的指挥中心。她在门口的键盘上输入自己的澳大利亚秘密情报局外勤特工密码。锁被打开，她站到一边，将门推开。这里跟别的房间一样，也没人，但房间内外的监控摄像头都处于工作状态。

哈珀关掉摄像头，然后调出系统的存储记录，跳过她抵达这一段，直到安全屋管家半小时前匆匆离去的镜头之前。她观察他的行动，包括到安全屋隐蔽的武器储存柜的镜头——那是一个狭窄的空间，宽度不足一米五，隐藏在两间卧室的墙之间，要从一个房间的壁柜进入。她快退看完他离开安全屋，然后暂停，并向系统下达指令，清除从那之后的所有监控。这应该能隐藏我的行踪。

她一转座椅，视线离开监控器屏幕，转到指挥中心那一排笔记本电脑上。没时间谨小慎微了。她登录堪培拉的澳大利亚秘密情报局数据库，调阅杰克·鲍尔的相关卷宗。他的履历让人印象深刻。在作为一名候补军官加入美军前，他拿到了加州大学洛杉矶分校的学位。不久后，他成为特种部队的一员。退伍后，他留在政府部门工作。开始是在洛杉矶警察局的特警，后来加入了著名的反恐局。接着，她看到了卷宗的附录，上面是他在执行任务过程中的二百七十宗已证实的杀人记录。哈珀大吃一惊。二百七十宗已证实的？我甚至不想知道还有多少未经证实的杀人记录与他相关。

哈珀暂时抛开自己的惊讶，将注意力集中在需要的信息上：他的照片和已知的化名清单。尽管哈珀是一个在贩毒集团做过大量卧底调查工作的人，如此多的假名仍超出了她的预期。她将杰克的档案照片上传到自己笔记本中的护照生成软件，并且捏造了一套适合于他的简历。你的新名字是约翰·沙利文，是加拿大人，来自温哥华。出生日期？她好心地敲下比他的真实出生日期晚几年的日期。一九六九年五月十日。其他的人口统计数据则是从他的卷宗上复制下来的。然后，她把完成的文件发送到护照打印机。

现在去收拾好旅行所需的行囊。

打印机嗡嗡地运转起来。哈珀穿过走廊，朝卧室走去。壁橱的门依然开着。她穿过挂在横杆上的衣服，找到暗门的键盘。她的密码管用，锁松了，门微微打开。让我们来瞧瞧澳大利亚秘密情报局的菜单上都有些什么。

如她所愿，安全屋的武器储藏柜藏品丰富，这至少有一半要归功于最近哈尔格萨鲜有暴力事件发生。哈珀在狭窄的空间里走动起来，边走边查看库存的武器。查看完毕时，她也拿定了主意。

首先，她从墙上取下一件卡夫拉尔加强型战术承重背心，套在身上。

固定好背心绑带后，她挂上一个臀部枪套，插进一把装了消音器的 HK P30 手枪。然后，她在背心左下方的口袋里塞入三个与手枪配套的装满子弹的弹夹。接着，她又为自己的卡宾枪找了些备用弹夹。其中三个放在背心右下方的口袋里，其余六个则被放进一个黑色背包里，包里同时还有一个光学瞄准镜、三枚烟幕弹和一枚催泪弹。

随后，她开始享用大孩子们的玩具：六块 C-4 炸药、一盒雷管、四枚克莱莫杀伤性地雷。

她离开武器储藏柜前的最后一站是零用现金箱。她的密码无法将其打开，但只需向它注入货架上一个罐子里的少许液氮，然后用 HK 手枪枪柄迅速一击，锁便像水晶般碎了。跟名字不相符的是，箱子里的东西绝不少：总金额一万欧元的四叠欧元现钞，一个装满了价值不菲、未经切割的宝石的小布袋。

权当是补助吧，她一边将现金和宝石装进她的新背包，一边对自己说。

她回到指挥中心时，角落里笨重的机器已经完成了假护照的制作过程。相片完美地打印在全息水印后面；通过跟相关国家情报部门的合作，里面生成的签证章都与海关记录一致；嵌入式射频识别芯片中的数据已被重新设定，以便与文件里的新身份吻合。

就政府工作而言，这已经够好了。她将护照塞到背包最底部，位于弹药和爆炸物之下。

现在，哈珀脑子里的任务清单上还剩下一件事要做。她重新在笔记本上登录，抹掉制作新身份证的记录。毫无疑问，她的登录已经向澳大利亚秘密情报局总部发出了警报，安全屋的管家很有可能已经接到调查命令，正赶回来拘捕她。

因此，我现在最好还是到别的地方去。

哈珀走向她的车，将背包扔在副驾驶座的地板上，然后钻进车里。要是澳大利亚秘密情报局知道我洗劫了安全屋，我就把我的职业给毁了。

她抛开心里的担忧。这个问题还是留到明天解决吧。

今天，我要去还债——不管付出多大代价。

* * *

反抗可能对一个作战小组的凝聚力产生致命打击。绝大多数精英战士就算遇到不得不考虑越级汇报的情况，也几乎从来不会那样做。真要是遇到了，他们会选择沉默，很少会去反抗直接上司。但绍特辛在隔壁房间听到丹科对美国囚犯用水刑时，他的内心在忠诚与职责、荣耀和自保之间煎熬着。

他不想按下电话上的呼叫钮。一旦那样做，他就会跟某个按照条例规定他本不该与之通话的人连线。无论是对一名雪域特战队队员，还是对一名俄罗斯军官，这都是严重违反规定的行为。

也许我再多等一会儿，事情就过去了。

挣扎反抗的声音停顿了几秒钟——接着软管里的水溅入盆中的声音重新响起，同时伴随着鲍尔含混的呼喊声。绍特辛闭上双眼，希望能想出别的积极的方面。他不是个心肠软的人。水刑如果运用得当，便是审讯中一种有价值的辅助手段。事实上，只需花费最少量的水，就能达到需要的效果。被审讯的对象会因为畏惧这种恐怖的刑罚，暴露出守得最深的秘密，为水刑带来的恐慌画上句号。

可丹科却不是那样做的。他用了太多的水，每次持续的时间也太长。绍特辛过去从未见过有谁能抵抗水刑超过三十秒。任何超出该时间的刑罚都无异于慢性谋杀，将受审对象的身体系统渐渐推向一种呕吐状态，使他可能因自己的呕吐物窒息而亡。

最初几分钟过后，他开始确信丹科已有些失控——但小组里没有人站出来指明。现在，二十分钟过去了，蒂托夫和亚库宁都没有对少校虐待狂般的命令表示过任何反对。

绍特辛盯着手中的电话。如果他不按下呼叫键，犯人就会在他们的监管下死亡，整个队伍都要为此负责。

他按下了按键。

等待电话接通时，他用一只手捂住另一只耳朵，不愿听到鲍尔伴有呕吐的挣扎声。

一个女人语气低沉地接了电话："分机号。"

"拉斯普金七二。"

"授权。"

"午夜太阳。"

"不要挂。"过了几秒钟，电话连到了接听者那里。马尔科夫将军拿起电话，似乎有些急躁和恼怒："怎么样？他认罪了吗？"

"没有，将军，他没有。"

"你是谁？"

"我是绍特辛上尉，长官。"

"丹科少校在哪里？"

"还在继续审讯中，长官。但我认为他采用的方式并不有效。"

他的汇报让将军顿了顿："解释一下。"

"少校已偏离了已知和成熟的审讯办法。"

"上尉，这是安全线路。讲明白些。"

"丹科少校正在用水刑将你的囚犯置于死地，除非你命令我制止他，否则我无能为力。"

"我认为我已经清楚地告诉少校，莫斯科希望鲍尔被活着移交。"

"我也是这样理解的，长官。"身处安全屋主房间的绍特辛听到，鲍尔声嘶力竭的干咳开始变得间隔越来越长，"可是，丹科少校似乎更有兴趣让鲍尔屈服，哪怕这意味着要他的命。"

"嗯。"将军停顿了很久，他在考虑这个问题，"我无法对你不服从上级的做法表示赞赏，上尉。”

“我做好了因自己的所作所为面对纪律处分的准备，长官。”

“是的。即便如此，有没有可能是你过于敏感？少校的做法有没有可能起作用？”

“以我的专业判断吗？不会。”

“你确定他破坏了已经确定的协议？”

绍特辛很难言简意赅地解释自己出卖丹科的行为，但它必须解释：“是的，长官。丹科少校用了太多的水，持续了太长时间。除非他的行动被制止，否则不等他得到有用的供述，审讯对象就会被杀死。”

“那是不能接受的结果，上尉。”电话那头传来疲惫的抱怨声，“你代表我命令丹科少校停止对杰克·鲍尔的所有高强度审讯。如果他拒不服从，我授权你使用任何必要的手段，解除少校的指挥权。听明白了吗，上尉？”

“明白，长官。”

“你们一登上回俄罗斯的飞机就跟我联系。”

“是，长官。”

马尔科夫挂了电话。绍特辛收好话机，准备硬着头皮面对自己的指挥官。为了自己，同时也是为了他的队友们，他希望为时不算太晚，可以挽救鲍尔。因为如果鲍尔死在他们手上，他们终将希望自己不如跟他一同死去。

* * *

杰克只剩下癫狂和绝望。在看不到尽头的水流之下，他受尽煎熬，这早已超出他能努力保持冷静的临界点。所有的希望都已破灭。除了恐惧，杰克什么也想不起来；他现在还活着，可完全归结于他那不堪重负的躯体仍然在渴望得到死的解脱和杀手强烈的求生本能之间徘徊。

当洪流停止，双脚得以放平时，杰克的意志已成为即将熄灭的灰烬。

脚底与混凝土地面的接触将他从近乎溺死的错觉中惊醒。他偏过头，拼命排出灌入鼻窦和胸腔的水。剧烈咳嗽的同时，他听到俄罗斯人正为他发生争执。

“你得停下来。”丹科的部下说，“你会杀了他的。”

“会又怎么样？你清楚他是谁，他干过些什么。”

杰克大声咳了两下，这几乎令他空空的胃部再度干呕。他排出了大量的水，以便让自己能重新呼吸。

部下伸出一只手，搭在丹科胸前，却被他挡开。但他继续毫不畏惧地向长官发起挑战：“如果你杀了他，我们就都得为你的错误付出代价。”他用责难的目光扫过另两名雪域特战队队员，“我不想死在西伯利亚。你们呢？”

“别听他的！”丹科指向鲍尔，“那家伙是个罪犯！他在受保护的外交领土上谋杀了我们的政府官员。他现在是罪有应得。”

“退开。”那个部下说，“这是命令。”

“去你的吧，绍特辛！我会要你的命！”

“我可不这么认为，少校。我已接到马尔科夫将军的命令，制止你——”

“什么命令？”丹科气得瞪大了双眼，“你越过我打小报告？”

“这是你逼的。”他看看其他两人，“蒂托夫、亚库宁，你们要三思。我有马尔科夫将军的命令，可以采取任何必要的手段终止这场审讯——包括但不限于解除丹科少校的指挥权。你们听明白了吗？”

“是，上尉。”另两人中年轻些的那个回答道。他的伙伴也点了点头。

“扔掉水管。你们的活干完了。”

丹科抽出他的战术匕首，冲向杰克：“见鬼去吧！”他坐在杰克的两腿之上，伸手抓住杰克的腰带，“别再玩花样了！认罪吧，你可以死得像个爷们儿！如果你逞英雄，我一定会让你生不如死——死无全尸！”他调转匕首，将刀身置于手下，刀刃朝前，这是典型的匕首战持刀姿势。

少校俯身准备将武器推向杰克的腹股沟。绍特辛抓住丹科的肩膀，将他向后从杰克身上拖下，回到凳子的端部："住手！"

"放开我！"

杰克的两手仍被铐在凳子下，但双脚尽管上了脚镣，却不受凳子约束——两个俄罗斯人略显尴尬的擒拿姿势正好为他提供了机会。他抬起双脚，蹬向丹科的刀身。和他希望的一样，少校为了避免武器被踢落，本能地握紧了匕首。可是，刀身没入他的肚子。雪域特战队指挥官的面孔在惊骇中扭曲。

房间里的空气在那一瞬间凝滞了，俄罗斯人都还没回过神来。趁他们震惊犹豫之际，杰克的两腿再次用力踢出，使丹科的刀向上插入更深，直抵心脏。

丹科汩汩地发出喉音，接着就没了呼吸，瘫倒在绍特辛的手中。他的重量变得让上尉难以承受。然后，少校的尸体从绍特辛手里滑脱，面朝下砰的一声落在混凝土地板上。

三名雪域特战队队员盯着杰克。杰克用咆哮回应他们："下一个是谁？"

他的讥讽刺激着绍特辛展开行动。上尉从丹科的腰带上解下泰瑟枪，将金属触点射向杰克的肋部。数千伏高压击中他浸得透湿的身体。他痛苦地剧烈抽搐起来，一股织物和皮肉灼烧的恐怖气味在空中弥散开来。接着，他的视线缩聚成一点，进而消失，将他抛入冷冰冰的混沌之中。

* * *

房屋的一侧染上了琥珀色的光芒。夕阳西沉，拉长了重重暗影，难以名状。哈尔格萨的街道上只剩下那些被穆斯林称作野蛮人和敌人的人，对他们而言，召唤祷告的宣礼毫无意义。市场的手推车被重叠在一起，挂上了锁；汽车杂乱无章地停着，在一些街道边甚至停了好几排，都是那些匆忙赶往最近的清真寺的人留下来的。

相对而言，瓦萨米街荒凉得有些离奇。它其实就是一条很短的巷子，将阿布迪哈桑大街和离得最近的名为夏吉·达拉亚德的同向公路连接起来，巷子里的路面上到处都是裂缝。哈珀的雪铁龙就停在巷子刚拐出阿布迪哈桑大街的位置。一小片杂树林和灌木丛环绕着几栋挨得很紧的建筑，为她提供了些许屏障，让她可以偷偷观察十字路对面的俄罗斯人藏身点。

哈珀单膝跪在落叶上，拿着望远镜监视悍马车。看来俄罗斯人还在里面。只要杰克仍然活着，那就算我的运气不错。

她把背包放在手边，开始思考怎样布置现场。沿着路肩停放了几辆车。虽然看起来它们好像把悍马车围了起来，但她明白，那辆超大的SUV具备足够的马力和质量，可以轻而易举地撞破那道脆弱的汽车障碍。尽管如此，如果她想将杰克从危险中拯救出来，现在凌乱地停放在这一区域的空车，倒是可以提供很好的掩护。

头顶的天空已在哈珀查看附近的情形时由蓝变紫。日光迅速被幽暗取代。太阳最后的光芒在俄罗斯人藏匿处的表面移动得如此之快，以至于哈珀几乎能用肉眼捕捉到它们的轨迹。

她从巷子里走出来，穿过街道，充分利用无处不在越来越浓的阴影。她的目的简单明确：预测俄罗斯人从藏身地点出现时具体会在哪里；推断当她开枪射击后，他们会躲向何处；估计她带着杰克逃跑后，他们将采取哪些手段进行追踪；再就是如何在每个环节设置好阻碍他们的陷阱。

悍马车就停在那栋建筑唯一入口的正前方，那里也是俄罗斯人最有可能外出的位置。那悍马车周围的区域最应该被视作杀戮战场。哈珀还打算毁了悍马车——前提是她能在俄罗斯人把杰克塞进笨重的车子之前带着杰克离开。

她知道有好几条经过小巷子的路线可供她的雪铁龙轻易通过，而对悍马 H2 来说则过于狭窄。这些是她兜里的王牌，是通往自由之路。唯一的风险在于，那些雪域特战队队员——他们以超强的适应性和创造能力著称——可能会战术性地在附近获取（用通俗的话讲就是偷窃）一辆汽车进行追逐。根据汽车胡乱停放的情况，哈珀确定只需要毁掉离得最近的十一辆车，这样不仅能阻止俄罗斯人追击，还能让他们无法迅速重新弄到一辆车。

俄罗斯人藏身点拐角处也有一片小树林，她在树木的遮掩下迅速冲到屋后。她发现后门一张风化了的防水布下有一辆停放着的大型车。她掀开防水布，看出这是辆破旧的路虎。

一定是安全屋的备用交通工具。

哈珀用刀把四个轮胎全扎破，然后一骨碌滚到 SUV 的底盘下，灵巧地用刀一割，切断油路。溢出的汽油使空气里弥漫着刺激性气味。哈珀爬出来，离开现场。

她小心地从屋后绕过，幽灵般地在黑影中穿行，直至从另一端来到面对阿布迪哈桑大街的房屋前角。这里地形有利，俄罗斯人可以从这里向公路对面她的狙击点进行火力压制。她后退十五步，然后发现了一丛浓密的野草。这真是个绝佳的地点，正好可以用于掩埋她的第一枚用遥控起爆器控制的克莱莫地雷。

下一项准备工作要求她轻装进行。她卸下背包，只带上需要的几件东西。她把奥斯泰尔卡宾枪背在背上，沿着房屋正面匍匐前进，经过台阶，来到前门。她在台阶旁边的角落处，置好第二枚克莱莫地雷。起爆器刚一准备好，她便沿着满是尘土的地面潜到车子的另一边，安放好另一颗针对俄罗斯人藏匿处地基的反步兵地雷，正面朝着悍马车的副驾驶侧。

然后，她猫腰溜回她的背包旁，取出 C-4 炸药。她将每块炸药一分为二，并在中间插进微型无线电控制雷管。她只用了几分钟，就将它们通过单独的频率跟她的遥控起爆器一一配对好了。

她从背包里取出一块头巾裹住头和颈部，只将面部的椭圆形区域暴露在外。她将背包挂在肩头，溜回街道，在每一辆停泊的汽车前略作停留，以便将半块 C-4 炸药踢到车下。经过悍马车时，她把塑胶炸药揉成一团，从停得离它最近的那辆车上面扔过去，看着它滚到悍马车的下面。

三年的大学垒球队经验终于派上了用场。

她有些偏执地观察着沿街排布的俄罗斯人安全屋和其他建筑，看有没有任何被窥视的迹象，好在一切都显得很平静。她穿过十字路口，偷偷把几块 C-4 炸药扔在三辆头尾相连停放于阿布迪哈桑大街和瓦萨米街交会口拐角处的汽车下面。然后，她躲进汽车附近的树丛中，继续她沉闷的值守。

她打开卫星电话，按下舒的直拨号码。

铃声刚响，他便接了起来："哈珀？你还好吗？"

"非常好。我准备动手了。停止对他们飞机的控制。"

"你确定吗？如果我断开，就没法再重新连接了。"

"相信我，吉洛。无论发生什么，我都已经准备好了。清除你笔记本电脑上的记录，撇清你跟这件事的所有关系。到了晚上，总部会到处寻找元凶的。因此，你要小心行事，好吗？"

"你说了算。哈珀？当心。"

"一直如此。好了，挂电话吧。我要干活了。"

哈珀结束通话，关闭电源，将电话收好。在她需要隐秘的时候，最害怕的就是电话铃声。她不担心错过任何电话；除了舒，唯一有她电话号码的人就是她在堪培拉的上级们。老板打电话来只会冲她咆哮。舒不会再打过来——他能做的都已经做了。

剩下的就得看她的了。

她取下卡宾枪，忽然有些恼火安全屋的军火库中居然没有适合卡宾枪的消音器。夜幕的降临会令她的埋伏变得更加危险——打响第一枪的同时，奥斯泰尔卡宾枪的火舌就会暴露出她的位置。

这意味着，那一枪必须开得值得。

哈珀仰面躺在石质土地上，她没别的事情可做，只能等候俄罗斯人从藏身点出现——并且希望杰克依然活着，并且状况还适合被营救。否则，对他们俩来说，晚上的情形都会变得更糟。

* * *

普通人受到绍特辛对鲍尔施加的这种电击后，通常会失去意识长达一小时之久，可这个叛逃的美国人不到二十分钟便开始扭动起来。

尽管此时的绍特辛很希望鲍尔为丹科的死偿命，他还是命令亚库宁和蒂托夫将他从凳子上解下来，做好转运的准备。两人表示过反对，但最终作为跟他一样的忠诚战士，他们选择了遵守命令——他们没有谁像刚被杀死的前任指挥官那样疯狂。亚库宁和蒂托夫站在鲍尔和门之间，绍特辛站在犯人的另一边，不屑地盯着他。

“你很为自己骄傲吧，鲍尔？”

鲍尔的双手被铐在背后，侧身躺在地上。他挣扎着坐起来，扭头面向绍特辛。他和俘虏他的这些人都在用仇恨的目光审视着对方：“我只是做了必须做的。你刚才也一样。”

这毫无疑问是事实。令绍特辛感到愤怒的，是自己让鲍尔实现了对丹科的复仇。是他干涉和妨害了少校对当时态势的感知度。要是我没有遮挡他看鲍尔的视线，或者努力把他拖回来，他就依然活着。但他的内疚随即被不由自主冒出来的理由打破。那样的话，鲍尔就会死，而你和其余队员都会被送上刑场，或者在集中营里慢慢死去。

然后，他的好奇心占了上风。他知道，他将没有更好的机会能够满足自己的好奇心。开口前，他收起了憎恶的口气："我来问你个问题，鲍尔。当你杀害我们的外交部长和他的手下时……是职业行为吗？还是只是个人行为？"

鲍尔眯起眼睛打量他，无疑是在判断这个问题会不会是个圈套："个人行为。"

这并非绍特辛预料的答案："怎么会呢？"

"诺瓦科维奇派人谋杀了我爱的女人。就在我的家里。"他抬头望着绍特辛，眼里燃烧着痛苦和憎恨，"她就死在我的怀里。"

"这么说，事情跟你们的前总统无关？也跟奥马尔·哈山的死无关？"

"我想为哈山伸张正义。但我也需要为蕾妮报仇。"

绍特辛点点头。他理解，复仇是高于政治的。知道鲍尔是个既为荣耀又为感情而战的人后，他似乎不再那么憎恶他了，尽管这显得很奇怪。鲍尔的风格似乎非常像个……俄罗斯人。

电话含糊的铃音打断了他的沉思。三名雪域特战队队员疑惑地环顾屋内，直到绍特辛想起丹科的卫星电话还在他的裤子口袋里。他大步走向被亚库宁用一块从里屋壁橱里找来的旧桌布掩盖的少校尸体，将手探到简易的裹尸布下，掏出电话。

屏幕上显示的是个本地号码。他用粗哑的阿拉伯语应答："谁？"

一个同样讲阿拉伯语的男人略带迟疑地说："你们的飞机修好了。"

"你确定？"

"是的。技师说现在可以起飞了。"

"我们马上就来。告诉看守高速公路大门的守卫放我们进入。"

"好的。"

绍特辛没浪费时间说再见，直接挂了电话。他又把丹科的电话塞进自己口袋里："飞机修好了。我们现在就走。"

他蹲下来，用力搂住鲍尔的腋窝，把他扶起来："鲍尔，别再说废话。一切都结束了。"

美国人朝他吐了口唾沫，露出一丝掠食者般狰狞的笑容："我才刚开始呢。"

鲍尔的心窝挨了一记重拳，他弯下腰去。接着，又一拳打在他的胸腔下端，疼得他发出沉闷的叫喊声："我救你的命可不是出于同情。我这样做，是因为如果不带你活着回到俄罗斯，我的人和我都将遭罪。"蒂托夫打开门。绍特辛拽着鲍尔的金色头发，将他的头向上拉起，迫使他看清自己得意的目光："但是别犯错误，鲍尔先生。我期待着见证你的死亡。"

【第二十三章】

06：00 p.m. —07：00 p.m.

俄罗斯人藏匿处的前门开了。哈珀把食指伸进卡宾枪的扳机环里，透过光学瞄准镜进行瞄准，选择射击目标。

她的十字准星落在第一名走出房门的俄罗斯人身上。这是个塌鼻梁留着平头的彪形大汉，手提一把 AK-47 冲锋枪，上身套着过于宽大的战术背心，暴露出里面穿的着卡夫拉尔防弹衣。她将目标从他身上调整至一名正用自己的 AK-47 推着杰克出来，看上去年轻苗条些的雪域特战队队员身上。杰克的鼻梁断了，双手被铐在身后，由于脚踝上的脚镣链条很短，因此他只能半步半步地挪动，样子很窘迫。第三名俄罗斯人年长几岁，面孔如鹰一般棱角分明。他跟在杰克和其他人身后走出藏身点，步入日落后的暮色中，并且关上了房门。

哈珀心里产生了一种焦灼的期待感。最后一名俄罗斯人呢？她十分确定，离开飞机、钻进悍马车时有四个俄罗斯人。那为什么只有三人押送杰克离开敌人的安全屋？其中一名要留守吗？她想不出为什么会这样，但的确有一名俄罗斯人下落不明。

也许他还在后面检查备用车辆，她推断，但他们明明有一辆实际上是装甲车的悍马，为什么还要费这个事呢？这说不通呀。不管怎样，留给她行动的时间都不多了。要是让俄罗斯人带着杰克上了车，那她就几乎失去了阻止他们而又不害死杰克的机会。

她瞄准走到悍马车前的塌鼻梁。

我是该等待还是该开枪？

她的指头缓缓贴紧扳机。卡宾枪发出的“砰”声在周围街区的每一栋建筑间回响，枪口的火舌像一盏霓虹灯，照亮她所在的位置。她的弹着点比期望的低了些，落在塌鼻梁的背心正中央。俄罗斯人被打得原地转了个身，撞在悍马车车头上，又被弹开。队伍最后的那个俄罗斯人拖着杰克躲到车后，年轻些的则冲向前，朝哈珀的大致方向进行全自动射击。

她扑倒在地。子弹击中头顶的树干，雨点般的碎木片向她身上撒落下来。她被敌人压制住了，只能偶尔还击几枪，然后更加小心地迎接俄罗斯人接二连三的疯狂反击。

接着，悍马车尾部发出一道黄白色的闪光。紧接着，又有两道光从她所在位置街对面停放的不同车辆后面冒出。雪域特战队队员都没有往她期望的地方移动。唯一可能被她的克莱莫地雷伤及的，便是杰克和控制他的人。虽然她已在另外两名俄罗斯人躲藏的汽车下面安放了 C-4 炸药，可那两辆车都离她自己的位置太近，要是引爆肯定也会炸到她。

又一个完美的计划失败了。现在怎么办？

更为强大的火力在她两侧肆虐起来。她显然必须做出选择，进攻、撤退，或是找一个更好的位置。既然知道杰克还活着，她就不会抛下他，可正面冲锋无异于自杀。她卸下背包，打开包盖，取出烟幕弹。但它们最多只能为她提供几秒钟的掩护，都不够让她从侧翼包抄俄罗斯人。

又一阵弹雨打得她周围的树木碎片横飞。即便是后撤，万一错误地跑进开阔地，她仍可能送命。

不能再谨小慎微了。

哈珀抓起烟幕弹，左手两枚，右手一枚。她用牙咬掉右手那一枚的保险栓，侧身抛向街对面的汽车。她把另一枚烟幕弹从左手抛到右手，一咬牙，一偏头，再次咬掉保险栓，将激活的烟幕弹扔向另一辆车。

当第一枚烟幕弹冒出浓密的灰色烟雾时，她拔掉最后一枚的保险栓，抛至她所在位置正前方的街道上。接着，她举枪射向俄罗斯人躲藏的汽车的车窗。碎玻璃迫使雪域特战队队员猫腰低头。这时，第二枚烟幕弹冒起烟来，现场变得更加阴暗。

等第三枚烟幕弹爆发，并在哈珀和俄罗斯人之间形成一道浓密的雾帘后，她一跃而起，开始狂奔。

她只有一次机会。

如果出错，她和杰克就都死定了。

* * *

杰克跌撞在悍马车的后挡泥板上，故作震惊和迷茫。雪域特战队的代理指挥官绍特辛躲在汽车的一角，关掉卡拉什尼科夫冲锋枪的可控速射模式。他的两名战友已经冲到顺着路沿停放的其他汽车后面隐蔽起来。当火力扫向他们的车辆和安全屋的正面时，杰克闭上眼睛，直至通过那独特的声音分辨出袭击者的武器：一把斯泰尔 AUG 型卡宾枪。是哈珀。

沉闷的声音在街面回荡——是烟幕弹。杰克心里一紧。如果她制造烟幕，那她一定在移动。有事情要发生。

又是两串奥斯泰尔卡宾枪射出的子弹，玻璃破碎的声音应声而起，紧接着便是奔跑的脚步。绍特辛从杰克身前挤过，冲向悍马车的另一端。

街道上两声爆炸产生叠加的冲击波，震撼着空地上的一切，燃烧的弹片风暴般交错四射。

一阵胡乱撞击的金属碎片和焚烧的碎片猛烈地从悍马车上弹开来，将绍特辛向后推去，撞向安全屋，他手里的冲锋枪随即掉落。他从墙面上反弹回来，重重摔到地上，满脸错愕，但仍有意识。他眨眼抵御爆炸带来的炽热气浪，盲目地用手在地上搜寻他的武器。

杰克朝他扑去。

他的两只手仍背在身后，脚上还拴着铁链，但他用上身体的全部重量，将自己投向绍特辛。他的肩膀撞在俄罗斯人的下巴上，力度足以让他掉好几颗牙。他这略显笨拙的一扑将绍特辛仰面撞倒，他自己压在对方身上。没等这名特战队员反应过来，杰克便用额头猛击他的鼻子，将最脆弱的骨头和软骨撞碎，同时迫使俄罗斯人的脑袋向后重重砸在坚硬的地面上。血从绍特辛的鼻孔里涌了出来，颤动的眼皮下，目光渐渐变得迷离。

杰克从绍特辛的身上翻下，将他翻转过来背对着自己。他抓住绍特辛腰带上的那串钥匙，摸索着找到对应的钥匙，打开手铐和脚镣。他先松开双手，然后是双脚，并把钥匙放进口袋。

忽然，他眼角的余光扫到了一丝危险的讯号——绍特辛的匕首朝他刺来。多年近身战磨炼出的闪电般的反应力发挥了作用。他没有躲闪，而是转身直面攻击，挡开绍特辛的胳膊，用虎口猛砍对方的喉头，感觉像是撞上了一棵树。

绍特辛举起匕首要再度进攻。杰克抓住俄罗斯人的胳膊，用膝盖抵住他的腹股沟。接着，他用力一压，迫使绍特辛弯曲肘部，松开紧握的武器。匕首掉落在他们脚间。杰克朝绍特辛的腹部连击三记重拳，然后再一记右勾拳，狠狠砸在他脸上。特战队员向后踉跄半步。杰克松开他的胳膊，一脚踹向他心口，将他放倒在地。

俄罗斯人仰面倒下——正好摔在匕首的旁边。

杰克来不及缴掉对方的武器；不等靠近，他就会送命。去捡匕首同样无济于事。

于是，他选择了跑。

他猛地右转，让悍马拦在他和绍特辛之间。在他前方十码左右的地方，两堆大火正在熊熊燃烧，多辆汽车都已焦黑，它们扭曲的残骸正向天空咆哮。两堆大火之间狭窄的空隙里弥漫着呛人的浓烟，灼人的热度令他不由得退缩，变得迟疑起来。从中间冲过去，无异于经历死刑，但这是他获得自由的唯一出路。

他按捺住内心的恐惧，纵身向前。这时，一颗子弹划破空气，在他小腿一侧面留下一道伤口。虽然只是擦伤，但灼烧的疼痛已足以让他倒下。他面朝下趴在地上，扭头回望。

绍特辛正端着冲锋枪大步奔向他。他冷漠无情的目光昭告了即将发生的一切。

杰克就要死了。

* * *

汽车下面的C-4炸药爆炸的同时，哈珀已经沿着公路全速跑了一半。尽管如此，她也只是勉强逃出了爆炸影响的中心区域。在冲击波的作用下，她扑倒在路边，火红的金属碎片朝她飞来。

她顾不上自己的伤，站起来，在浓烟的掩护下穿过街道，然后折返回来，飞身越过空地南面停放的车辆，然后在她和悍马车之间凌乱散布的燃烧汽车残骸之间穿梭。一道张牙舞爪的烟幕横亘在那辆车和她中间。烟雾渐散，她看到有人正冲向燃烧的汽车。她抬起卡宾枪——

——接着她看清那人正是杰克，赶紧松开扳机。

她深吸一口气，准备呼唤他。

一声清晰刺耳的冲锋枪射击声打断了她。杰克一个踉跄倒了下去。她扭头看到最后一名雪域特战队队员从悍马车后现身，正怀抱武器逼近杰克。

来不及瞄准了。哈珀相信自己的直觉，以半自动速射方式击发三颗子弹。一颗正中俄罗斯人身体侧面，对方倒向旁边；第二颗撕破他的肩头；最后一颗没有击中，从他身后的汽车上反弹出去。

她继续开火，同时向前冲锋。运动中的射击不够稳定，但能达到目的：迫使俄罗斯人躲到了汽车后面。他一边撤退，一边以全自动模式射出一长串子弹。哈珀不得不扑倒在地。子弹在她周围的泥土中搅起阵阵烟尘。哈珀感到一阵冲击，以为自己中弹了，但并没有疼痛感。算是运气吧。

她进行还击，压制俄罗斯人，使他只能藏在车后。这时，她的卡宾枪“咔嗒”一声，子弹打光了。她退出空弹夹，一边爬向扑在地上捂住左边小腿的杰克，一边更换新弹夹：“来呀，伙计！我们得走了！”

他朝她伸出手：“能帮个小忙吗？”

她将他拉起来，右手端着的卡宾枪则一直对准悍马车。杰克刚一站起，她便一摆头，示意他朝南跑："撤退！我来掩护——"

卡拉什尼科夫冲锋枪的速射子弹扫过整个区域。金属相撞，流弹在迷宫般的残骸间飞舞。

杰克和哈珀低头藏在一块斜插进地面的后翼子板后边。又一阵子弹击中烧焦凹陷的表面，发出巨大的声响。哈珀向右侧滚去，进行还击。看到俄罗斯人退到悍马车远端时，她咧嘴笑了。他已经退入她的克莱莫地雷的杀伤区。

她把卡宾枪交给杰克："把他压制在那里。"

他用血糊糊的双手接过奥斯泰尔卡宾枪，将头探出他们藏身的金属块。他虽然受了伤，身体也很虚弱，但他瞄得又准又稳。在他成功地把俄罗斯人困在车后的同时，哈珀从背包里取出了遥控起爆器。

起爆器已解体成一块一块的，电线和破碎的塑料像意大利面条般缠绕在一起。哈珀看见嵌入主电路板的一块变形金属后，意识到之前在俄罗斯人疯狂的扫射中，自己体会到的撞击感源于何处了。起爆器阻挡了本来几乎要正中她脊柱的子弹，救了她一命。不幸的是，这意味着她现在无法启用先前设下的陷阱。

她将破碎的起爆器扔进旁边一堆碎石中："要换 B 计划了。"

杰克又朝俄罗斯人开了两枪："你有 B 计划？"

"你是指除了逃跑之外吗？"

大量的子弹呼啸着从他们头顶飞过，在他们身后的空地上留下长长的擦痕。杰克观察着周围的地形，不由得皱起眉头："没有掩护，距离太远。我做不到。"他意味深长地望着哈珀："但你能行。"

"我自己逃？门儿都没有，伙计。"

杰克打光卡宾枪里最后几颗子弹，退出弹夹，把武器还给哈珀："我们不能留在这里。"AK-47 冲锋枪射出的子弹从被他们作为掩体的汽车残骸上撕去几大块碎片，两人同时把头压得更低。这时，杰克的表情变得严肃而可怕。哈珀知道，他有主意了。

杰克从口袋里掏出一串钥匙："把你的手枪给我。"

"这些钥匙是做什么用的？"

"车钥匙。"

他准备冲向俄罗斯人的架势令哈珀心头一紧："你疯了吗？"

"撤退找不到掩体，发起进攻却有。"他又偷偷瞄了悍马车一眼，"你还有烟幕弹吗？"

"没有，只剩一枚催泪弹了。"

"那更好。把它也给我。"

她从背包里取出催泪弹，但还是不赞成杰克的方案："这太疯狂了。"

"我知道。"杰克说，"但这是我们唯一的机会。"他退下 HK P30 手枪填满子弹的弹夹，匆匆查看一眼，然后装了回去，"我们得进行交替射击，在装弹时互相掩护。只有能成功地让他抬不起头，这办法才管用。明白了吗？"

哈珀焦虑地点点头："明白。"

她把催泪弹和两个 P30 手枪备用弹夹递给他。他将弹夹插进腰带，催泪弹放在裤子前的口袋里。然后，他开始等待俄罗斯人在无用的压制火力中再打光一个弹夹。

枪声一停，杰克便喊道："行动！"

她率先从掩体后跃出，向悍马进行间断的射击。杰克跟在她身后右侧，朝前走了几步。就在她的弹夹要打光之前，他用她的 P30 手枪接过用火力压制敌人的任务。哈珀立刻更换弹夹。他们刚来到第二块掩体边，源自悍马 H2 前端的疯狂反击便已打响。子弹击穿覆盖在冒烟轮胎上的金属引擎盖，顿时火花四溅。

杰克把手枪收到身后，期待地望着哈珀："准备好了吗？"

“准备好了。倒数三个数。”她端起卡宾枪，杰克则掏出催泪弹，用食指拉住保险栓。哈珀等待着俄罗斯人停止射击，确信对方子弹即将打光时，她开始倒数：“三。”有几颗子弹击中挡在他们前面的那块孤零零的引擎盖，“二。”杰克身旁地上的几小块草皮被撕脱，“一。”除了哔哔啵啵的火焰声，再无动静，“行动！”

哈珀跳起来，用全自动模式向悍马车进行火力压制，车窗防弹玻璃和装甲侧板弹开她的子弹，只留下轻微磨损的痕迹。杰克拉下催泪弹保险栓，等待两秒后，甩出一个优雅的高抛弧线。催泪弹越过了悍马 H2。他的时机掌握得非常好：催泪弹在落地的同时发生爆炸，释放出有毒的白色烟雾，成为一片迅速扩张的云团。

这次，超大型 SUV 那边不再有疯狂的扫射反击，只有痛苦的呕吐声和秽物落地的泼溅声。

杰克用悍马车的遥控钥匙发动了引擎：“快！到那里后我会打开门！”他们一起冲出掩体，奔向空转中的汽车。

俄罗斯人跌跌撞撞地绕到车前。他两眼充血，眼里满是受化学刺激后抑制不住的眼泪，黑色制服前襟沾满了呕吐物和唾液。哈珀知道，除了非常模糊的影子之外，那个人很可能什么都看不见——但他依然手持卡拉什尼科夫冲锋枪，足以破坏他们的计划。

特战队员疯狂地朝引擎盖这边扫射，哈珀和杰克飞身躲避。

一颗子弹正中哈珀的卡夫拉尔防弹背心。那感觉就好像被一头狂奔的公牛顶了一下。强大的冲击力令她窒息，把她撞倒在岩土地面上，拼命挣扎喘息。卡宾枪从她手里摔落，但她满脑子里只有无法呼吸带来的恐惧。

俄罗斯人端着冲锋枪，绕过悍马车，冲向前来。

杰克掏出身后的手枪，滚到悍马车下。

俄罗斯人此时喘不上气、两眼迷离、头昏脑涨。尽管他只用了不到一秒来弄清杰克去了哪里，但时间还是太长。当他转向杰克时，杰克平着地面连开两枪。

俄罗斯人脚踝处鲜血喷洒，骨渣爆裂。他倒下时，条件反射地扣紧扳机，朝天打光了枪里的子弹。他撞向地面，野兽般声嘶力竭地嚎叫起来。紧接着，杰克一枪打爆俄罗斯人的后脑勺，使他的尖叫归于寂静。

哈珀的胸膈膜和肺部渐渐放松下来，使她得以大口吸气。杰克从汽车下滚出来，爬到她身边："你没事吧？"

她咧着嘴笑了："只要好好休息，没什么恢复不了的。"

他捡起一块早先滚到车下的球状 C-4 炸药："你的东西？"

"曾经是。你可以留着。"

"这下我没法说你什么都没给过我了。"他扭过头，听到远处的警笛声越来越大，"警察就要到了。"他扶她起身，然后按下密码钥匙的按钮，打开车门："我们得离开这里。"

"遵命。"她指着他流血的小腿，"我来开车。"

"你说了算。"他拉开司机侧后方的车门钻了进去。哈珀坐在前面。等两人一上车，她便迅速锁闭车门，系好安全带。朝后视镜里看时，她满意地发现，杰克已经在替自己进行包扎："好样的。现在请坐稳啦。路上可能会有些颠簸。"

她挂上挡，猛踩油门。车子冲向前，马力之强大超出她的想象，在加速度作用下，她整个人紧贴在座椅靠背上。悍马从沿路肩停放的那些燃烧着的车辆中冲出，所到之处无坚不摧。

当她踩住刹车，拐上繁忙的一号公路时，五辆带有哈尔格萨警察局标志的吉普车纷纷猛打方向，避免与她迎头相撞。每辆吉普车上都挤满了配备防暴装备和攻击性武器的警察。他们显然做了战斗准备，可当哈珀驾车疾驰而过，将黑烟滚滚的阿布迪哈桑大街甩在身后时，他们却似乎不知所措。

后排的杰克在俄罗斯人的行囊中翻找，搜出一个急救药箱："开稳一点。你开得像在参加达喀尔汽车拉力赛，我很难裹绷带。”

“你这是挑刺，挑刺。”她看了看后视镜。越来越阴暗的暮色中，闪烁的警灯正不断绕过那些开得较慢的汽车：“看来警察并不打算让我们轻易脱身。”

他给淌血的小腿裹上纱布，然后扭头看了一眼：“是的。”

她躲过一辆小货车：“消灭俄罗斯特工是一回事，但我是不会朝警察开枪的。”

杰克皱起眉：“要是不逼我，我也宁愿不开枪。”他把一长卷医用胶带缠在裹了绷带的腿上。接着，他用手掌压住自己肿大充血的鼻子，用力一推，将断裂的鼻梁扶正。哈珀听到了那声沉闷的咔嗒声，眼眶湿润了。

哈珀决意要避免被捕，于是加速顶上一辆掀背车的保险杠，使它失控打转，从而制造了一起交通事故，也减缓追逐者们的速度。掀背车和另外三辆车发生碰撞，停在路中间，但并没有造成严重损坏或人员伤亡：“这好像管用。”

杰克指了指前方：“不一定。”

她将目光从后视镜转移到前面的道路上。

两排警车组成路障，闪着红蓝相间的警灯，堵在一号公路连接瓦恩高速的转角上，而后者是通往机场的唯一直达公路。数十名配备准军事装备的警察聚集在汽车路障后面，发现接近的 H2 后，所有人都端起了手里的攻击性武器。直到这时，哈珀才想起哈尔格萨警察总部就位于该地区。

“还记得我说过路上会有些颠簸吗？”她一拉手刹，同时朝左猛打方向，忽然加速转向，轮胎发出尖锐的啸叫声，车子拐入一条狭窄的巷子，两边的后视镜都被巷口削掉，溅起一阵火星。金属受摩擦的高频呼啸声传入车厢里，哈珀正强行驾车穿过这条太过狭窄的通道。她很担心他们会在半道上被卡主，但随即他们从巷子另一端蹿了出去，驶入一条与一号公路平行，处在两排建筑背面之间的泥土便道。

回到瓦恩高速的最近路线在哈珀右边。她刚一拐弯，五六辆警车和两辆 HPD 摩托车出现在她前方的便道上。她立刻踩下刹车：“捷径走不下去了。”

她挂上倒挡，狂轰油门进行提速，然后一边朝左打方向，一边再次拉起手刹，使沉重的悍马原地转向。等车子的动能渐降之后，她转入前进挡，踩下油门，沿着便道飞驰，在车尾搅起一阵烟尘。

杰克回过头，看着警察的子弹尖啸着落向后挡风玻璃：“现在怎么办？”

“返回高速公路。”话音未落，便道远端已闪烁起更多的警灯。她向右转，拐入另一条泥土小巷，这里扯着许多晾衣绳，挂着不少新晾晒出来的衣物：“但要稍微绕点道。”

内衣、床单、枕套噼噼啪啪地拍打着前挡风玻璃和车窗，悍马仿佛正在世界上最原始的洗车场里穿行。老老少少的女人们蹦跳着避开疾驰而过的悍马车。接着，它冲出了这片棉布织构的丛林。前边的路被聚集在一大片橙色遮阳伞下的木制手推车拦住了。

哈珀按响喇叭，将油门踩到底。汽车引擎轰鸣着，商人和顾客们四散奔逃。装甲 SUV 像一台落锤破碎机般横扫集市，把手推车撞得粉碎，车后只留下灰色的尾气和陌生人的诅咒。

到了市场的另一边后，哈珀不得不避开更多障碍——斜着停放的小货车、几棵可怜巴巴干枯的树——接着做了一个能对悬挂系统造成伤害的高速右转，回到开裂的沥青路面上。左边一个标志牌一闪而过：艾哈迈德·塔图尔公路：“好消息。”她对杰克说，“这条路能回到高速。”

“坏消息。”他向身后比了比大拇指，“我们仍有同伴。”

炫目的警灯再度出现在她的后视镜内：“有主意吗？”

他斜眼盯着路面，然后伸手拿过俄罗斯人的一个背包：“减速。”

“什么？”

“慢一点点就行。我需要几秒钟时间。”他动作迅速地从包里抽出什么，两手并用，专注地忙碌起来。

后面的警报声越来越大，灯光越来越近。

杰克抬起头："加速！快！"

她踩下油门，H2 如离弦之箭飞驰而去。

等后视镜里的灯光有所减弱之后，杰克拉开车门，扔了些东西下去。然后重重地关上门，俯下身子："低头！"

哈珀尽量压低脑袋，只让视线能保持在道路上。

身后，一道比阳光还耀眼的闪光令她目眩，空中爆发出雷鸣般的巨响。冲击波掀起悍马，推着它朝前冲向公路三岔口的左面。汽车的防弹防爆后窗玻璃向内爆裂，一阵尖锐的碎片在哈珀和杰克身上留下一道道小口子。

五秒钟后，他们都还活着，哈珀几乎不敢相信。强光减弱之后，她从后视镜里看到的全是底朝天的空车、一块完好玻璃都不剩的建筑，以及一群被困在仍旧闷烧着的深坑边的警车。

杰克重新坐直后，哈珀冲他挑了挑眉毛："真有你的。"

他露出孩子般的笑容："而且我仍然系着安全带。"

悍马行驶到这条路的尽头，哈珀并入瓦恩高速，重新在城市的夜间车流中极速狂奔起来。此刻，最后一抹暮色也已化作一片靛蓝。

他指着路面："别放松——他们还有无线电。用不了多久，他们就会弄清我们要去哪里。"

"我们抵达机场后怎么办？"

她从后视镜里看到杰克脸上浮现出一丝幽灵般诡异的笑容。

"相信我——机场不是问题。"

* * *

当哈珀和杰克驶离古里吉·哈吉高速，进入通向机场跑道的交流道时，后排座椅前的地板上已扔满血迹斑斑的纱布垫。杰克将另一处被玻璃片划出的口子轻轻擦干，把绷带也扔在地板上。后视镜里短暂的红蓝闪光引起了他的注意。他扭过头，看着那三辆仍在追逐他们的警车。

“我得这样评价他们，他们很固执。”

哈珀脸上闪过一丝紧张的神情：“我们就要到门口了。”

“加速。”

她难以置信地皱起眉来：“什么？”

“相信我。”

尽管她内心不确定，但没再表示疑义。她死死握紧方向盘，速度表的指针扫向时速一百四十五公里，接着又超过一百五十公里。

杰克朝前探身，有些担心他的策略将受挫：“冲他们按喇叭！”

她保持车速，用力按了三下喇叭。

前方，守卫们急忙打开门，使悍马车得以以每小时一百六十五公里的速度及时冲了过去。

哈珀目瞪口呆：“这是怎么回事？”

“俄罗斯人付钱买了条快车道。”

哈珀被逗乐了：“他们误以为我们是俄罗斯人。”

“回答正确。向左转。我们用他们的飞机。”

他替她的卡宾枪和手枪换上新弹夹，车子驶向等候中的飞机。哈珀放慢车速，在距离飞机几米远的地方停了下来。杰克用遥控钥匙关闭引擎，解锁车门：“我们走。”

离开悍马时，他随身带上了俄罗斯人的急救药箱。哈珀抓起她的背包，跟在他身后。他们来到飞机舷梯旁，他把卡宾枪递给她，自己则拿着手枪。他带着哈珀踏上台阶。当一名身着白色制服的飞行员出现在顶部的舱口时，那人发现自己正面对杰克 P30 手枪枪口。

“安静。”杰克说，“退回飞机。”

哈珀插话道：“我们不需要他。”然后又对飞行员说，“出去。快。”

飞行员立马连滚带爬地冲下台阶，从杰克和哈珀身边挤过，大步奔向控制塔，沿着柏油路面逃命去了。

杰克瞪着哈珀："你这是在做什么？"

"我能开这种飞机。快进去吧。"

他们爬上最后几级台阶，转身进入驾驶舱。穿着同样的白色短袖制服、头戴金边帽的年轻副驾驶抬头望着他们，脸上的表情让杰克觉得这孩子吓得快要尿裤子了。副驾驶举起双手，恐惧地用俄语结结巴巴地说："别开枪！我没有武器！"

杰克用俄语回答："如果想活命，就赶紧离开这架飞机。"

这正是年轻飞行员需要的全部指令。他呼地从座椅上弹起，奔向舱门，大步冲下舷梯，跟他的同伴刚才做的一样，沿着跑道逃命去了。

哈珀坐上飞行员的位置，开始对这架怠速空转中的豪华飞机的仪表进行检查："我们可以起飞了。关闭舱门，系好安全带。"

"你说了算。"杰克离开驾驶舱。透过打开的舱门，他听到了警笛的呼啸——警车已开上跑道。杰克收起悬梯，锁闭舱门，做好起飞的准备。他一边朝飞机尾部移动，一边冲哈珀喊道："警察就要追上我们啦！"

她的回答充满自信："很快就追不上了。"

哈珀增大功率，飞机涡轮发动机发出尖锐的啸叫，飞机移动起来。杰克一屁股坐到离得最近的座椅上。飞机离开机库，朝跑道的供料区驶去。他从旁边的窗户向外张望，看到警车正冲向他们。一个戴着头盔，穿着防弹衣的警官站在一辆 HPD 吉普车的后部。他竭力让手中的冲锋枪保持稳定，以便向飞机进行射击。

飞机一个左转弯，将警察甩在正后方，从杰克的视线中消失。此时，他们已经位于主跑道，飞机加快速度——警察也一样，他们借助直道的宽度，试图追上来与他们并驾齐驱。

杰克往走道探身，想向哈珀发出警告——这时他才发现，她遇到了更严重的问题。他们正对着一架即将着陆进场的 747 飞机起飞。杰克心里一紧，担心会在空中正面相撞的事故中丧生。

窗外，跑道上涂的线条渐渐模糊，成为长长的黄色轨迹。飞机将警车抛得越来越远，闪烁的警灯随之减弱。接着，在哈珀近乎弹道轨迹式的操作推进下，机头大角度抬起。不堪重负的引擎尖叫起来，起飞和急转两股强大的合力将杰克牢牢压在椅背上，使他在那宛如永恒的几秒钟内无法呼吸。

一阵惊天动地的咆哮声撼动飞机机身。一团白色条带状物体从他窗外闪过，向他们的飞机和地面之间落去，四个涡轮喷气发动机的湍流声振聋发聩。几秒过后，他们的飞机斜着腾空而起，不断爬升。

跑道上，警车在 747 飞机的双翼下纷纷急转，却被客机引擎喷出的尾流掀翻，像滚动的骰子一般，车顶从路面上滑过，激起一片火花。

哈珀在驾驶舱扭头喊道："我们安全了。"

这是杰克很长时间以来听到的第一条真正的好消息。他花了几分钟处理过去一天新增加却还未来得及处理的伤口，然后为腹部在"巴拉塔利亚"号上受的跳弹枪伤换下已经浸透污损的纱布。

完成这一切后，他对自己做了个全面评估，证明了自己的怀疑：他浑身没有一处不筋疲力尽，没有一处没在流血疼痛。他探向过道。

"哈珀？有人追赶我们吗？"

"目前还没有。"

"如果情况有变就告诉我。"他放倒椅背，直至座椅放平，然后闭上眼睛，"如果我们今天拯救了世界，那我真的很想休息一会儿。"

【第二十四章】

07：00 p.m. —08：00 p.m.

一阵剧烈的颠簸将杰克从断断续续的睡眠中惊醒，他感觉浑身乏力。外面的天空已经漆黑，地面几乎看不到灯光，但飞机正处于巡航状态，高度稳定，这些都是好迹象。当他伸手去够座椅调节钮时，才意识到在如此短暂的休息之后，他的四肢变得多么僵硬。明天一定会酸痛难忍。

他调直椅背，揉了揉黏在眼角的砂砾，然后站起来。机舱足够高，不需要弯着腰。但他举起胳膊伸懒腰时，手掌碰到了顶壁。他借助这一姿势，抻了抻背，然后左右扭腰，努力缓解这一天经受的种种扭结与紧张。他的脊柱由下而上发出一阵令人惬意的咔嗒声，他轻松地哼了两声。这下好多了。

引擎的噪音变得低沉了——它们的转速在下降。杰克迈步走向驾驶舱。哈珀抬头望着走进来的他："小憩的感觉如何？"

"很好。"他坐在副驾驶座位上，"我睡了多久？"

"半小时左右吧。"哈珀的耳机里传来声音，她抬手打断他们的对话，专注地听了几秒钟，然后压低面前的耳机麦克风："里尔喷气机，回音、爸爸、迈克、一、九，正前往一二一点一。"她伸手调整无线电频率，"吉布提安波利国际机场，里尔喷气机，回音、爸爸、迈克、一、九，海拔一万五千英尺。"她耳中又是一阵声音，"右转至零六零，下降至九千英尺，里尔喷气机，回音、爸爸、迈克、一、九。"

她操纵飞机缓缓下降，同时微微右转。远方的地平线处，一座大型机场灯火闪闪。杰克放松的心情忽然紧张起来："吉布提安波利国际机场？吉布提的美国海军基地？"

哈珀斜眼瞟向他，流露出她的失望："在我们共同经历了今天之后我会那样做吗？放松点。我不会把你交给美国海军的。落地后，我的一个朋友会接到我们，开车带我们去海港。美国人绝不会知道你在那里。”

他想相信她，但他一生的经历都在教导他小心背叛。就连他最亲密的朋友托尼·阿尔梅达都曾经成为他的敌人。那是一段难以翻过的历史。哈珀紧紧盯着他，显然看出了他的谨慎小心：“不相信我？”她微微抬头，指指他座位后边地板上的背包，“把它打开。”

他拿起那个帆布背包，打开包盖。包里几乎是空的，但他的手触摸到的第一样东西便令他警觉起来。他掏出一枚没有爆炸的克莱莫地雷。

哈珀摇摇头：“不是这个。在它下面。”

他疑惑地将地雷放在旁边，重新把手伸进包里。这次，他取出了厚厚一摞欧元钞票和一本护照。他放下包，用拇指翻起现金的一角。全是一百欧元面值的钞票。他迅速浏览了一下护照，知道自己现在是个名叫约翰·沙利文的加拿大人：“这是什么？”

“算是临别礼物吧。”

他把钱和护照塞回背包：“我可以连包一起拿走吗？”

“随你便，伙计。”

杰克凝视着前方的夜色。地面被电灯照亮的街道标志着飞机已从索马里来到吉布提，网格状分布、如繁星般闪耀的建筑映衬着地表，这是回到现代世界的路标。杰克盯着下方，想象自己正在抵达洛杉矶或者纽约——

他抛开脑子里的想法。让这些对再也回不去的地方的回忆来折磨自己毫无意义。可是一闭上眼睛，家人的影子便萦绕在他周围。他的女儿金姆，他的外孙……没有他，他们也会长大。对他们而言，他只是相册里的一张面孔，或者很少观看的家庭录像带里一个模糊身影。

这不是他想要的生活，但他却不得不接受。他拒绝自怨自艾。人生苦短，不能浪费在后悔上。

哈珀用术语跟空中交通管制人员进行了议论交流，然后继续向位于海边的国际机场下降：“系好安全带，伙计。我们即将着陆。”

杰克在副驾驶位置系上安全带，尽量让自己放松。

他有一大把钞票和一个新的身份。情况正在好转。

当然，他知道情况不会总那样。

从来都不会。

* * *

尽管哈珀做出了保证，但她对她的朋友——要是萨拉丁·哈杰德真的能被称为朋友的话——是否会现身，开车载她和杰克去海港，她其实并没有百分之百的把握。可当他们落地时，他已经在那里了，他那口参差不齐的牙齿在卤素灯的光晕中闪烁着。他摊开手掌，等着收钱。因为这趟行程是为杰克安排的，因此哈珀也没觉得让他从那一摞钞票中掏一些钱支付给他们值得信任的司机有何不妥。

或许是因为杰克比哈珀预料的更急于消失，他非常快地给了萨拉丁两倍的费用，让他尽快送他们去港口。萨拉丁热情满满地履行了他的职责。

此刻，哈珀和杰克正在吉布提集装箱码头的一个泊位前，他们面对面站在通往荷兰集装箱货船 MV“巴拉望”号的跳板端部。汽笛声响起，货船已准备解开缆绳，向大海出发，甲板上的水手用几种不同的语言招呼每个人。

杰克微笑着打量货船，点了点头：“真不错。”他的目光回到哈珀身上，“又是某个人欠你的情？”

“差不多吧。希望你喜欢炎热的气候。这艘船的下一站是开普敦。”

“听上去很美。”他调整了一下肩上背包带的松紧，“你确定不会因为帮了我而让你自己陷入麻烦？”

她眼珠一转：“老板会气得够呛。但多亏了你，我帮助美国佬夺回了两枚失控的核弹，这为我赢得了不少加分。我觉得我会没事的。”

他笑了起来：“要是你获得勋章，别忘了寄张照片给我。”

“要是你真能在哪里定居下来，别忘了寄张明信片给我。”

杰克点点头：“也许会的。”货船的汽笛再次响起，像某种巨兽的咆哮。杰克抬头望向在跳板那头拼命挥手招呼他登船的那些人。

但他没有挪动脚步。哈珀推了推他的胳膊：“最好快一点。你的坐骑就要离开了。”他仿佛着了魔，陷入沉思。她亲亲他的脸颊，打破他心烦意乱的符咒，“杰克，我不知道你在寻找什么，但我清楚它不在这里。”她脸上浮现出哀伤的笑容，“该走了。”

杰克不情愿地走上跳板。走出十步后，他停下来，扭头望着哈珀：“我有谢过你吗？”

她认真想了想：“没有。”

他挤出一丝疲惫的笑容：“我会的。”

然后，他转过身，步履艰难地上了跳板。船员们随即将跳板收起。

集装箱货船主货舱爆发出洪亮的声响，螺旋桨搅动船尾的海水。起初速度很慢，可当庞大的货船离开码头后，速度便提了起来，货船驶向开阔的海面。

哈珀站在码头，看着“巴拉望”号渐渐消失在黑暗中。

事实与她告诉杰克的恰恰相反，她知道，等她回到澳大利亚，迎接她的将是上司严厉的斥责。她会因为让臭名昭著的杰克·鲍尔在她的看管下“逃脱”而受到严惩。不过那种严惩她能忍受。

* * *

杰克站在“巴拉望”号的船头，惬意地享受海风拂面的感觉。二十四小时前，他站在一艘开往另一个港口的货船船楼上，现在，在一系列疯狂曲折的经历后，他发现自己又回到了海上，这感觉真有些奇怪。

他渴望能在船上的医务室里好好休息一夜：“巴拉望”号跟“巴拉塔利亚”号不同，它载有许多普通乘客。根据国际海洋法规定，船上必须配备一名执业医生。杰克不由得笑起来。也许我终于可以在无需逃避警察的情况下，好好处理一下身上的伤了。

至于下一步的打算，对他自己也是个谜。在海盗的袭击破坏了他的所有计划前，他差一点就打入了国际军火商卡尔·拉斯克的组织。现在，他为了隐藏身份而支付的所有钱都打了水漂，他参与拉斯克组织外围行动的数月时间也都白白浪费了。他又回到了起点。

“巴拉望”号将开往南非的开普敦。杰克觉得那是个重头来过的好地方。在开普敦，总会有无需回答任何问题就能找到的工作。毒贩需要熟练的枪手，人们需要非官方的帮助。等准备好了，他就能通过黑市运输，潜回拉斯克的大部分生意所在地——东欧。

要是我能回到车臣，一定能有人为我指出正确的方向，一定有人多多少少欠我些人情。

杰克发誓，他迟早会打入拉斯克的核心集团。一旦成功，他就要将其破坏，一次破坏一笔肮脏的交易，直至摧毁拉斯克的整个犯罪集团，并让拉斯克本人在毁灭集团的大火中被烧成灰烬。

这并不是生活中最值得期盼的事。

但对杰克而言……这就够了。

至少暂时如此。

致谢

在我需要感谢的所有人当中，我的妻子卡拉排在第一位，无论顺境逆境，她都给予我源源不断的爱和支持。

我还要感谢我的编辑梅丽莎·弗雷恩和她尽职尽责的助手艾米·斯塔普，她们给了我为自己最喜欢的角色之一写一部小说的机会；感谢我的经纪人露西安娜·戴弗，是她负责谈妥了那些让我无从下手的商务细节；感谢我的朋友马尔科·帕米瑞，谢谢他将梅丽莎推荐给我共事；还要感谢我的朋友们兼《反恐 24 小时》系列小说的作者们——詹姆斯·斯瓦罗和代顿·沃德，谢谢他们理解这件事对我有着怎样的意义。

我还要衷心感谢我的朋友，过去靠商船做生意的菲利普·桑达斯基，他与我分享了他丰富的经历和知识，帮助我确定了小说中发生在“巴拉塔利亚”号货船上的那一部分故事的技术细节。

最后，谢谢你，伏特加酒，是你使我在很短的期限内完成这部作品成为可能。